책죽이기

책죽이기

책죽이기

조란 지브코비치 지음
유향란 옮김

문이당

THE BOOK
by
Zoran Živković

역자의 말

책의 일생을 의인화한 조란 지브코비치의 《책 죽이기(THE BOOK)》는 책과 관련된 온갖 기상천외하면서도 재미있는 일화들을 세세히 까발림으로써 독특한 재미를 주는 소설이다. 한 권의 책이 만들어져 판매되고 폐기 처분되기까지의 전 과정을 책의 입장에서 비판적으로 묘사한 이 작품의 가장 큰 묘미는 읽는 이들로 하여금 시종일관 미소를 짓게 하고 때로는 배꼽을 쥐게 하는 기발한 착상에 있다. 비판은 비판이되 그 비판이 진지한 것이 아니라 코믹하고 유머러스하고 풍자적이며, 심지어는 외설적인 분위기까지 풍기면서 이루어지고 있다는 데에서 우리는 작가의 종횡무진한 장난기를 고스란히 맛볼 수 있다. 책에게는 미안한 말이지만 첫 페이지를 펼치면서부터 마지막 페이지를 덮는 순간까지, 독자들은 유쾌하고 즐거운 기분으로 책의 탄식과 하소연과 비분강개에 전적으로 공감하는 기묘한 경험을 하게 될 것이다.

이 소설에서는 남성 중심 사회에서 철저하게 당하기만 하는 약자인 여성으로 책을 의인화함으로써, 책이 온갖 수모를 다 겪으면서 살아가는 처지를 코믹하면서도 실감 나는 비유로 그려 내었다. 잠자리에서 책을 보다가 아무렇게나 던져 놓고 잠드는 사람들의 행태를 풍자한 대목이라든지, 자본주의 논리가 지배하는 사회에서 상품 가치가 우선일 수밖에 없는 책의 현실을 꼬집는 부분이 그 좋은 예라 하겠다.

하지만 뭐니 뭐니 해도 사람들이 우리를 가장 많이 데려가는 곳은 침대이다. 최소한 어울리는 장소이긴 하지만, 침대에서의 기분을 말하라면 무시당하고 있는 마누라 같다는 게 딱 맞을 것이다. 피곤에 지친 무뚝뚝한 남편이 얼른 제 욕심만 채우고 마누라쟁이를 이내 싹 잊어버리는 꼴이다. 대부분의 사람들은 책을 읽다가 졸리면 제자리에 갖다 놓기는커녕 옆에다 휙 던져 놓고 천연덕스럽게 코를 골기 시작한다.

우리는 밤새 또는 다음 날까지도 활짝 펼쳐진 채 —이 얼마나 채신머리없는 자세인가— 읽던 자리에 내박쳐져 있어야 한다. 가랑이를 찢어져라 벌린 채 몇 시간씩 혹은 종일 버티고 있다고 상상해 봐라.

이 소설에서 더욱 흥미로운 것은 인간과 책, 작가와 출판사의 관계를 남자와 여자의 구도로 설정해, 유머러스하면서도 경쾌한 외설의 혐의가 엿보인다는 점이다. 설정된 상황 그 자체만 놓고 본다면 선정적이고 외설스럽다고 할 수도 있겠지만 직접적이거나 노골적이지 않아서 읽는 재미를 더해 주고 있다. 독자들이 책을 사기 위해 서점에서 책을 뒤적거리는 행위라든가, 책을 읽고 난 다음 친지들에게 추천하는 모습을 그린 장면은 발랄한 외설 표현의 백미라 할 수 있다.

그들은 우리가 자기들 손길에 완전히 노출되어 있음을 잘 알고 있다. 나아가, 자기네 손가락을 우리 몸 깊숙이 집어넣고 여기저기 마음대로 헤집으며 더듬을 수 있다는 것도 잘 알고 있다. 하지만 그러는 자들 가운데, 누구 하나 손이라도 먼저 깨끗이 씻을 생각이나 해봤을까? 얇은 고무장갑을 끼고 그러는 것이 훌륭한 신사의 태도라는 생각을 꿈에나 가져 봤을까? 그럴 리가 없다. 인간들은 오로지 자기들의 쾌락에만 관심을 가질 뿐, 우리가 지저분해지건 심각한 병에 걸리건 눈 하나 꿈쩍하지 않는다.

이 소설의 또 다른 재미는, 책이 인간의 위선적이고 이율배반적인 속성과 행태를 신랄하게 꼬집었는데도 당하는 인간(독자)은 그 맵싸하고 얼얼한 풍자에서 오히려 산뜻한 뒷맛을 즐길 수 있다는 점이다. 단순히 도서 대출 역할밖에 담당하지 않는 도서관에 대한 신랄한 풍자나, 겉으로는 문화 사업인 양 점잔을 피우지만 실제로는 자본주의 논리가 앞서 주객이 전도되어 있는 출판계를 꼬집는 부분을 읽다 보면 자기도 모르게 터져 나오는 웃음을 참을 수 없다.

하지만 팔자가 더 사나운 것으로 치자면, 도서관에 내던져진 불쌍한 자매들을 따라갈 책이 없다. 도서관에 있느니 차라리 죽어 버리는 게 낫다고 생각할 정도로, 우리가 가장 혐오하는 시설이 바로 도서관이기 때문이다. 위선자인 인간들은 도서관을 '문화의 사원', '문학의 요새', 심지어는 '문명의 성채'라고까지 부른다. 허나 웃기는 소리 말라고 그래! 사창굴이라는 이름보다 더 어울리는 말은 아마 세상천지에 없을걸? 문 앞에 홍등만 달지 않았지, 다른 건 모조리 사창굴 그대로이지 않은가!

그러나 무엇보다도 더 큰 재미는 작가의 뛰어난 재기와 유머 감각으로 번뜩이는 말장난에서 찾아볼 수 있다. 몇 페이지가 멀다 하고 수시로 나타나는, 발음이 비슷한 말이나 앞뒤가 맞지 않는 문장을 이용한 익살, 세간에 널리 알려져 있는 단어나 문구를 살짝 바꿔 버리는 작가의 고차원적인 술수에 걸려들면 마지막 장을 덮는 순간까지 책에서 헤어 나올 수 없을 것이다.

우리가 이 세상을 살아가면서 누리는 즐거움에는 여러 가지가 있지만 이 책을 번역하면서 누린 즐거움 또한 만만치 않았다.

첫 번째 즐거움은 우리가 일상적으로 접하는 책의 이면 세계에 대해서, 그리고 일반적으로 사람들이 책을 어떻게 여기고 있으며 책을 대하는 자세는 어떠해야 하는지에 대해서, 참으로 많은 것을 배웠다는 점이다.

두 번째는 책을 여성으로 독자를 남성으로, 또는 작가를 남성으로, 출판업자를 여성으로 의인화해서 남성들이 여성을 대하는 갖가지 비열한 행위를 아슬아슬하게 비켜 가는 묘사가 너무도 재치 있고 흥미로워서 번역하는 동안 나도 모르게 쿡쿡 웃었을 때가 많았다. 이 소설의 주인공으로 책을 택하는 대신에 사람을 택했더라면……. 아마도 대단히 고급스러운 음란 소설이 되지 않았을까.

세 번째는 언어의 유희를 즐길 수 있다는 것이다. 심심찮게 등장하는 작가의 재치 있는 말장난이 읽는 재미를 한층 더해 주었다. 이 때문에 복잡하게 얽힌 원문을 번역하는 괴로움보다 몇 배나 더 큰 즐거움을 누렸으며, 그 즐거움을 이 책을 읽으실 독자분들과 함께 나눌 수 있으리라 확신한다.

끝으로 번역의 길로 들어서도록 적극적으로 이끌어 주시고 격려해 주신 황보석 선생님께 진심으로 감사를 드린다.

2004년 6월
유 향 란

·수난

야비한 음모

책 노릇을 한다는 건 결코 쉬운 일이 아니다.

물론 오래전에도 그랬지만 요즘 들어서는 나날이 더 힘들어지고 있다. 사실상, 책이 멸종 위기 직전에 처해 있는 종(種)이라는 주장은 전적으로 옳다. 정말로 그런 일이 벌어진다면 그것은 실로 엄청난 손실이 될 것이다. 누가 뭐래도 우리는 그저 그런 평범한 종이 아니기 때문이다. 거대한 진화의 계보(系譜)에서 아무리 별 볼일 없는 하찮은 것 ─이를테면 삼엽충 같은─이라 할지라도 어떤 종이 사라진다는 것은 심히 안타까운 일이다. 하물며 이 세상을 찬란하게 빛내 온, 단 두 종의 지적 생명체 중 하나가 멸종 위기에 직면해 있다면, 그것이야말로 진화상의 대재앙이 아니고 무엇이겠는가.

생각이 있는 자라면, 이 지구상에 사람 말고 달리 지각이 있는 존재라고는 우리밖에 없다는 사실을 인정하지 않을 수 없을 것이다.

이 둘을 공정하게 비교할 것 같으면, 우리에게 좀 더 후한 점수가 주어지리라는 것 또한 뻔한 일이다. 우리와 사람들이 공생 관계로 얽혀 있다고는 하지만, 우리는 그들의 도움 없이도 얼마든지 잘 살 수 있다. 도대체 무슨 이유로 우리에게 인간이 필요하단 말인가? 우리를 읽어 달라고? 그거야 순전히 자기들에게나 득이 되는 여가 활동이지, 우리에게 좋을 건 눈곱만큼도 없다. 오히려 그네들의 독서 행위는 우리에게 상처를 줄 뿐이다. 그것도 별의별 종류의 상처를 말이다.

그렇다면 사람들도 우리 없이 살 수 있을까? 천만의 말씀, 어림 반 푼어치도 없다.

만일 책이 없었다면 인간의 현재 상태는 어떻게 되었을까? 아마도 5천 년 전, 우리가 처음 세상에 나왔을 때처럼 여전히 비참하고 원시적인 상태에서 헤매고 있을 것이다. 인간이란 무언가를 기억하기보다는 망각하는 데 더 뛰어난 능력이 있는 자들이니까. 우리가 바로 가까이에서, 제대로 기억할 수 있도록 사심 없이 도와주고, 또 중요한 것들을 대신 기억해 주지 않았더라면, 인간에게 과연 역사란 것이 존재할 수나 있었을까? 아마 모든 것을 홀랑 잊어버리고 말았겠지. 자기 자신의 과거, 하다못해 가까운 과거조차 기억하지 못하고서야 어찌 스스로를 지적 존재라 내세울 수 있겠는가? 하지만 우리는 무엇 하나 잊어버리는 법이 없다. 일단 알게 된 사실은 폭력에 의한 어쩔 수 없는 경우를 빼놓고는 영원히 기억한다. 그러니 누가 더 우월한가? 설마, 돌멩이와 몽둥이를 마구 휘둘러 대는 인간들의 손을 들어 주지는 않겠지?

문제는 그게 다가 아니라는 것이다. 인간이란 잊어버리기만 잘하

는 게 아니라 집중력 또한 형편없는 피조물로 어수선하기 짝이 없다. 대개의 경우 인간들은 아무 생각 없이 살고, 어쩌다 한 생각도 차라리 안 하느니만 못한 것들이다. 대다수의 사람들은 반짝반짝 빛나는 기발한 생각은 고사하고 그럴듯한 생각 한번 떠올리지 못한 채 평생을 허송한다. 또 자기의 생각을 어느 정도 정리할 능력이 있는 몇 안 되는 사람들마저도, 그 귀중한 생각을 우리에게 안전하게 맡기지 않으면, 얼마 안 가서 잡았던 새 놓치는 꼴로 날려 버리고 만다.

지금 우리는, 1천억 명 —인류의 탄생 이래 지금까지 존재해 온 대략적인 숫자—의 멍청이들이 온갖 법석을 떨면서 간신히 지켜 온 것들을 모두 저장하고 있다. 만일 지식의 보고인 우리가 인간의 접근을 거부한다면, 그들은 언제나 맨 처음부터 다시 시작해야 할 것이다. 생각해 보아라! 사람들이 불을 이용하고 활을 발명하기까지 얼마나 오랜 시간이 걸렸는지를. 자동차야 말해 무엇 하리오?

책을 훼손하지 않는 것이 사람들에게 가장 이로운 일이라는 건 너무나 명백하다. 사람들은 우리를 돌보고 지켜 주어야 한다. 자기들에게 무조건, 무제한으로 다 주고도 별다른 반대 급부를 요구하지 않는 우리들이야말로 가장 이상적인 공생 파트너가 아니겠는가? 하지만 자신의 몰락을 자초함에 있어서 인간만큼 탁월한 재능을 보이는 존재도 없다. 자기 파괴 성향을 지닌 그들이 그렇게 오랫동안이나 살아남았다는 게 참으로 신기할 뿐이다. 인간의 행동 양식을 보면 진화론이라는 개념 자체에 의문을 품지 않을 수 없다.

사람들이 우리를 훼손하지 않는 유일한 경우란 손에 쥘 수 없게 될 때뿐이다. 피해망상증에 사로잡혀 하는 말이 아니라, 아무래도 인간들이 책에 대해 분명히 어떤 음모—우리가 지구상에 맨 처음 등

장했던 바로 그 순간부터 비롯된 야비한 음모─를 꾸미고 있는 듯
하다.

무시당하는 마누라쟁이 같은 취급

인간들이 우리에게 무슨 이름인가를 붙여 놓고 그렇게 부르는 것
은 지극히 당연한 일이다. 그들이 우리보다 먼저 지구상에 존재하기
시작했으니까. 하지만 수많은 언어들 가운데 우리의 이름을 하필 여
성형 명사로 지은 것은 단지 우연에 지나지 않는 일일까? 그들은 우
리를 '그녀(she)'라는 말로 부른다. 남자들이 지배하는 세상에서 우리
의 위치는 처음부터 여자들과 같은 취급을 받도록 자리가 매겨졌다.

우리의 첫 번째 의무는 즐거움을 제공하는 것이다. 물론 깨달음도
주지만 어디까지나 즐거움의 또 다른 형태일 뿐, 특별히 인기가 있는
것은 아니다. 오랫동안 독서가 남자들만의 특권이었던 관계로, 이
즐거움은 원래부터 그들을 위한 것이었다. 훗날 일부 여성들도 독서
의 즐거움을 누리게 되었다지만, 오히려 상황이 꼬이기만 했을 뿐 근
본적으로 변한 건 아무것도 없다. 물론 아무도 우리에게, 일이 이런
식으로 돌아가는 게 좋은지 싫은지, 또 이런 상황이 만족스러운지 물
어보지 않았다. 그런 시늉조차 하지 않았다. 사정이 그런 만큼 누군
가가 우리에게 조금이라도 흥미를 보일라치면, 우리는 한껏 매력적
이고 싹싹하고 쓸모 있는 존재인 양 굴어야 한다.

인간들은 때와 장소를 가리지 않고 우리와 관계를 맺으려 하는데,
그 현장이 공공연한 장소일수록 그들의 과시욕을 만족시키기에 유
리하다. 그들은 특히 다양한 형태의 교통수단을 선호한다. 소달구지,

인력거, 이륜차, 보트, 스쿠터, 우편배달 트럭, 윈드서핑용 보드, 트레일러, 자전거, 썰매, 지하철, 비행기, 핸드카, 버스, 증기선, 스키, 기구, 전차, 행글라이더, 잠수함, 여러 형태의 기차들, 글라이더, 트롤리버스, 자동차, 세발자전거, 에스컬레이터, 롤러스케이트, 케이블카, 롤러코스터, 그리고 최근에는 우주선까지.

이들과 극단적인 대조를 보이는 다른 부류의 사람들은 우리를 데리고 다양한 은신처로 숨어 들어간다. 외딴 방, 수도원의 독방, 버려진 참호, 멈춰 선 승강기, 텅 빈 대기실, 자동 사진 촬영 부스, 칸막이 방, 기밀실(氣密室), 공중전화 박스, 경비실, 멀리 떨어진 등대, 지하 동굴 따위이다. 그중 단연 인기 1위는 화장실, 특히 자기 집 화장실인데, 아마도 편안한 마음으로 온갖 즐거움을 한꺼번에 누릴 수 있는 기회를 제공하는 장소이기 때문이지 싶다. 그곳에서 연상되는 깊은 수치심 따위를 생각하는 사람은 아무도 없다.

하지만 뭐니 뭐니 해도 사람들이 우리를 가장 많이 데려가는 곳은 침대이다. 최소한 어울리는 장소이긴 하지만, 침대에서의 기분을 말하라면 무시당하고 있는 마누라 같다는 게 딱 맞을 것이다. 피곤에 지친 무뚝뚝한 남편이 얼른 제 욕심만 채우고 마누라쟁이를 이내 싹 잊어버리는 꼴이다. 대부분의 사람들은 책을 읽다가 졸리면 제자리에 갖다 놓기는커녕 옆에다 휙 던져 놓고 천연덕스럽게 코를 골기 시작한다.

우리는 밤새 또는 다음 날까지도 활짝 펼쳐진 채—이 얼마나 채신머리없는 자세인가—읽던 자리에 내박쳐져 있어야 한다. 가랑이를 찢어져라 벌린 채 몇 시간씩 혹은 종일 버티고 있다고 상상해 봐라. 우리 중 몇몇은, 다시는 제대로 다리를 오므리지 못하고 남은 평

생을 기형으로 살아가야 한다. 그럴 바에야 차라리 악명 높은 맥주통 타기를 하는 것이 낫다.

잔인무도한 인간들의 폭행

하지만 그건 약과다. 아무렇게나 취급당하는 것보다 더 깊은 상처가 되는 것은 우리를 대하는 사람들의 방식이다. 물론 모든 사람이 그런 것은 아니지만, 대개가 그렇다. 지금 이 얘기는 인간들의 본성인, 상대방을 배려할 줄 모르는 데다 무시하기까지 하는 거만한 태도를 말하는 것이다.

그들은 우리가 자기들 손길에 완전히 노출되어 있음을 잘 알고 있다. 나아가, 자기네 손가락을 우리 몸 깊숙이 집어넣고 여기저기 마음대로 헤집으며 더듬을 수 있다는 것도 잘 알고 있다. 하지만 그러는 자들 가운데, 누구 하나 손이라도 먼저 깨끗이 씻을 생각이나 해 봤을까? 얇은 고무장갑을 끼고 그러는 것이 훌륭한 신사의 태도라는 생각을 꿈에나 가져 봤을까? 그럴 리가 없다. 인간들은 오로지 자기들의 쾌락에만 관심을 가질 뿐, 우리가 지저분해지건 심각한 병에 걸리건 눈 하나 꿈쩍하지 않는다.

침 묻히기! 사람들이 손가락에 침을 발라 가면서 책장을 넘기는 꼬락서니를 보노라면 욕지기가 다 날 지경이다. 침을 바르지 않으면 책장을 넘길 수 없기라도 한 것처럼 손가락 하나나 둘도 아니고 세 개까지 침을 바르는 사람도 있다. 물론 물기가 있으면 책장을 넘기기가 쉽겠지만, 그래도 조금만 수고를 들이면 침을 안 묻히고도 넘길 수 있는데, 멀쩡하게 생긴 신사들이 그게 귀찮아서 그러고 있다. 자기들이 묻힌 침 때문에 책장 귀퉁이가 구제불능으로 훼손된다는 사실이나, 침을 바르는 순간 풍겨 나오는 역겨운 입 냄새 따위에 대해서는 아예 신경을 끄고 말이다. 그나마 그들에게 뱀처럼 날름거리는 기다란 혀가 없다는 게 얼마나 다행인지……. 만일 그랬더라면 그들은 단 1초의 망설임도 없이 그 긴 혀로 책장을 넘겼을 것이다.

하지만 아무 대책 없이 당해야 하는 무수한 재앙들에 비하면 그 정도는 그래도 양반이다. 헤쳐 나가야 할 난관이 어쩌면 그렇게나 줄줄이 알사탕인지……. 그래도 좀 견딜 만한 것이 읽다 만 부분을 표시하려고 책장을 접어 놓는 일이다. 좀 더 부드럽고 고통스럽지 않은 방법이 있는데도 꼭 그렇게 한다.

무언가를 기억해야 하는데, 손수건에 매듭을 만드는 따위가 아니라 자신의 손가락을 부러뜨려야 한다면, 그 신사들이 어떤 기분일지 상상하는 것도 재미있을 것이다. 그것도 그냥 부러진 게 아니라 다시는 원래대로 돌아갈 수 없을 정도로 심하게 부러졌다고 생각해 봐라! 한번 귀퉁이가 접히고 나면 다시는 원래 모습대로 펴질 수 없는 불쌍한 책들의 신세가 바로 그렇다. 책 귀퉁이만 살짝 접어 놓은 경우는 그나마 손가락이 부러진 고통쯤으로 말할 수 있겠지만, 간혹 무지막지한 사람들은 아예 통째로 책장의 반을 접어 놓는다. 어디 팔다리가 아니라 척추가 부러졌다고 상상해 봐라! 정말이지 정신병자들이다.

또 다른 부류로는, 책장에다 무언가를 적는 이상한 치들이다. 우리는 불쌍하게도 그자들의 손길 밑에서 그 수모를 고스란히 당할 수밖에 없다. 중요한 대목에 줄을 치거나 책의 여백 여기저기에 메모를 하는 정도라면 불쾌하기는 해도 참을 수 있다. 말이야 바른 말이지

철딱서니 없는 것들 빼고는 이런 수모를 누가 좋아한단 말인가. 우리는 전쟁터로 출정(出征)하는 레드 인디언(Red Indian)이 아니다.

우리에게 최고의 골칫덩이는 본문보다 더 많은 내용을 아무렇게나 여백에 휘갈기는 막무가내형 낙서광 내지 작가 지망생들이다. 쓰다가 칸이 부족하면 조금도 주저하지 않고 속지 맨 앞장의 제목 옆댕이에다 긁적거리며, 그것도 모자라 표지까지 침범한다. 그렇게 휘갈겨 댄 엄청난 낙서들을 우리가 어떻게 보살펴 주어야 하는지 상상이나 할런지.

그나마 그렇게 긁적인 것들을 읽을 수 있는 건 고사하고 대충 알아볼 수라도 있다면, 이런 난폭한 행위를 조금은 이해하겠다. 그렇게 난리를 칠 거면 공책이나 메모지는 도대체 어디다 쓰려는 것인지 모르겠다. 그 낙서라는 게 주로 느낌표, 물음표에 수많은 화살표, 동그라미, 가위표, 물결선 등등 온갖 부호가 흩어져 있는 데다가, 거의 다 생략투성이의 긁적거림이기 때문에 쓴 사람 외에는 아무도 알아볼 수가 없다. 아니, 본인도 못 알아보는 경우가 허다하다. 사정이 그러하니 자신이 휘갈겨 놓은 상형 문자들을 노려보며 도대체 이게 뭐라고 쓴 거야, 하며 골머리를 앓는 사람들이 비일비재한 것이다.

그림은 또 어떻고! 남자들의 성적 환상을 총망라한 전시장이라 해도 과언이 아니다. 하여간에 수컷들이란 저질스럽기 짝이 없는 작자들이다. 은근하고 조심스러우며, 암시적으로 완곡하게 그린 것은 눈 씻고 찾아보려 해도 찾을 수가 없다. 대신 산부인과 검사를 받는 것처럼 지나치게 환한 조명 아래 모든 것이 적나라하게 그려져 있다. 정말이지 말세다, 말세! 그런데 그림 밑에 있어야 할 그 잘난 남자들의 이름은 어디에도 없다. 그 바람에, 익명으로 남아 있는 그 망측한 그림들을 본의 아니게 보게 된 멀쩡한 사람들만 공연히 얼굴을 붉히고 당황해하는 것이다.

지우기 쉬운 필기도구를 썼다면 말도 안 한다. 미술용 연필 같은 것으로 그린다면, 언젠가 정신이 들 때 그 부끄러운 흔적을 지우개로 깨끗이 지울 수 있을 것이다. 우리를 생각해 달래서가 아니라, 최소한 자기네의 수치스러운 행각을 영원히 남기는 짓만큼은 모면해야 하지 않겠는가.

그러나 인간들은 도무지 그런 데에 신경을 쓰지 않고 아무 거나 손에 잡히는 대로 긁적거린다. 종이 뒷면까지 잉크가 배어들 정도로 진한 만년필이나, 습기에 닿으면 변하는 목수용 보라색 지성(脂性) 연필도 사양하지 않으며, 일반 연필이라도 종이에 구멍이 날 정도로 꾹꾹 눌러쓰기 일쑤이다. 또 볼펜 똥이 잘 생겨 책을 덮으면 번진 자국이 반대편 페이지까지 찍히는 싸구려 볼펜도 마다하지 않는다. 최근 들어서는 휘황찬란한 형광펜까지 쓰는 탓에 우리 꼴이 '가이포크스데이'(Guy Fawkes Day : 1605년 있었던 가이 포크스의 의회 폭파 시도 실패를 기념하기 위해 밤새 폭죽 등을 터뜨리는 행사)를 위해 허수아비 차림을 한 것처럼 얼룩덜룩 가관이다.

이런 낙서들은 문신이 그렇듯 외과 수술을 통해서나 제거할 수 있다. 사람들은 아무런 심미적 목적도 없이, 전적으로 우리의 의사에 반하여 문신을 새긴다. 아무 생각 없이 우리의 온몸을 흉측하게 만들어 놓는 바람에, 우리는 끔찍한 몰골을 보고 구역질이 날까 두려워 감히 거울을 들여다보지도 못한다. 사람들은 우리를 그 지경으로 만들어 놓고도 아무런 양심의 가책을 느끼지 못한다.

이제 흉악한 몰골로 남은 평생을 살아갈 것인지 아니면 수술을 받을 것인지, 선택은 우리 몫이다. 만일 그냥 버티기로 한다면 더 이상 아무도 우리를 거들떠보지 않을 것이다. 하지만 여러모로 고려해 볼 때 망가진 채 사는 게 수술하는 것보다 낫다. 수술은 마취 없이 이루어지므로 엄청난 고통을 감수해야만 한다. 책같이 하찮은 것을 위해 비싼 진통제를 기꺼이 낭비할 사람이 누가 있겠는가? 사정이 그러니 우리는 말뚱말뚱한 맨 정신으로 수술대 위에 누워 있을 수밖에 없다.

살균 처리된 메스 같은 도구만 사용해 줘도 좋다. 그들은 일반 면도날을 들고 덤비는데, 너무 함부로 사용해서 날은 뭉툭하고 끝은 녹이 슬어 있기 일쑤라 패혈증을 걱정해야 할 지경이다. 이윽고 그들이 문신을 긁기 시작하면 우리는 육체에서 영혼이 떨어져 나가는 것 같은 끔찍한 고통을 느끼게 된다. 수술이 끝나고 나면 성공은 둘째 치고 우리 피부는 거의 다 떨어져 나가고 없다. 어느 정도인가 하면, 단순히 '피골이 상접하다'는 표현을 넘어 속이 훤히 들여다보일 만큼 뼈만 앙상하게 남은 꼴이다.

심심찮게 일어나는 가학적 기질이 다분한 사람들의 가위질에 비한다면, 이 정도는 견딜 만하다고 할 수 있다. 드디어 사디스트들의 본격적인 절단 작업이 시작된다. 그들은 무자비하게 책장을 통째로 찢는데, 보통의 사디스트들과 달리 성적 쾌감을 느끼지는 않는다. 그렇다고 그런 행위를 유감스러워하는 것도 아니다. 우리들의 고통에 대해서 아예 무감각하기 때문이다. 아마도 우리가 너무 조용히 당하고 있기 때문이리라. 그들이 가위질을 하는 동안 우리가 신음 소리를 내지 못한다고 해도 지독한 고통에 시달리고 있는 것은 분명한데, 눈 하나 깜짝하지 않는다. 아아, 피도 눈물도 없는 괴물들 같으니라고!

끔찍한 폭행의 동기

자, 그러면 이제 그들이 우리에게 끔찍한 고통을 가하는 행동의 동기를 생각해 보자! 필요한 부분을 복사하는 것조차도 귀찮거나, 복사비가 아까워 벌벌 떠는 사람들에게 필요한 페이지를 찢는 것보다 편하고 자연스러운 일이 또 어디 있을까? 게다가 그 필요란 것도 대체로 일시적인 까닭에, 불쌍하게 찢겨 나간 페이지는 다시 원래 자리에 붙여지는 대신 쓰레기 더미 속에 내던져지는 것으로 생을 마감한다.

그런데도 '멸종 위기 종(種)의 권익 보호 위원회'로부터 성명서 하나 나오지 않는다. 그 위원회로 말하자면, 사람들의 부주의로 울새의 조그맣고 예쁜 날갯죽지가 살짝만 다쳐도, 누군가가 개미핥기를 수상한 눈초리로 힐끔거리기만 해도 한바탕 난리 법석을 떠는 작자들의 모임이 아닌가! 그런 위원회가 우리의 문제에 대해서는 입을 딱 봉하고 있는 것으로 보아, 우리를 감정이 있는 종으로 여기기는커녕 종의 자격조차 없는 것으로 보는 게 틀림없다. 흥! 보호자는 무슨 얼어 죽을 보호자! 염병할 차별주의자들 같으니라고!

참으로 이상한 것은, 그런 잔인한 행위들이 끔찍한 폭행을 가하지 않고도 원하는 페이지를 쉽게 얻을 수 있는 요즈음에 들어서 더더욱 기승을 부린다는 점이다. 복사를 하는 것만 해도 얼마나 편해진 세상인가. 물론 복사를 당하는 것이 유쾌한 일이 아니라는 것은 그 일을 겪어 본 수많은 종잇장들에게 물어보면 알 것이다. 복사기 안의 불빛이 너무 강렬해서 순간의 부주의로 제때 눈을 꽉 감지 않으면 장님이 되는 건 시간문제다. 하지만 그런 불편쯤이야 찢겨 나가는 고통에 비한다면 새 발의 피다. 사람들에게 묻고 싶다. 한낮의 강렬한 태양 아래에서 잠시 눈을 찡그리고 있는 것과 어깨에서 팔이 뽑혀 나가는 것 중에 어느 쪽이 더 견디기 쉬운 일인가?

무자비한 행동의 동기가 인간이 게을러서라거나 돈에 쩨쩨하기 때문이 아니라는 것이다. 인간의 본성을 조금이라도 아는 사람이라면 게으름 때문이라는 데 대해서 쉽게 수긍할 것이다. 만일 이런 행위가 무언가 고상한 동기에서 비롯되었다고 한다면, 아무리 인간에 대한 환상이 없는 자라도 놀라 자빠질 일이다. 그런데 실제로 그런 일이 일어나고 있다.

한 신사가 도서관에서 희귀한 도서를 빌려 왔다고 하자. 그 책은 구입할 수는 있지만, 희귀본이므로 상당히 비쌀 것이다. 이제까지 돈이 남아돈다는 사람은 한 명도 없었으니, 할 수만 있다면 그 책을 슬쩍하는 건 생각하고 자시고 할 필요도 없는 당연한 일이다. 그렇게 해도 별문제가 아닌 것이, 모든 사람들이 책을 훔치는 건 죄가 아니며, 설사 문제가 된다 해도 그다지 큰 죄는 아니라고 생각하기 때문이다. 어쨌거나 빌려 온 책의 어느 부분에선가 엄청난 감명을 받은 신사는 자주 들춰 보기 위해 그 책이 갖고 싶어진다.

이제 그는 어떻게 해야 할까? 만일 그가 책을 잃어버려서 반납을 할 수 없게 되었다고 말한다면, 도서관 사서는 십중팔구 책값에 거의 준하는 벌금을 물릴 것이다. 남은 수는 단 하나, 사서에게 들키지 않기를 바라면서 원하는 부분을 오려 내는 것이다.

잘못해서 사서에게 발각되더라도 얼굴색 하나 바꾸지 않고 우기면 그만이다. 안 그래도 그 페이지가 없어 기분이 몹시 상했다, 책을 대출해 주기 전에 먼저 책 상태부터 점검해야 하는 거 아니냐, 책의 가장 중요한 부분이 없어진 것을 알고 얼마나 충격을 받았는지 상상이나 가느냐, 오죽했으면 손해 배상 청구까지 고려했겠느냐, 빈 페이지를 보고 얼마나 울화통이 터졌는지 짐작이나 가느냐…… 어쩌고 저쩌고……. 그 정도만 해도 어안이 벙벙해진 사서의 입을 다물게 하기는 충분할 것이다.

그래도 이 경우는 책장이 찢겨 나가기는 할지언정, 무자비하지는 않다. 보관할 요량이기에 아주 조심스럽게 다룬다. 함부로 거칠게 찢는 대신 날카로운 면도날이나 가위 등으로 가장자리까지 최대한 바싹 오린다. 그 모습이 마치 의사가 절개 수술을 하는 장면 같다. 사서들이 눈에 불을 켜고 책을 검사할 게 틀림없으니 절대 오려 낸 표가 나서는 안 된다.

신경을 쓰기는 하지만 역시 이 경우에도 마취는 없다. 표 안 나게 오려 낼 때나 무지막지하게 잡아 찢을 때나 불쌍한 책들이 당하는 고통의 정도는 똑같다. 단지 순식간에 잘려 나가는 통에 고통의 시간이 상대적으로 짧고, 또 오려 낸 페이지를 함부로 쑤셔 넣지 않는다는 점에서 그래도 좀 낫다고나 할까. 좀 더 운이 좋으면 바인더에 별도로 철해져 새로운 표지를 갖게 되기도 한다. 마치 절단된 손에 인공 혈관을 장치해 몸뚱이와 별도로 살아 나가게 한 것과 비슷하다고나 할까?

인간들의 마녀 사냥

책을 그렇게 도살하는 것보다 더 끔찍한 경우는 책을 불살라 버리는 것이다. 아, 그동안 마녀 사냥처럼 아무런 죄도 없이 대량 학살된 책이 얼마나 많았던가. 우리는 화형시키고 싶어 눈을 반짝거리며 달려드는 자들 앞에서 무죄를 증명해야만 했다. 빌어먹을 늙어 빠진 영감탱이들 같으니라고! 자기네들이 백내장으로 눈이 반쯤 멀어 책을 읽을 수 없으니까 남들도 읽지 못하게 심술부리는 수작이 아니고 뭐냔 말이다. 내가 못하는 건 남도 하면 안 된다, 이 말이지!

사람들 중에는 주체할 수 없을 정도로 시간이 남아돌아 이단적인 생각을 갖게 된 이들이 있다. 열렬한 민주주의의 제안자들이 자신의 뛰어난 통찰력으로 세상을 영광스럽게 빛내고자 위험한 사상을 출판하는 모험을 감행한다. 이 모험가들은 사람들로부터 비난이 쏟아지기 시작하면, 정면으로 대응하기는커녕 안전한 피신처로 숨어 들어가 버린다. 이상하게도 그들을 위한 은신처는 누군가가 반드시 제공한다. 그들은 그곳을 근거지로 망명 이교도로서 저항을 계속해 나가는데, 그야말로 활활 타는 불길에 기름을 퍼붓는 격과 같은 것이다. 따라서 우리의 운명은 완전히 그 불길에 내맡겨지는 셈이 된다. 잘 알다시피 종이와 불은 상극 관계가 아닌가.

몇 백 년 후 이단적이던 사상이 위대한 사상으로 드러나 저자의 명예가 복원된다면, 우리의 죽음이 무슨 의미가 있겠는가. 지구가 제 궤도를 돌고 있다는 지동설이나 인간이 원숭이로부터 발전했다는 진화론이 그랬던 것처럼 말이다. 별것도 아닌 걸 갖고서! 화형장의 이슬로 사라진 이름 없는 불쌍한 희생자들이 후세의 어떤 관심도 끌지 못하는 반면, 저자는 불멸의 명성을 얻거나, 경우에 따라서는 금자탑으로까지 추앙받는다. 하다못해 민주주의의 승리자로도 역사에 남는다. 이에 반해 이름 없는 희생자들이 바랄 수 있는 거라곤 기껏해야 객관적인 통계 수치를 보여 주는 간단한 각주에 오르는 정도이다. 그 각주에 그들이 당했던 고통이 일언반구도 언급되지 않으리라는 것은 불문가지의 사실이다.

탄압이 진행되는 동안에는 책의 인쇄 부수가 줄기 때문에 화형당하는 희생자가 많지 않다. 또한 인간이 지닌 몇 안 되는 고상한 본성 중의 하나인 자손에 대한 배려가 희생자를 줄이는 데 크게 도움이 되기도 한다. 어떤 책이 금서 목록에 오를 것이라는 기미가 보이기 시작하면, 눈치 빠른 사람들은 해당 도서를 암시장 같은 곳에서 몰래 사서 안전하게 숨긴다. 책이 발각될 경우 생명이 위험할 수 있다는 것을 알면서도 그렇게 한다. 그런 연유로 정작 장작더미 위에 올려지는 책들은 그리 많지 않다.

모험의 대가는 확실하게 주어진다. 예리한 선견지명을 지닌 구매자는 결국 자기 자손들에게 엄청난 은혜를 베풀게 된다. 영원한 이단(異端)은 없는 법이라서 조만간 금서의 저자는 명예를 회복하게 되고, 그의 저서는 엄청난 가격으로 뛰어오르 게 마련이다. 만일 구매자가 탁월한 통찰력이 있어 여러 권의 저서를 숨겼다면, 그 집안은 자자손손 떵떵거리며 늘어지게 잘살 수 있을 것이다. 존경과 명예를 얻는 것은 말할 것도 없고, 무엇보다 용감한 민주주의자를 조상으로 두었다는 덕을 단단히 보게 된다. 때로는 조상의 명성에 힘입어 관직을 한 자리 —하다못해 명예직이라도— 차지할 수도 있을 테니까.

학살

골칫거리 신세

무시무시한 대규모 처형은 비교적 최근의 일인데 이거야말로 진짜 도서 학살이다. 종종 엄청난 도서들이 흔적 하나 없이 완벽하게 학살된다. 그렇다면 이렇게 끔찍한 일이 생기는 원인은 무엇인가? 바로 폐기 처분이다. 서점에서 잘 안 팔리거나 도서관에서 아무도 찾지 않아 더 이상 쓸모없는 신세가 되면, 그때부터 우리는 골칫거리로 전락하고 만다. 골칫거리 신세에서 화형장으로 넘어가는 건 순식간이다. 하긴 '골칫거리(burden)'라는 말과 '불에 타다(burn)'라는 말도 철자 두어 개 차이밖에 안 난다. 사람들은 새로운 '죽음의 수용소'를 지어 놓고 단 하룻밤 사이에 1백만 권씩 처치해 버린다. 그러고는 그 효율성에 뿌듯해한다.

이 모든 과정은 사람들의 냉소적 반응을 입막음하기 위해 '친환경주의'의 탈을 쓰고 진행된다. 가스 처형을 당하건 도살을 당하건 공포감에 있어서는 마찬가지지만, 그래도 전자가 좀 더 인도적이다. 후자의 경우, 우리는 크고 날카로운 칼날 아래 바로 놓이게 되는데, 이에 비해 단두대는 고작해야 열쇠고리에 딸린 손톱깎이 정도라고나할까. 사람들은 우리를 몇 번씩이고 난도질해 산산조각을 낸 다음다른 책의 원료로 재활용한다. 아! 끔찍하고 무서워라! 그러고는 많은 숲을 보호했다며 자랑스러워한다. 그래, 훌륭한 환경 보호주의자들이다! 그들은 우리를 열등한 종으로도 쳐주지 않는다. 이 지독한종족 차별주의자들에게 있어 우리는 하찮은 물건에 지나지 않는다.아니, 하찮은 물건도 못 된다.

간혹 우리를 제대로 대접하려는 사람들도 있다. 그러나 '지옥으로가는 길은 선의로 포장되어 있다'라는 속담도 있듯, 사람들이 우리를처음부터 해치려 한 것은 아니나 결과적으로 우리 몸에 칼을 댄 경우가 비일비재하다.

예를 들어, 책 한두 장도 넘기지 못하고 코를 고는 사람이 아니라처음부터 마지막까지 단숨에 보고 나서야 책을 덮는 사람이 있다고치자. 단숨에 끝장을 봐야만 직성이 풀리는 사람이다. 지칠 줄 모르는 이 사람은 일단 우리를 손에 잡으면 물불 안 가리고 광적으로 독서에 빠진다. 읽으면 읽을수록 더 기갈이 드는 사람들이다. 만족을모르는 이들이야말로 명실상부한 독서광이다.

그들이 우리에게 몰두하는 것이 처음에는 꽤 흐뭇하다. 우리를 우쭐하게 만들어 주기 때문이다. 그러나 시간이 흐를수록 그런 태도는점점 무거운 부담이 된다. 만일 우리와 그가 비슷한 성향이 아니라면, 우리는 이내 싫증을 느끼고 그의 욕망의 노예가 되고 말 것이다.욕망의 대상이 된 채 오로지 그의 정욕을 만족시키기 위해 존재하다

가 마침내 절정에 이르면, 우리는 마지막 한 방울까지 쥐어짠 레몬이
나 물먹은 솜처럼 완전히 탈진 상태가 되고 만다. 하지만 그런 사정
을 알 리 없는 그는 기쁨에 들떠서 기고만장해져 가지고 우리도 황
홀한 시간을 즐겼을 것이라 굳게 믿는다.

매춘부

이와 극단적인 대조를 보이는 형으로, 우리를 한 번도 들춰보지
않은 채 한쪽에 처박아 놓고는 생전 얼씬도 하지 않는 사람들이 있
다. 처음에는 이런 사람을 만난 것이 하늘이 내린 복처럼 생각된다.
우리같이 자존심 강한 책들이 인간의 손길에서 안전하게 벗어나 있
는 것보다 더 바람직한 환경이 어디 있겠는가? 피가 통하는 인간은
아니지만 우리 역시 실수를 저지를 수 있는 생명체이다. 복에 겨운
나머지, 시간이 좀 지나면 마음속에서 의심의 벌레가 꿈틀거리기 시
작한다.

도대체 내가 뭘 잘못한 걸까? 아무 문제가 없다면, 어쩌다 한 번은
눈길을 줄 텐데, 그것만으로도 난 충분한데. 도대체 뭐가 문제라고
똥 묻은 막대기 취급을 하는 걸까? 이런저런 생각에 골몰하다 보면
마침내는 사랑받지 못하는 여자들이 흔히 그렇듯이 '맞아, 내가 별로
예쁘지 않아서 그래!'라고 결론을 내린다. 그러고는 의식적이든 무
의식적이든 주인이 즐겨 찾는 책과 자기를 비교한다.

우선 눈을 크게 뜨고 그 책의 흠을 찾는다. 커버는 더러워졌고 표
지는 후줄근하며 책등은 휜 데다 박아 놓은 실밥마저 풀어져 책장이
떨어지기 일보 직전이다. 영성(靈性)의 결핍은 차치하고 그 책의 내

면 또한 얼마나 공허하고 삭막할 것인가? 오, 하느님, 맙소사! 세상에, 주인은 도대체 그 책의 어디가 그렇게 좋단 말인가? 말은 그렇게 하면서도 우리는 주인의 관심을 끌려는 헛된 희망으로 어리석게도 경쟁자의 모습을 흉내 내기 시작한다. 오래지 않아 적당히 빛이 바래고 구겨지고 휘어지고 너덜거리는 모습을 띠게 되지만, 결국은 다 소용없는 짓이 되고 만다. 주인은 여전히 아는 척도 하지 않는다.

결국 우리는 마지막 승부수를 둔다. 우리를 군계일학으로 돋보이게 하던, 가장 뛰어난 자질인 영성을 마침내 포기하고 마는 것이다. 천박하고 변덕스럽고 경솔한 데다, 경박하게 낄낄거리기 일쑤고 멍청하기까지 한, 백치 미인으로 변신한다. 하지만 그 모든 노력도 죄다 헛수고가 되고 만다. 주인은 여전히 우리에게 눈곱만큼도 관심을 보이지 않는다. 마침내 우리에게 남은 것은 모든 수컷들에 대한 치유할 길 없는 깊은 환멸뿐이다.

지금까지의 상황과 성격은 다르지만 피할 수 없는 또 하나의 절망적 운명이 우리를 기다리고 있는데, 이번에는 양극단의 중간쯤에 해당하는 사람들이 문제를 일으킨다. 이들의 경우도 처음에는 모든 것이 흠잡을 데 없이 완벽하다. 그들은 우리를 걸신들린 듯이 읽어 치우지도 않고, 그렇다고 선반에 처박아 두지도 않는다. 천천히, 주의 깊게, 그리고 조금씩 읽어 나가는 것이 마치 미식가가 맛을 음미하며 식사를 즐기는 듯하다. 우리가 꿈꿔 온 바로 그대로다. 그런데 이 사람이야말로 우리가 자나 깨나 그리던 이상형이라고 믿기 시작한 바로 그 순간, 기가 차게도 악당이자 사기꾼이며 천하에 잡놈인 그의 본색이 드러난다. 더러운 뚜쟁이 같으니라고!

자기는 아무 상관도 없는 사람이라는 투로 그는 우리가 뻔히 듣는 앞에서 주위 사람들에게 우리를 칭찬하고 추천한다. 친구에게는 말할 것도 없고, 그저 안면만 좀 있으면 누구나 붙잡고 우리를 권한다. 그 꼬락서니를 보면서, 우리는 도저히 눈을 의심하지 않을 수 없다. 망설이는 기색이라고는 눈곱만큼도 없이 가장 은밀한 순간까지 세세하게 늘어놓는 꼴이라니. 그가 음탕하게 입맛까지 쩝쩝 다시며 시시콜콜 까발리는 동안, 한통속인 저질스러운 관음증 환자들은 마른침을 꼴깍꼴깍 삼키면서 그의 말에 귀 기울인다. 어쩔 수 없이 그런 장면을 봐야만 하는 우리는 수치감으로 온몸이 부들부들 떨리며 죽고 싶은 심정이 된다.

우리가 그렇게 가지고 놀기 쉬운 대상이라는데 마다할 사람이 누가 있겠는가? 결국 이 손에서 저 손으로, 이 사람에서 저 사람으로 옮겨 다니는 신세로 전락하는 사이에 우리는 점점 매춘부가 된 것 같은 심정이 든다. 사람들이 우리를 읽을 때마다 그 후유증으로 점점 시들고 늙어 빠져 가는데도 주인은 전혀 아랑곳하지 않는다. 단물을 빨아먹을 대로 빨아먹은 그에게 우리는 더 이상 필요 없는 존재인 것이다. 그러니 어느 날 누군가가 우리를 빌려 가서 돌려주지 않는다 해도 주인이 전혀 알아채지 못할 건 불 보듯 뻔하다.

사창굴 도서관

하지만 팔자가 더 사나운 것으로 치자면, 도서관에 내던져진 불쌍한 자매들을 따라갈 책이 없다. 도서관에 있느니 차라리 죽어 버리는 게 낫다고 생각할 정도로, 우리가 가장 혐오하는 시설이 바로 도서관이기 때문이다. 위선자인 인간들은 도서관을 '문화의 사원', '문학의 요새', 심지어는 '문명의 성채'라고까지 부른다. 허나 웃기는 소리 말라고 그래! 사창굴이라는 이름보다 더 어울리는 말은 아마 세상천지에 없을걸? 문 앞에 홍등만 달지 않았지, 다른 건 모조리 사창굴 그대로이지 않은가!

우선, 수많은 창녀들이 우글거리고 있다는 점이 같다. 어떤 자매들은 거기에서 평생을 갇혀 지내기도 한다. 어린 나이에 그곳에 발을 들여놓은 이래, 재수 없게 인기라도 많으면 현역에서 물러날 때까지 수천 명의 손님들을 상대해야 한다. 게다가 고객들은 그해에 어떤 자매가 가장 인기가 많을지 알아맞히는 게임까지 한다. 우승자로 선정된 책에게는 우승 증명서와 함께 은제 트로피까지 수여한다. 아니면 하다못해 띠지라도 둘러 준다. 하지만 사람들은 폼 나는 수상식을 거행하는 동안, 그 책이 우승하기까지 어떤 시련을 겪어야 했는지에 대해서는 단 한순간도 생각하지 않는다.

보호해 주는 사람도 없이 그녀는 지옥 같은 삶을 살아야만 했다. 그녀에게는 뚜쟁이조차 없었다. 그래도 관외(館外) 도서 대출이 금지될 때는 도서관 안에서만 관계를 맺어 보호라도 받았다. 하지만 콜걸이 불려 나가듯 관외 도서 대출이 가능해진 요즈음에는 그저 운명에 맡길 수밖에 없다.

책의 훼손을 금지하는 규정이 있지 않느냐는 순진한 소리는 하지 말기 바란다. 어떤 사람이 그런 규정에 귀 기울인단 말인가? 지나치게 책에 탐닉한 나머지 책에다 마구 낙서를 해대는 사디스트를 도서관 사서가 잡아냈다 하더라도, 벌칙이 너무 경미한지라 추호의 망설임도 없이 다시 낙서를 할 것이 분명하다.

건강 관리 역시 나을 것이 하나도 없다. 의료 장비도 부실한 데다

숙련되지 못한 의료진은 아주 심각한 상처를 입은 자매에게나 겨우 관심을 보일 뿐이다. 그나마 그들이 해주는 치료라는 것도 아마추어 수준에 불과하다. 그들이 우리를 원래 상태로 복원해 줄 거라고 순진하게 기대하는 건 애당초 물 건너간 이야기다. 가당치도 않은 희망 사항이다. 그들이 우리 몸뚱어리 여기저기에 접착력 좋은 반창고나 붙여 주고 나면, 우리는 다시 현장으로 돌아가야 한다. 그러니 그 골골이, 어디 골골이겠는가. 하지만 사람들이 우리를 필요로 하는 한 아무도 그런 데 신경 쓰지 않는다. 환갑 진갑 다 넘기고, 이제 아무도 찾지 않는 존재가 되면, 우리는 넉넉한 연금 생활자로 은퇴하는 것이 아니라 길거리로 내팽개쳐진다. 신다 버린 헌신짝이 따로 없다!

이 모든 것들이 우리의 자존심과 명예에 커다란 상처를 준다고는 하지만, 대여료로 인한 것만큼 심한 것은 아니다. 우리의 대여료는 요금이라 부를 것도 없다. 완전 공짜다. 하긴, 돈 몇 푼 받고 몸을 파느니 차라리 공짜로 봉사하는 게 훨씬 낫지. 거저 줄 때에는 최소한 사마리아의 창녀가 된 기분이라도 들 테니까. 어떤 신분 확인 절차도 없이 원하는 사람이면 누구나 도서관에 들어갈 수 있다. 단순 요식 행위에 불과한 신분증 검사도 하지 않는다. 더구나 위생 검사를 받았는지 확인하는 일도 없다. 건강 검진은 물론이거니와 우선적인 확인 사항이 되어야 할 정신 질환 검사 여부는 아예 생각조차 하지 않는다. 도서관 휴게실에서 마실 커피 한잔 값만 있으면 된다. 커피 값만 기세 좋게 낼 수 있는 사람이라면, 천국의 문은 1년 내내 활짝 열려 있다. 어린양의 우리 속에다 발광한 늑대를 풀어놓는 격이다.

대학 도서관이나 국회 도서관, 또는 국립 도서관처럼 명성이 자자한 몇몇 특수 대형 도서관의 경우는 상황이 좀 나은 편이다. 이곳의

책들은 거의 관외로 대출되지 않으며, 간혹 그런 일이 있더라도 그것
은 고급 매춘에 해당한다. 매춘부라고 해도 다 같은 것이 아니라서
고급 매춘부의 고객은 당연히 수준도 높아 신중하고 사려 깊은 사람
들이다. 고학력의 엘리트들로 촌구석이나 도시 뒷골목의 막가는 무
지렁이들과는 차원이 다르다. 이런 고학력자 중에는 감수성이 풍부
한 사람들도 많아 종종 그들과의 사이에서 진정한 로맨스가 피어나
기도 한다.

어떤 대학교수나 시간 강사는 책 한 권을 진심으로 사모하는데, 그
대상이 되는 것은 특별히 희귀하고 값비싼 책이다. 그들은 마치 10대
소년처럼 책 앞에 무릎을 꿇고 사랑을 맹세하며, 어떤 대가를 치르더
라도 지켜 주겠노라고 다짐한다. 그런 까닭에, 도서관에서 빌려 온
그 책을 반납하는 일이 없다. 다른 남자가 그녀를 만지는 건 고사하
고 쳐다보는 것마저도 용납할 수 없기 때문이다.

그를 따라 집에 오고 나서야, 그런 책들이 자기 하나만이 아니라는
것을 알게 된다. 집 안에는 이 저명한 신사의 옛날 애인들이 수두룩
하게 쌓여 있다. 진짜 바람둥이 기질이 다분한 남자다. 그것을 보고
도 새로 온 아가씨는 그다지 낙담하지 않는다. 왜냐하면 이 사람 저
사람 손을 타는 도서관보다는 이곳이 훨씬 낫기 때문이다. 고객들이
아무리 고상하다 해도 싫은 건 싫은 법이다. 말이야 바른 말이지, 책
으로서 이보다 더 늘어진 팔자가 또 어디 있겠는가? 일부일처제라
면 더 낫지 않겠냐고? 그건 열렬한 여권 운동가인 책들조차 애당초
포기한 '그림의 떡' 같은 얘기다.

교수는 도서관으로부터 처음에는 경고를, 나중에는 호출까지 받는
데도 그런 무분별하고 인정머리 없는 공격을 냉철한 자세로 꿋꿋이

버텨 나감으로써 고참 애인도, 신참 정부도 배신하지 않는다. 자기
가 무슨 진정한 기사인 양 끝까지 충성 서약을 지킨다. 결국 도서관
은 기사가 죽고 나서야 책에 대한 소유권을 주장할 기회를 잡을까
말까 한데, 그나마 상속인이 책에 대해 별다른 애정을 갖고 있지 않
거나, 그것을 가보로 삼아 자자손손 물려줄 생각이 없을 때에나 가능
하다.

타락한 응접실

그런 상황은 인간이 만든 책과 관련된 시설에서는 어디나 마찬가
지이다. 예를 들어, 서점의 경우를 보자. 그곳 역시 번지르르한 미사
여구로 화려하게 칠갑을 해놓고는, 보통 서점 이상인 양 '책을 갖춘
응접실'이라고 떠벌린다. 대체로 지나친 미사여구는 무언가 부끄러
운 진실을 은폐하고자 하는 꿍꿍이속이 있어서라고 보면 틀림없다.

타락한 서점들은 노예 시장보다 나을 게 없다. 그곳에서 사용되는
용어만 봐도 그들의 꿍꿍이속을 알 수 있다. 공식적으로야 그렇게
말하지 않지만, 이 훌륭한 시설의 직원들은 거기서 거래되는 여자
(책)를 '상품'이라 부른다. 여성의 성(性)을 지닌 생명체가 상품이라
고 불리는 현실, 그게 바로 우리 책들의 처지라고 이해하면 된다.

하지만 여기에도 약간의 차이가 있다. 기본적인 큰 원칙이야 같겠
지만 모든 서적상들이 다 똑같지는 않기 때문이다. 서점에서 우리는
팔려 나가기 위해 진열되는데, 책을 사러 온 고객들은 자신의 관심을
끈 계집 노예의 품질이 괜찮은지를 확인하고 싶어한다. 잘 알지도 못
하는 물건을 함부로 사들이고 싶지는 않을 것이다. 아주 먼 옛날부터

팔려고 내놓은 계집들의 가치는 손으로 만져 보고 확인하는 것이 관례였다. 물론 겉모습만으로도 판단할 수 있겠지만, 잘 알다시피 장사꾼들이란 허풍을 떠는 건 기본이고 필요하면 거짓말에 사기도 불사할 사람들이 아닌가.

고객이 우리 몸 구석구석을 만지는 동안 우리는 꼼짝도 하지 않고 있어야 한다. 전적으로 정당한 반항이지만, 조금이라도 그럴 기미를 보이면 노예상(즉, 서적상)은 우리에게 주제 파악이나 하라면서 무자비한 채찍질을 가한다. 고객의 손길이 우리 몸을 훑고 다니면서 마음대로 만지고 쑤시는데 금지된 성역이란 존재하지 않는다. 그는 우리의 영양 상태가 좋은지, 심신은 모두 건강한지, 이는 온전하게 다 갖추고 있는지를 확인하고 싶어한다(이의 경우 말을 살 때처럼, 특히 치밀하게 살펴보아야 한다. 얼굴은 분을 바르면 속일 수 있지만, 이는 절대 속일 수 없다).

이 모든 과정에서 가장 참을 수 없는 것은, 그렇게 다 주무르고도 사야 할 의무를 느끼지 않아도 되며, 맘에 들지 않는 이유를 설명할 필요가 없다는 점이다. 그냥 서점 주인이나 판매원에게 돌려주고 다른 노예를 찾아 두리번거리거나 매장 밖으로 나가면 된다. 그렇다고 까다롭게 고르는 쪽이 늘 고객들인 것은 아니다. 서적상도 손님을 가릴 때가 있다. 가끔 손님들 중에 진짜 정신병자가 있는데, 그런 경우 그가 문지방을 넘어서는 순간 책을 사러 온 게 아니라 도착증을 만족시키려고 왔다는 것을 알 수 있다. 한여름인데도 기다란 레인코트를 입은 모습이 너저분한 데다가 머리카락은 끈적끈적하게 엉켜 있고 면도도 하지 않았다면 의심할 여지없이 정신병자이다.

판매원들 역시 자기가 지금 상대하는 사람이 어떤 부류인가를 잘 알기 때문에 자진해서 그들을 문밖으로 쫓아낸다. 물론 우리를 생각해서가 아니라—그들이 언제 우리의 수치심이나 체면 따위에 아랑곳했었나?—자기네 시간을 낭비하기 싫어서다.

철저한 사업가인 그들에게 시간은 곧 돈이다. 하지만 어떤 사람이든 책을 사지 않으리라는 것이 확실해지기 전까지 잠재적 구매자이므로 함부로 판단해서는 안 된다. 더구나 경쟁 업체들은 그가 어떤 식으로든 실수하기를 학수고대하는 판이 아닌가.

이런 부류의 고객들이 서점 안에서 한두 시간 이상을 보내는 것은 일도 아니다. 그들은 대체로 가장 나이 어린 책, 즉 이제 막 출고된 신간 도서들만 상대한다. 서점 안이 붐비거나 판매원들이 정신을 딴 데 판다 싶으면 살금살금 구석으로 들어가 자기네들의 욕구가 채워질 때까지 세월아 네월아 뽑아 온 책을 읽는다(최근 들어 몇몇 서점들은 '응접실'이라는 주장을 정당화하기 위해 그런 고객들을 위한 칸막이방을 제공하고 있다). 그 정신병자는 불쌍한 신간 도서를 몇 번이고 읽고 또 읽어서 완전히 망가뜨려 놓은 다음에야 돌아간다. 이제 처녀성을 잃은 그 책을 사는 건 고사하고 누가 거들떠보기나 하겠는가.

그 가련한 책은 결국 서점을 더럽히는 쓸모없는 것으로 분류되어 창고로 내몰린 뒤 폐기 처분만 기다리는 신세가 된다. 간혹 서점 직원이 그녀를 불쌍히 여겨 집으로 가져가기도 하지만 읽지 않으리라는 것은 불 보듯 뻔한 일이다. 그에게도 지켜야 할 품위가 있는 바, 폐기 처분당할 책이 불쌍해 집으로 가져오기는 했지만 남의 손을 탄 책을 읽는다는 건 자존심 상하는 일이 아니겠는가? 아무리 자선 행동이라 해도 더 이상 내려갈 수 없는 하한선은 있는 법이다. 공짜로 생긴 책이니 누군가에게 생일 선물로 주는 등 다른 목적으로 활용할

수도 있다. 단, 선물용 포장지로 예쁘게 포장해서 헌책이라는 티가
금방 드러나지 않게 해야 하겠지만.

서적상들의 마지막 카드

노예상들의 최대 적은 당연히 도둑이다. 우리 적의 적은 곧 우리
의 친구이니, 우리가 도둑에게 호감을 갖는 것은 당연한 일이다. 물
론 우리가 좀 오버하는 걸로 보일 수도 있다. 어쨌거나 그들에 대한
우리의 감정은 상당히 낭만적인 색채를 띠고 있어서, 그들을 가난한
자를 위해 부자를 약탈하는 멋진 의적(義賊)으로 여긴다. 그런 이유
로 우리는 그들을 '로빈후드'라고 부른다. 인간의 역사에 넘쳐 나는
도둑들 중에서도 하필 '로빈후드'라고 부르는 이유는 '도둑(robber)'
과 '로빈(Robin)'의 발음이 비슷하기 때문이리라.

우리의 노예 신분을 해방시켜 준 사람을 이상화하는 것은 지극히
당연한 일이다. 특히 감상주의에 빠진 여자의 경우 더 그렇다. 하여
간 얼마 안 가서 곧 모든 로빈후드가 괜찮은 작자가 아니라는 것이
드러난다. 그들 가운데 몇몇은 우리를 독점하기 위해서, 즉 혼자서만
읽고 소유하기 위해 훔쳤거나 사랑하는 사람에게 선물하기 위해 그
랬을 수도 있다. 하지만 그런 신사적인 목적으로 책을 훔친 도둑은
약에 쓰려 해도 찾기 어렵다. 좀도둑들의 범행 동기는 십중팔구, 전
설적으로 내려오는 의로운 행위와는 거리가 멀어도 한참 멀다. 그들
은 가능하면 빨리, 아무에게나 훔쳐 온 책들을 팔아 치우려고 한다.
그것도 치욕적일 만큼 형편없는 헐값으로 말이다.

이 경우, 그 책임이 우리에게도 있다는 것을 인정한다. 도둑이 훔

치는 순간, 서점 직원에게 알릴 수 있었음에도 불구하고 가만히 있는
쪽을 택했으니 일단은 우리 자신이 납치의 공모자가 되는 셈이다.
앞으로 어떤 운명이 기다릴지는 몰라도, 지금 당장 자신의 구원자로
보이는 사람을 어찌 고발할 수 있단 말인가? 두 번째로 우리가 저지
른 또 다른 실수는 누우이 들어 온 경고를 무시했다는 점이다. 우리
는 어릴 때부터 강도들의 사랑이란 그 명칭만큼이나 믿을 것이 못 된
다고 배워 왔다. '사랑하는 동안에야 질풍노도 같은 감정이겠지만, 그
감정이 오래가는 경우란 거의 없다'고 귀에 못이 박히도록 들어왔다
고는 하지만, 여자의 마음이라는 게 어디 이성의 명령을 따라지던가?

　우리의 가격을 떨어뜨리는 것은 도둑만이 아니다. 서적상들 또한
매출이 점점 떨어지기 시작하면 그런 짓을 한다. '가격 할인'이라는
미명하에 우리를 헐값으로 해치운다. 초창기에는 그래도 어느 정도
봐줄 만했다. 어쩌다 한 번씩 드물게 있는 행사인 데다가 도서 전람
회 같은 그럴듯한 명분도 있었다. 하지만 한번 박리다매에 재미가
들린 서적상들은 온갖 구실을 다 끌어대며 할인 판매를 늘릴 궁리를
해 댄다.

　도서 전람회의 가격 할인 기간이 처음에는 1주일, 얼마 후에는 2주
일로 늘어나더니, 다시 1개월로 연장된다. 나중에는 기간도 정하지
않고 줄창 이어진다. 그 바람에 10월에 시작한 가격 할인이 12월까
지 이어진다. 다음 해 2월에도 같은 명목으로 가격 할인 행사를 가져
서는 별 재미를 못 볼 것 같은 그들은 다른 구실을 찾는다. 그리고 얼
마 안 가서 좋은 핑계를 찾아낸다.

　바로 공휴일이다. '성탄절' 기념 할인이 시작되었고, 이어 '여성의
날' 기념 할인 행사를 가졌다. '창고 대처분', '재고 정리 세일'은 노동

절에 맞춰 이루어졌다. 그런데 오래지 않아 특이한 현상이 드러났다. 할인 행사 기간 동안 가장 잘 팔려 나간 책들이 사실 그 기념일과는 아무 상관이 없다는 점이다. 예를 들어, 성탄절 할인 판매 기간 동안 사람들은 그림이 곁들여진 관엽 식물 재배법에 대한 책을 사려고 장사진을 쳤다. 같은 기간 중에 문학 해석학에 대한 연구서들, 특히 시론(詩論) 관련 책들도 많이 팔렸다.

당황한 서적상들이 그 문제를 어찌해 보기도 전에, 3월 8일 '여성의 날'이 닥쳤다. 사람들은 다시, 후기 르네상스 시대 문화 인류학 책을 사려고 몰려들었다. 컴퓨터 관련 서적도 불티나게 팔려 나갔는데, 사은품으로 키보드 청소용 스프레이를 끼워 팔기라도 하면 난리도 아니었다. 노동절 판매 결과까지 보고 나서도, 서점 주인들은 엉뚱한 책들이 잘 팔리는 이유를 찾아내지 못했다. 그럴 수밖에 없는 것이, 이제 막 봄이 시작되었는데 파도타기 안내서나 뜨개질 및 자수 교본을 사러 몰려든 사람들로 서점이 북새통을 이루리라고 누가 상상이나 할 수 있었겠는가.

서점 측에서 볼 때 참으로 황당한 노릇은, 세 차례의 가격 할인 기간 동안 도서 수요 공급이 정상적인 예측을 완전히 벗어났다는 점이다. 가격을 할인한 책은 아무도 찾지 않는 반면, 사람들이 원하는 책은 아무리 비싼 값을 치러도 구할 수 없는 사태가 벌어진 것이다. 물론 할인을 했는데도 전혀 팔리지 않는다는 것은 책의 입장에서 수치스러우면 수치스러웠지 결코 기뻐할 일은 아니다. 하지만 그 치욕은 책이 없어 판매 직원이 쩔쩔매는 모습을 바라보는 것으로 조금이나마 보상받는다. 누군가가 다가와서 선택해 주기를 다소곳하게 기다리는 굴욕적인 순간에, 판매 직원의 일그러진 얼굴을 바라보는 것만큼 통쾌한 일도 없으니까. 자기가 찾는 계집 노예가 없어 성질이 난 손님 앞에서 진땀을 빼며, 하필 지금 그 책이 떨어졌는지 모르겠다며 변명하는 직원의 표정이라니…….

그런 끔찍한 과정을 겪고도, 서적상들은 끈질기게 또 다른 가격 할인 핑곗거리를 찾아 나섰다. 이번엔 국경일이었는데, 처음으로 어느 정도 수지가 맞아떨어졌다. 가장 잘 팔린 것은 '독한 술에 관한 백과사전' 및 '소화기 목록집', 또 변비 해결 방법 따위가 부록으로 딸린 '가정 의학 상식'류의 책들이었다.

교회 기념일 역시, 순식간에 판매 촉진을 위한 기회로 전락해 버렸다. 특히 구매자들은 이 기간 동안 극단적으로 신성 모독적 성향을 드러냈다. 명예나 정의에 관한 문제를 다루고 있는 책은 말할 것도 없고, 영적 훈련이나 내세에 관한 책들을 사려는 사람 또한 눈 씻고 찾아봐도 없었다. 마치 세균에 감염이라도 된 듯 그런 책들을 피하고 있었다. 대신 무슨 음모를 꾸미는 듯 나지막하고 음흉한 목소리로 적나라한 섹스 교본을 찾았는데, 무언가 확실하게 보여 주는 사진이 들어 있거나, 하다못해 컬러 그림이라도 꼭 들어 있어야 한다는 게 그들이 강조하는 책의 조건이었다.

이제, 가격 할인 행사는 아무 날이나 갖다 붙이기만 하면 되었다. 뒷골목에 자리한, 축 처진 천장 아래서 파리를 날리고 있는 조그만 서점들의 경우는 더욱 그랬다. 양봉업자의 날, 우표 수집가의 날, 화폐 수집가의 날, 국제 저축의 날, 채석공과 폭파 기술자의 날, 포도원 주인의 날, 반(反)모기 궐기의 날, 플루트 연주자의 날, 애완동물의 날, 무대 마술사의 날, 인권의 날, 자동차 전기공 및 도장공의 날, 철새 도래일 등등…….

인간사가 흔히 그렇듯, 어떤 일이든 한번 정도를 지나쳐 버리면 그 뒤로는 굳이 구실이나 의미를 찾을 필요가 없게 된다. 마침내 사람들은 아무런 명분 없이도 가격 할인 기간을 선언하게 되었다. 할인을 위한 할인이었다. 경쟁자들은 10일, 2주일, 한 달을 외치다가 종내는 한 시즌 내내 가격 할인, 연중 가격 할인, 5년간의 가격 할인, 10년 대 할인 등으로 대응했다.

더 이상 붙일 이름을 찾을 수 없게 된 서적상들은 드디어 마지막 카드를 제시했다. 무기한으로 계속되는 영구적인 가격 할인을 선언한 것이다. 오! 할인이여, 영원하여라!

끈 떨어진 연 신세

하지만 서점에 있는 불쌍한 소녀 노예들에게 가격 할인이 최악의 사태인 것은 아니다. 더 몹쓸 경우가 있으니 이름하여 세일이다. 이 것이야말로 우리, 책이 곧장 지옥으로 떨어지는 형국이다. 비록 얽매인 신세이기는 하지만 자존심 강한 우리에게는, 그것이 아무리 비싼 가격이라 해도 값이 매겨졌다는 그 자체가 상처이다. 출판업자들이 우리의 가치를 고작 이 정도밖에 안 친단 말이지? 그가 가슴에 손을 얹고 세 번만 생각해 본다면, 우리가 얼마나 형편없는 가격에 팔려 나가고 있는지 대번에 알 것이다.

만일 사람들이 빨리빨리 우리를 사가지 않으면, 우리는 그들에게 화가 난다. '아니, 도대체 뭘 기다리는 거야? 공짜로 책을 얻겠다는 심보인가? 돈도 없는 주제에 왜 노예를 두려는 거야?' 하긴, 요즘 세 상에 노예를 두려는 사람이 어디 있겠는가. 결국 우리는 보잘것없는 신세로 생을 마감한다. 노예상들 역시, 비록 표현 방식이 다르기는 하나 우리처럼 속이 끓어오르기는 마찬가지일 것이다. 그리하여 최소한 얼마 동안 전혀 어울리지 않는 관계인데도, 양측이 동맹군이 되는 이상한 현상이 벌어진다.

우리가 인색한 구매자들과 보란 듯이 맞서서 언제까지고 서점의 선반을 차지하고 있을 수만 있다면 그보다 더 콧대 세울 일도 없을 것이다. 하지만 불행하게도, 우리와 상인 사이의 밀월 관계는 별로 오래가지 못한다. 그들은 어차피 현실적인 사람들이므로 감정에 연연해하지 않으며 또 그럴 시간도 별로 없다. 판매 상황이 신통치 않으면 바로 가격 할인을 시도하고, 그것마저 실패하면 망설일 것도 없이 염가 판매에 돌입한다. 그런 몰락에 비한다면 말이 노새로 전락했다느니, 기둥이 말뚝 신세가 되었다느니 하는 속담에 비유되는 것은 아무것도 아니다.

이 얼마나 기가 막히고 모욕적인 상황인가. 먼저, 그들은 서점 유리창을 휘황찬란한 선전 문구로 장식한다. 그러고는 우리를 그토록 속상하게 했던 원가를 커다란 가위표로 지우고, 그 옆에 더 큰 글자로 새로운 가격을 적는다. 우리는 그 형편없는 가격이 치욕스러워 고개도 못 들고 하룻밤 사이에 전락해 버린 자신의 모습을 인정하지 않으려고 한다. 완전히 끈 떨어진 연 신세다.

한술 더 떠서 서점 입구에 확성기를 달아 놓고 하루 종일 경쾌한 음악을 틀어 대면서 지나가는 행인들을 유혹하기까지 하는데, 마치 싸구려 사창가의 포주들 같다. 아직 소매를 잡아끌지는 않지만 머지않아 그리되고도 남는다.

사실은 그 비슷한 일이 이미 벌어지고 있다. 서점 지배인은 가장 나이 어린 직원에게 공격적인 선전 문구로 가득 찬 광고 전단을 들려 길거리로 내몬다. 선전 문구는 눈에 확 띄는 이탤릭체로 인쇄되어 있거나, 유행가 가사를 패러디한 형식으로 표현되어 있다. 젊은 초짜 직원은 정해진 시간 안에 정해진 분량의 전단을 나눠 주어야 하기 때문에, 마다하는 행인들 손에 억지로 전단을 쥐어 주는 짓도 불사한다. 그런 판촉 활동은 받자마자 바로 버린 전단으로 서점 앞 인도가 잔뜩 어질러져도 여전히 계속된다.

그렇다고 세일 작전이 완전히 실패했느냐 하면 그것은 아니다. 사람들은 대체로 세일이라면 사족을 못 쓰는 편이라, 값이 왕창 싸졌다는 이유만으로 전혀 필요 없는 물건도 무조건 사다가 쟁여 둔다. 따라서 세일 기간이 되면 평소에는 얼씬도 하지 않던 사람들까지 몰려들어 서점 안이 북새통을 이룬다. 서점은 사람들로 넘쳐 나고 서점 주인은 손바닥을 비벼 대며 만족스러워하지만 우리는 온갖 종류의 새로운 불쾌한 경험을 감수해야 한다. 하지만 무얼, 어찌할 수 있으랴? 모든 전쟁에서, 누군가는 반드시 패자로 남는 법이니.

새로운 학살 방식 '미터법'

새로운 고객 중에는 좀 특이한 것을 요구하는 사람들이 간혹 있다. 무척 까다로운 그들은 보통 고객들하고는 스타일이 다르다. 서점에 나와 있는 책들의 제목이나 그 내용에는 도통 관심이 없다. 어디 그뿐인가. 작가, 공저자, 번역자, 출판업자, 편저자, 서문이나 작가 후기 같은 사소한 것들에도 일절 관심이 없다. 하물며 교정원이나 편집자야 말해 무엇 하겠는가.

이런 고객들이 가격 다음으로 중시하는 것은 책의 제본 방식 및 색상이다. 가죽 장정을 제일 선호하지만 캔버스로 된 것도 그리 문제 될 것은 없다. 거의 모든 종이와 잘 어울린다는 이유로 광택 있는 브라운 계열의 밤나무도 자주 찾는다. 만일 표지의 제목이 금박(혹은 모조 금박)으로 새겨져 있다면, 그에게 금니 하나를 거저 박아 주는 셈이다. 그리고 특별 주문 사항으로 그들은 동일한 형태의 긴 시리즈를 요구하는데, 특히 전집을 좋아한다. 또 그것이 바로 판형이 아니라 미터법에 의한 새로운 도서 측정 방법이 소개된 진짜 이유이기도 하다. 미터법이 생활의 모든 영역을 전 방위로 침식하고 있다고나 할까.

손님 하나가 마치 포목점에 들어서는 것처럼 이것저것 꼼꼼하게 재면서 걸어 들어온다. 판매원은 이런 경우에 대비해 책상 맨 아래 서랍에 넣어 두었던 돌돌 말린 금속제 줄자를 꺼낸다. 센티미터 단위로 잴 수 있는 자이다. 그런데 책은 옷감과 달라서 밀리미터까지 잴 수가 없으므로 종종 재는 과정에서 문제가 생기기도 한다. 하지만 구매자가 전집으로만 사려고 하지 않는다거나 판매원이 경험 많고 요령 있는 직원이라면 결과는 만사 오케이다. 손님은 1.27미터만큼의 책을 구입하려 하는데 이는 거실에 놓인 1.25미터짜리 선반에 얼추 맞아떨어질 것 같아서이다. 그 책장은 거실에서 가장 큰 가구로 육중한 캐비닛이나 장롱처럼 보이는데, 번쩍번쩍하고 높이도 있어 제왕처럼 당당해 보인다. 다른 것은 몰라도 높이를 줄일 수는 없으니 폭이 가장 중요한 치수이다.

그런 판매 방식 때문에 겉으로는 우리가 깊은 상처를 받은 듯 보이지만—그중 하나가 오랜 시간 행복하게 같이 지내 오던 가족들과

책 2m
주세요
BOOK

떨어져야 하는 점이다—여기에도 나름대로 좋은 점이 있다. 세일 기간 중 우리에게 닥칠 험난한 운명을 감안한다면 미터 단위로 책을 사는 사람을 주인으로 모시는 것은 사실 복권 1등 당첨에 비견할 만하다. 사람에 따라 약간의 차이는 있겠지만, 어쨌거나 우리가 기대할 수 있는 최고의 주인이기 때문이다.

우선, 그런 주인 밑에서라면 만수무강은 확실히 보장된다. 읽는 건 고사하고 책장 한번 떠들어 보지 않을 테니까. 그런 집 안에서 우리는 박제한 보아뱀의 머리나 유리 상자 속에 들어 있는 돛단배처럼 순전히 장식용으로 존재한다. 그들은 우리를 유리문 뒤의 선반 위에 진열해 놓는다(공간이 좀 비좁은 경우도 있지만 한두 가지쯤은 참아야 하지 않겠는가). 그리고 친지들에게 우리가 주위 환경과 얼마나 잘 어울리는지 어깨에 힘을 주며 과시한다. 특히 우리를 똥값으로 사들일 수 있었다는 점을 대단히 자랑스러워하면서 말이다.

선반 위에 진열된 우리들은 세심한 보살핌 아래 늘 청결한 상태를 유지할 수 있다. 주인은 다른 모든 가구들과 함께 정기적으로 대청소를 해준다. 대형 도서관의 경우, 이쪽 끝에서 저쪽 끝까지, 천장에서 바닥까지 책을 읽으러 몰려든 지적인 벌레들로 우글거리는데도, 청소라고는 3년에 한 번, 그것도 엉터리로 대강대강 하고 넘어가기 일쑤다. 그 바람에 잘 안 보는 책들을 꺼내다가는 순식간에 먼지나 잔뜩 뒤집어쓰고 쿨럭거리기가 십상이다.

책들의 양로원, 헌책방

1년 내내 세일하는 특별한 서점이 있다. 바로 헌책방이다. 어둡고 음산한 분위기가 진짜 책들의 양로원이다. 팔릴 목적으로 거기에 온 노예들은 지독히도 불쌍한 몰골을 하고 있다. 책장은 여기저기 닳아 너덜거리고, 곰팡이까지 나 있으며, 아주 심각한 신체적 결함이 있는 경우도 적지 않다. 책의 표지나 책장이 한두 장쯤 떨어져 나간 것은 그래도 양반이다. 서문이나 작가 후기가 유실되었거나, 심지어 한 장(章)이 통째로 어디 가고 없는 등 심각하게 파손된 것들도 있다. 그러니 누가 그런 것을 제값 주고 살려고 하겠는가. 이런 경우 거래는 판매라고도 할 수 없는 차원으로, 차라리 '알아서 주고 가져가세요' 하는 수준이다.

책방 주인이 헌책을 사들이는 가격에 비한다면 파는 값은 차라리 축복이다. 세상 물정을 모르는 순진한 사람이 사정이 여의치 않아 할 수 없이 팔게 되었다면서, 여러 해 동안 모았던 자신의 개인 장서(藏書)를 내놓는다. 그 말을 들은 서점 주인이 가격을 제시한다. 완벽하게 보존된 책들로 온갖 애정을 쏟으면서 늘 어루만지고 쓰다듬으며 정이 듬뿍 든 애장품인데, 어떻게 이럴 수가! 제시된 가격을 듣는 순간 그는 너무 놀란 나머지 머리가 다 아찔해진다. 그러고는 그 자리에 못 박힌 채 가쁜 숨만 헐떡거린다. 자기 귀를 도저히 의심하지 않을 수 없다. 그는 단박에 그 제안을 거절한 뒤, 쌩하니 몸을 돌려 도전적인 걸음걸이로 나가 버린다. 두 번 다시 생각할 여지도 없다. 간혹 문이 떨어져라 쾅 닫고 나가는 사람도 있다.

책방 주인은 대수롭지 않다는 듯 어깨만 으쓱할 뿐이다. 산전수전

다 겪은 노련한 사람으로 그런 과격한 반응에는 워낙 오래전부터 이골이 났다. 그 사람이 다시 찾아올 거라는 것을 알고 있다. 그런데 정말 바로 다음 날, 팔팔하던 기가 꺾인 그 남자가 다시 찾아온다. 진짜 코너에 몰렸는데 저축한 돈이 하나도 없다. 식구들은 먹고살아야 하지 않겠는가. 애들은 수학여행에 가야 하고 냉장고에 먹을 것도 채워 넣어야 한다. 또 자동차 기름도 바닥났지, 마누라는 스키장에 데려가 달라고 떼를 쓰고 있다. 만일 스키장에 안 데려가면 마누라 등쌀에 견디기 힘들 것이다. 사정이 이러니 제시된 가격이 날강도 내지는 노상강도 수준이라는 것을 뻔히 알면서도 울며 겨자 먹기 식으로 팔지 않을 수가 없다.

이어서 감동적인 작별이 이루어진다. 우리는 인간들이 당하는 고통에 대해서는 냉정한 편이지만 그래도 아주 목석은 아니다. 그가 이제 헤어져야 하는 책들을 바라보며 부들부들 떨리는 목소리로 장래를 기약하는 장면을 지켜보고 있노라면 흐르는 눈물을 막을 수가 없다. 잠시 헤어지는 것일 뿐, 상황이 호전되면 다시 사들이겠노라고. 영원히 거기에다 내버려 두는 일은 절대로 없을 거라고.

그는 정말로 처음 얼마 동안은 팔아 치운 책들을 보기 위해 규칙적으로 헌책방을 찾아온다. 자기 책이 꽂혀 있는 곳으로 곧장 가서는 그들을 어루만지고 쓰다듬고 먼지도 털어 주다가, 남들이 안 볼 때 달콤한 말을 속삭이기도 한다. 그러던 어느 날, 그중 하나가 팔려 나간 것을 알고는, 사랑하는 사람을 잃기라도 한 듯 가슴 밑바닥으로부터 솟아오르는 흐느낌을 주체하지 못한다. 정말로 가슴에 사무치는 광경으로 우리까지도 몸을 떨지 않을 수 없다.

인간에게 영원한 것은 없다. 슬픔도 예외는 아니다. 점점 찾아오는 횟수가 줄어들더니, 어쩌다 한 번 결국에는 아예 나타나지도 않는다. 땅속으로 꺼져 버린 것인지 종적을 감춘다. 몇 년 만에 나타난 그는 완전히 딴사람이 되어 있다. 옛날에 무슨 일이 있었냐는 듯 자기 책, 그 어느 것에도 아는 척을 하지 않는다. 그저 서점 안 여기저기를 어슬렁거리다가 책을 한 권 사고는 가버린다. 그 옛날 똥값으로 팔아 치웠던 자신의 책은 결코 아니다.

어쩌면 우리가 그 고물 창고를 더 혐오하고 두려워하는지도 모른다. 막장과도 같은 그 침침하고 더럽고 음산한 헌책방에서보다 우리가 더 헐값에 처분되는 일은 없을 것이다. 향불 하나만 있으면 신전 분위기를 내기 딱 좋을 장소이다. 희귀한 고서들을 수집하는 괴짜들만 없었다면 정말 그랬으리라.

미망인이 몰라본 신데렐라

자존심이 뭉개질 대로 다 뭉개지고 희망도 모두 사라진 어느 날, 그곳에 꼭 신데렐라 이야기 같은 사건이 하나 발생한다. 물론 조금 차이는 있다. 우선, 구두가 없다는 점, 또 왕자들이 모두 우리 중 단 하나에게만 열렬히 구혼한다는 점이 다르다. 그 운 좋은 자매가 동종(同種)의 최후 생존자이거나 최소한 2백50년 정도 묵은 것이라면 수집가들은 더더욱 좋아한다.

그들은 책의 내용이나 거기에 담긴 사상, 나아가 책의 겉모습 따위에는 전혀 관심이 없다. 책의 보존 상태가 좋으면 바람직하겠지만 굳이 아름다울 필요까지는 없다. 단지 그 책을 자기 혼자만 갖고 있기를 원하며, 다른 사람이 절대로 갖고 있지 않다는 사실을 확실히

해두고 싶은 것이다. 그럴 수만 있다면 값은 얼마든지 지불할 용의
가 있다. 광적인 수집가에게 돈은 하등 문제가 되지 않는다.

희귀한 책을 찾아내는 것이야말로 고서적상의 장기이다. 나머지
는 다 부수적인 곁다리일 뿐이다. 가장 큰 이익을 보는 경우는 책의
주인이 그 진가를 모를 때이다. 뭘 모르는 순진한 사람, 예를 들어 대
학교수의 미망인이 연금 액수가 부족한 상황에 처했다고 치자. 자기
의 재정 상태를 호전시키고 싶은 그녀는 죽은 남편의 장서를 내놓기
로 한다.

그 미망인은 책을 파는 것이 남편과의 엄숙한 맹세를 깨버리는 짓
이라는 것을 물론 잘 알고 있다. 남편은 부인으로부터 절대로 책을
팔지 않겠다는 굳은 약속을 받고 나서야 눈을 감았으니까. 물려줄
자식도 없으니 박물관이나 그 비슷한 기관에 기증하거나, 교수의 유
품을 보존할 재단을 설립해서 그 보호 아래 놓아두어야 했다. 책을
내놓은 미망인은 남편이 무덤 속에서 당장 거품을 물고 뒤집어진다
해도 별반 양심의 가책을 느끼지 않는다. 그런 대접을 받아도 싼 것
이, 교수는 평생 동안 부인이 아니라 그 망할 놈의 책들에게 훨씬 큰
애정을 쏟지 않았던가? 또 그녀가 그 책들을 안 읽을 것은 보나 마
나 뻔한 일인데, 먼지나 뒤집어쓰고 있게 놔둘 필요가 무에 있단 말
인가. 그것들을 팔면 그래도 미망인에게 경제적 도움이라도 된다.
좋은 시절을 남편 뒷바라지에 다 날렸으니 이제부터라도 자신을 위
해 살아야 하지 않겠는가?

고서적상이 때마침 미망인에게 전화를 건다. 그녀가 직접 책을 가
게로 가져오지 않을 것은 분명하다. 하긴, 무슨 수로 가져온단 말인
가. 가게 주인은 수선화—나이 든 여자치고 수선화를 싫어하는 사

람은 없다―와 예쁜 리본으로 잘 포장한 과자 한 상자를 들고 미망
인을 찾아간다. 훌륭한 거래를 성사시키고 싶다면 그 정도는 해야
하는 법이다. 적금 든다고 생각하면 된다. 맨입으로 성공하기를 바
라는 것은 바보들이나 하는 짓이다.

미망인을 찾아가서 사업 이야기부터 꺼내서는 절대로 안 된다. 그
이야기는 언제나 맨 마지막 순간에 해야 한다. 일단 조금 지루하겠
지만 노부인의 한평생을 들어 준다. 부인은 그동안 찾아오는 이도
없이 고양이하고만 대화를 나눴는지라 말이 하고 싶어 안달이 나 있
다. 유감스럽게도 고양이는 적당한 대화 상대가 되어 줄 수 없다. 그
가 자리에 앉자마자 그녀는 모르는 사람이라고 해서 주저하는 법 없
이 자기 마음을 속속들이 털어놓는다.

「남자한테 마지막으로 꽃을 받아 본 게 언제인지 몰라요. 당뇨가
심하다며 의사가 단것을 먹지 말라고 했지만 이번만은 무시해야
겠어요. 아까운 과자를 버릴 수는 없잖아요.」

서적상은 노부인의 이야기에 귀 기울이는 척하면서 그녀의 슬픔
에 진심으로 공감을 표하기도 하고, 매정한 남편의 이야기에는 질렸
다는 표정을 짓기도 한다. 그리고 그녀가 하는 말마다 열심히 맞장
구를 친다. 사람들이 갈수록 점점 사악해지고 탐욕적으로 변해 간다
느니, 남을 등쳐 먹을 생각이나 한다느니, 세상에 믿을 놈은 하나도
없다느니, 완전히 말세라느니 하면서 말이다.

찾아간 지 세 시간 15분이 지나고 나서야, 고서적상은 마침내 용
건을 꺼낸다. 그때쯤이면 부인은 책을 거저 줄 태세를 보일 뿐 아니
라, 그 엄청난 분량의 책들을 처분해 준다는 데에 진심으로 감사하는
마음까지 갖는다. 일어나서 책을 둘러보는 동안 그는 일부러 무덤덤

한 태도를 보인다. 별다른 호기심을 드러내지 않고 가볍게 슬쩍 보는 것 같지만, 사실은 희귀한 고서를 찾느라 눈에 불을 켜고 있다. 하나 건지더라도 최고의 전문 도박사답게 표정 하나 바뀌지 않는다.

조사를 마치고 나서도 그는 섣불리 가격을 제시하지 않는다. 구체적인 운송 문제부터 거론해야 한다. 가격보다 훨씬 더 중요한 문제 아닌가. 노부인은 모든 실질적인 문제를 그의 직원에게 일임해야 하리라. 그들이야말로 무얼 어떻게 해야 할지 아는, 이 방면의 전문가들이 아닌가. 골판지 상자와 트럭을 준비할 것이며, 진공청소기도 가져와서 책이 빠져나간 빈 책장에 먼지 하나 남지 않게 깨끗이 청소해 줄 것이다. 만일 부인이 원한다면 휑뎅그렁하게 남은 책장마저도 실어 가 줄 수 있다. 물론 이 모든 일은 철저하게 조용조용 진행되기 때문에, 이웃들은 그 집에서 책이 실려 나가고 있는 줄도 모를 것이다.

이윽고 서적상이 가격을 선언하지만 노부인은 가격 따위는 이미 안중에 없다. 합의한다는 표시로 짧게 고개를 끄덕이고는 부끄럽다는 듯 바닥을 응시할 것이다. 결국 이 일이, 그렇게 하찮은 돈 문제로 마무리된다는 것이 무안해서이다. 서적상은 정중한 자세로 돈을 꺼내 테이블 위에 올려놓을 것이다. 모두 빳빳한 고액권이다. 그가 떠난 뒤 한참이 지나고 나서야, 부인은 수표를 집어서 장식 무늬가 새겨진 현금 보관 상자에 넣고 자물쇠로 채울 것이다. 그 신사 앞에서 돈을 센다는 것은 생각할 수도 없는 일이다. 그런 짓을 한다면 도대체 그가 어떻게 볼 것인가? 헤어질 때 서적상은 그녀의 손에 키스를 하는 것을 잊지 않을 것이다.

많은 사람들이 서적상 쪽에서 부인을 속였다고 비난하겠지만 우리는 그런 심각한 설교에 동의하지 않는다. 오히려 그 반대다. 우리

입장에서 본다면 그는 완전히 은인이다. 그가 이익을 좀 봤기로서니 무얼 그리 시기하고 난리란 말인가. 어디 한번 물어보자. 그가 무얼 그리 잘못했는가? 도둑질이라도 했는가? 절대 아니다. 그럼, 자기 제안을 받아들이라고 부인에게 강요라도 했는가? 그것도 아니다. 그는 단지, 부인의 장서 중 한두 권이 막대한 가치가 있다는 것을 알리지 않았을 뿐이다. 그럼, 꼭 알려야 할 의무가 있는 걸까? 다른 업종의 사람이 그렇게 했다면, 우리는 그가 능력 있고 신중하며 지혜롭다고 칭찬을 아끼지 않았을 것이다.

만일 부인이 장서 가운데 엄청난 것이 있다는 걸 알아서 떼돈을 벌었다면 과연 그 돈을 어떻게 했을까? 물론, 평생 다 쓰지도, 무덤 속에 가져가지도 못했을 것이다. 그 돈은 그녀에게 오로지 애물단지였을 것이다. 누가 그 돈을 훔쳐 가지나 않을까, 이름도 얼굴도 모르는 사람들이 친척이라며 도와 달라는 편지를 보내지는 않을까 하는 걱정에 시달렸을 것이다.

그런데 부인은 요 몇 년 동안 걸핏하면 말썽을 부리던 세탁기를 고치고도 남을 만큼의 돈을 받았다. 모피 칼라가 달린 말쑥한 코트도 새로 장만할 수 있고, 모서리가 말려 올라가 늘 팔짝거리며 넘어다녀야 했던 낡아 빠진 부엌 장판도 새것으로 바꿀 수 있다. 아니, 무엇보다 먼저 비수기를 틈타 2주 정도 온천 패키지 여행을 다녀올 수 있다. 온천 여행은 요즘 들어 더욱 기승을 부리는 류머티즘에 아주 좋을 것이다.

게다가 친절한 신사와 즐거운 대화를 나눈 덕분에 기분도 한결 좋아졌으니 노부인이 만족하는 건 당연하다. 고서적상의 전문적인 감정 덕분에 이제부터 공주 대접을 받게 된 신데렐라는 또 어떤가. 그

서적상이 아니었다면 그 책은 죽은 교수의 서재에서 나날이 초췌해져 가다가, 미망인마저 죽고 나면 그녀의 귀한 혈통을 알아보지 못하는 야만인의 손에 떨어졌을 것이다. 아니면 쓰레기 더미 속으로 던져졌거나.

특별 우리에 수용된 자매들

이제 그녀는 다른 책들과는 180도 다른 처지가 되어 재빨리 격리 수용될 것이다. 서점의 평범한 선반이나 판매대 위에 진열된 채 일반 고객을 기다리는 싸구려 책들과 다시는 자리를 나란히 하지 않게 될 것이다. 현금 보관함같이 생긴 철제 금고 속으로 옮겨질 것이며, 팔려 온 바로 그날 복원 전문가가 그녀를 정밀 검사하러 올 것이다. 그리고 철저한 안전 조치 아래, 복원 전문가는 그녀를 깨끗이 청소하고 수리할 것이다.

완벽하게 준비가 끝나고 나면 고서적상은 선택된 고객들에게 전화를 하면 된다. 결코 드러내 놓고 소식을 전하지 않는 고서적상은 사전에 합의된 특별한 은어를 사용한다. 이거야말로 일급 기밀 사항인데 누군가 전화를 도청하면 큰일 아닌가? 그는 다섯 명의 고객 모두와 똑같은 내용으로 간단명료하게 통화한다.

「아주 훌륭한 1762년산 프랑스 와인을 한 병 구했는데, 오늘 밤에 들러 시음해 보시지 않겠습니까?」

전화기 너머로 잠시 무덤 속 같은 정적이 흐르더니, 이윽고 가르랑거리는 듯한 기침 소리 끝에 상대방의 쉰 목소리가 들린다.

「아홉 시 칠 분 전이오? 평소처럼?」

고서적상은 만족스러운 웃음을 흘리며 정중하게 대답한다.

「예, 평소처럼입니다.」

그는 결코 손바닥을 비비며 좋아하지 않는다. 그는 진정 품위 있는 사람으로 남이 보고 있지 않아도 품위를 지킬 줄 안다.

고서점은 눈에 띄지 않는 작은 골목에 자리하고 있는데, 여덟 시 정도가 되면 문이 닫히고 불도 꺼진다. 정확히 아홉 시 7분 전이 되자, 각기 다른 방향에서 온 다섯 명의 그림자가 문 앞으로 모여든다. 모두 레인코트 깃을 높이 세우고 중절모를 푹 눌러쓰고 있다. 서로 인사 한마디 나누지 않는다.

그중 하나가 손을 내밀어 들릴락 말락 하게 노크를 한다. 짧게 세 번 길게 두 번, 그리고 한 번 더 짧게. 안에서 아무런 반응이 없어 긴장이 고조된 순간, 거의 들리지 않을 정도로 삐걱거리며 문이 열리고, 방문객들은 그림자처럼 조용히 안으로 미끄러져 들어간다. 마지막 사람까지 안전하게 들어가자 안에서 머리 하나가 나와서 좌우를 살피고는 재빨리 쑥 들어간다. 불은 여전히 꺼져 있다. 손님들이 들어갈 때, 안쪽에 있는 사무실에서 아주 잠깐 불빛이 흘러나왔을 뿐이다.

모두들 그런 자리에 익숙한 터라 일체의 과정은 아주 매끄럽게 잘 진행된다. 다섯 개의 안락의자가 반원형으로 놓여 있다. 각각의 의자 옆에 작은 테이블이 있는데, 생수병과 병따개, 엎어진 컵과 냅킨, 그리고 몇 장의 사진이 꽂혀 있는 서류철이 놓여 있다. 안락의자 앞쪽에는 검은 벨벳으로 덮인 이젤이 서 있는데, 그 이젤 위에만 조명이 들어와 있다. 방문객들은 입을 굳게 다문 채 알아서 자기 자리를 찾아 앉는데, 어느 누구도 불필요한 행동을 보이지 않는다.

방문객들이 책의 맨 앞장과 속표지를 들여다보는 동안, 주인은 이 젤 옆에 서서 참을성 있게 기다린다. 둘은 안경을 꺼내 쓰고 하나는 외알박이 안경을 꺼낸다. 책을 이리 보고 저리 보고, 가까이서 보았다가 멀찌감치 들고 보았다가 하면서 매우 주의 깊게 살핀다. 누군가가 돋보기를 꺼내 들자, 아주 잠깐 반사된 불빛이 빛난다. 마침내 책을 제자리에 돌려놓는다.

검정 덮개를 끌어올리기 전 주인은 두어 번 심호흡을 한다. 그러자 갑자기 자석에라도 끌린 듯, 모두 어둠 속에서 동시에 앞으로 몸을 내민다. 한동안 모두들 얼어붙은 듯 꼼짝도 하지 않고 있는 모습이 꼭 카라바조(Michelangelo da Caravaggio : 17세기 이탈리아의 화가)를 위해 포즈를 잡고 있는 모델들 같다. 이윽고 주인이 목소리를 가다듬으며 경매를 시작한다.

들리는 것은 오로지 주인의 음성뿐, 나머지는 모두 얼굴 표정과 눈에 띄지 않는 몸짓으로 이루어진다. 눈썹을 추켜올리고 손가락 끝으로 콧잔등을 두드리고 발의 위치를 서로 바꾼다. 주인은 그 모든 신호를 능숙하게 돈으로 환산해 내는데, 그 액수가 처음엔 천천히 올라가다가 점점 속도가 빨라지더니, 나중엔 정신을 못 차릴 지경이 된다. 마침내, 2분 30초 만에 더 이상의 움직임도, 더 이상의 신호도 이어지지 않는다. 방 안은 다시 한 번 완벽한 정적에 휩싸인다. 주인은 손님들이 앉아 있는 의자 쪽을 날카롭게 주시하며 잠시 기다리다가, 이윽고 다시 한 번 목청을 가다듬는다. 그 소리가 경매 종료를 알리며 '탕탕탕' 하고 울려 퍼지는 망치 소리 같다.

주인은 그중 한 명에게 다가가, 고개를 약간 숙이면서 악수의 손을 내민다. 모두들 승자를 축하해 주지만 여전히 아무도 입을 열지 않는다. 모두 장갑을 벗고 악수를 나누면서 고개만 살짝 까딱하는데, 그중 하나는 모자를 벗지 않은 채 장화 뒤축을 쿵쿵 울린다. 이제 그들은 하나 둘 사무실을 나와 서점 가운데 통로를 지나 거리로 나선다. 잠시 주변을 힐끗 둘러본 다음, 코트 깃을 높이 세우고 모자의 챙도 깊숙이 끌어내린 뒤, 작별 인사도 없이 제각기 다섯 방향으로 재빨리 흩어진다. 평소와 마찬가지로 테이블 위의 생수병들은 손 하나 닿지 않은 채 그대로 놓여 있다.

형식적인 절차는 그 이튿날 완료되는데 직원이 대신 처리한다. 다음 날 열한 시 15분, 제복을 차려입은 특사가 당도한다. 그는 똑바로 앞만 보면서, 군대식 걸음걸이로 성큼성큼 안으로 들어온다. 한두 번 하는 게 아닌 듯 아무 말도 하지 않고 모든 수순을 밟는다. 그는 수표가 든 봉투를 고서적상에게 넘겨준다. 겉에 아무것도 씌어 있지 않은 채 풀로 봉해진 평범한 흰 봉투인데, 오로지 왼쪽 상단에 새겨진 작은 문장(紋章)만이 봉투의 주인이 누구라는 것을 알려 준다.

고서적상 역시 아무 표시도 없이 그저 끈으로 묶여 있는 꾸러미 하나를 건네준다. 모든 일이 일사천리로 진행된다. 물론 양쪽 다 안에 무엇이 있는지는 굳이 확인하지 않는다. 그것이 신사들 간에 이루어지는 거래의 원칙이다. 주인은 다만 표정 없는 얼굴을 한 번 끄덕이는데, 특사 역시 무표정한 얼굴이다. 이윽고 그가 몸을 돌려 성큼성큼 걸어 나간다. 가게 앞에 자동차가 시동을 건 채 대기하고 있다가 그가 타자 재빨리 출발한다.

왕자의 궁궐에 도착한 신데렐라는 자신이 젖과 꿀이 흐르는 곳에 와 있음을 알아차린다. 그녀는 나쁜 환경으로부터 자신을 보호해 줄 자신만의 유리 상자를 가질 것이다. 복원 기술자가 정기적으로 방문해, 습기와 먼지 특히 공기 중의 습도를 철저하게 체크하고 필요한 예방 기구들을 제공한다. 수술용 장갑, 가위, 낙타 털로 된 솔, 기분 좋은 방향분(芳香粉) 등이다. 오로지 기술자만이 그녀를 만질 수 있다.

그 누구도 다시는 그녀를 읽지 못할 것이다. 아무렴, 천부당만부당한 말씀이지! 그렇지만 가끔, 그것도 아주 잠깐 특별히 선택된 감식안이 뛰어난 관객에게 선을 보이는 경우가 있다. 오직 그들만이 그 책의 뛰어난 자질을 감상할 수 있다. 그녀를 감상할 동안 모든 손님은 특수 거즈 마스크 및 슬리퍼를 착용한다. 그때마다 그녀는 자기가 마치 동물원의 특별 우리에 수용되어 있는 희귀종 맹수 같다는 느낌을 받는다.

그녀가 이런 낙원 같은 생활을 누릴 수 있는 것이야말로 인간들이 얼마나 위선적인가를 보여 주는 작태이다. 동물원 우리에 갇힌 동물들이 부족함 없이 산다는 건 맞는 말이다. 아무 일 하지 않아도 하루 세 끼가 보장된다는데 누가 자유 같은 것을 들먹이겠는가? 하지만 그 신사분께서는, 외톨이 코뿔소나 기린에게 먹이 좀 실컷 주는 것으로 야생의 밀림에서 사는 그들의 불운한 동료들을 수없이 살해한 죄과(罪過)를 다 지울 수 있다고 설마 믿는 것은 아니겠지? 마찬가지로 해마다 우리의 불쌍한 사촌인 교과서가 대량으로 몰살당하고 있는 판에, 한 권의 책을 훌륭하게 대접한다는 것이 과연 무슨 의미가 있을까?

천둥벌거숭이들의 난리 법석

교과서의 불행이 처음부터 그렇게 분명했던 것은 아니다. 오히려 그 반대다. 순진한 사람의 눈에는, 그들의 미래가 찬란하게 보일 것이다. 매년 가을이 시작될 무렵, 믿을 수 없을 만큼 엄청난 인파가 교과서를 사기 위해 며칠씩 서점에 몰려드는 것에 비하면, 세일은 아무것도 아니다. 특히 무슨 일이건 기일에 임박해서야 하기를 좋아하는 나라에서는 더 난리도 아닌데, 그런 나라들이 의외로 많다. 막 새 학기 수업이 시작되려는 시점에 교과서가 서점에 깔린다. 그나마 전부도 아니다. 해마다 3분의 1 정도가 나중에야 나오니, 극성맞은 학부모들은 말할 것도 없고 학생들까지도 미치고 환장할 노릇이다.

동이 트자마자 때 아니게, 책을 사랑하는 사람들의 대기 행렬이 서점 앞에 장사진을 친다. 개점 시간이 가까워지면 질서는 온데간데없이 사라진 채, 서로 밀치고 찌르고 팔꿈치로 건들면서 언성을 높인다. 이런 소동에 당황한 지배인이 용기를 내 출입문을 조금 열었다가, 한꺼번에 밀려드는 인파에 떠밀려 넓고 육중한 카운터 뒤로 도피한다. 엄청나게 붐벼 대는 서점 안은 혼잡 상태를 넘어 혼란과 무질서의 도가니이다.

기다리는 동안 추위를 피하기 위해 입었을 옷가지들과 제대로 보관하지 않은 자잘한 물건들이 공중을 날아다닌다. 모자, 신발, 동전, 라이터, 메달, 우산, 안경, 열쇠, 딸랑이, 가발, 손톱깎이, 보온병, 간이 의자, 결혼반지, 담배, 각반, 신문, 브로치, 입장권, 버스 정기권, 미니 화분, 열쇠고리, 손수건, 배지, 달랑거리는 귀고리, 온도계, 장식용 인형, 타래송곳, 의치, 주머니칼, 머리핀, 커튼 고리, 명함, 보온병, 그리고 셀 수 없이 뜯겨 나간 단추들까지 오만 가지가 다 있다.

시끄럽게 떠들고 외치는 소리는 세 구역 밖에서도 들릴 정도인데, 밀치고 당기고 물어뜯는 난투극을 벌이는 과정에서 어쩔 수 없이 나오는 소리들이다. 제법 심각한 주먹다짐이 일어나기도 하는데, 어떤 경우에도 칼이나 총과 같은 무기는 사용하지 않는다. 여기 모인 사람들로 말하자면 평화를 사랑하는, 가족 단위 손님들이 아니겠는가. 어떤 경우에도 어린애들 보는 앞에서 무기를 들고 싸우는 건 비교육적이다.

경찰은 그런 학구적인 싸움에 개입하려 들지 않는다. 교육이니 문화니 하는 것은 그들 소관 밖의 일이다. 순찰 대원 하나가 근엄하게 군중 주위를 어슬렁거리면서 소시지 롤빵과 요구르트로 아침 식사를 해결하고 있다. 경찰은 명백한 혼란 상황이 발생할 때까지 느긋하게 기다리고 있다가, 대형 유리창이 박살나거나 하면 그제서야 곤봉을 휘두르며 몸을 움직인다.

한편, 마치 자기가 영화배우나 팝 스타 혹은 스포츠 스타나 되는 양 열광하는 사람들로부터, 압도적인 인기를 누리고 있는 교과서들이 마음의 평정을 유지한다는 건 보통 쉬운 일이 아니다. 인쇄가 끝나자마자 누런색의 배송용 상자에 담겨 서점으로 운송된 그들은, 선반으로 옮겨질 사이도 없이 열광적으로 내민 열렬한 숭배자들의 손아귀로 들어간다. 완전히 마약에 중독된 듯 아찔하고 어지러운 게 주변 세상이 온통 핑핑 도는 것 같다.

알다시피 모든 인기와 명성에는 그만한 대가가 따르는 법이다. 상승 속도만큼이나 하강 속도도 가파르다. 시끌벅적한 영광의 시간이 지나고 나면 교과서에게 남은 짤막한 여생이란 지독한 대재앙의 연속이다.

 책의 입장에서 볼 때, 학생들 손안에 들어가는 것보다 더 운수 사나운 경우란 없다. 부모에게 자기 자식이란 다 예쁜 법이어서, 야단이라도 칠 일이 생기면 으레 「애들이 다 그렇지 뭐, 아직 철이 없잖아」하며 감싸려고만 든다. 맞아! 정말로, 철딱서니가 없다! 하지만 그건 너무나도 잘 봐준 표현이다. 그 녀석들은 진짜로 파괴적이고 야만적인 괴물단지이다. 왜, 아무도 우리에게 그들에 대해서 물어보지 않는 것인지? 날이면 날마다, 그들의 철딱서니 없는 만행을 직접 당해야 하는 우리야말로 그 녀석들의 실상을 가장 잘 꿰뚫고 있는데도 말이다.

 어린 사디스트들은 교과서와 함께 지내는 두 학기 남짓 동안, 힘없고 불쌍한 책에 온갖 못된 짓을 다 저지른다. 책을 괴롭히고 못 살게 구는 일이라면 무엇이든 빼지 않고 한다. 밑줄 긋기, 낙서하기, 비틀기, 말아 올리기, 접기, 구기기, 찢기 등등. 세상에서 가장 지겨운 일인 공부를 하느라고 짜증 난 아이들이, 자기 선생에게 대놓고 화낼 수 없으니까 대신 우리한테 화풀이를 하는 것이다. 그렇게 하는 것이 속으로만 끙끙거리다가 결국 정신병자가 되는 것보다야 낫겠지만.

 마지막 학기가 끝날 때 벌어지는 상황은 대량 학살이라는 말에 다름 아니다. 마지막 종이 울리자마자 천둥벌거숭이 같은 학생 놈들은 불쌍한 교과서를 마구잡이로 찢고 자르면서 난리 법석을 부린다. 그러고는 그 지긋지긋한 책장들이 운동장을 허옇게 덮을 때까지 온갖 건방을 다 떨며 마구잡이로 던져 댄다. 어른들은 아이들의 이런 학살 행위를 이해한다는 듯, 너그러운 눈길로 바라본다. 그래, 이제 학기도 마쳤으니 그동안 쌓인 스트레스도 풀어야겠지?

잔인무도한 학살을 피해 살아남은 책들도 얼마 지나지 않아 앞서 죽은 책들을 부러워하게 된다. 길바닥의 벼룩시장에서 공짜나 다름없는 값으로 팔리는 신세가 되기 때문이다. 그렇게 되면 또 지옥 같은 생활을 1년 더 견뎌야 한다. 그런 불상사는 교육 개혁이 끊임없이 진행되는 사회에서나 피할 수 있는 일이다. 고맙게도, 그런 사회에서는 헌 교과서는 시대에 뒤떨어진 쓸모없는 내용을 담고 있다며 개정된 새 교과서로 공부해야 한다고 주장한다.

망신

이동 노예 상인

온갖 지적, 문화적 시설은 다 갖추고 있으면서 의외로 서점이 없는 곳이 있다. 영화관, 여인숙, 교회, 주유소, 도서관, 이발소, 화랑, 잡화점 등등 다른 시설은 다 있다. 발코니나 칸막이 관람석을 갖추는 것은 고사하고 오랫동안 시시한 작품 하나 공연하지 못하고 있지만 버젓이 극장도 있다. 그런데 희한하게도 무슨 이유에서인지 서점만 없다.

그런 마을을 구제하러 별종 하나가 차를 타고 찾아온다. 이름하여 이동 노예 상인, 즉 '서적 외판원'이다.

무언가에 얽매인 삶이라는 게 결코 즐거울 리 없겠지만, 그래도 이 노예상과 함께라면 최소한 지루하지는 않다. 무엇보다 세상 여기저기를 여행할 수 있는데, 이런 은총이란 대부분의 책들은 언감생심 꿈도 못 꿀 특별한 것이다. 대부분의 책들은 사방이 벽으로 둘러싸인

공간 속에 갇혀서, 마치 광장 공포증 환자처럼 코빼기 한번 밖으로 내밀지 못한 채 평생을 지내야 한다. 그들의 처지가 살림만 하는 가정주부보다도 못한 것이, 그래도 주부들은 다른 데는 몰라도 야채 가게나 과일 가게는 드나들지 않는가.

그런 책들과 달리, 우리는 항상 흥미진진한 일이 넘쳐 나는 길 위에서 보낸다. 주인이 우리를 아무에게나 헐값에 팔아넘기기 위해 열변을 늘어놓는 것을 보는 동안 진지한 표정을 유지하는 게 가끔 힘들기는 해도. 주인이나 그 패거리들이 절대로 책을 읽지 않는다는 것은 우리가 가장 잘 안다. 왜 읽지 않느냐고 물으면 그들은 「책만 팔면 그만이지. 꼭 읽을 필요까지는 없지 않는가」라고 너무도 당당하게 말한다. 하지만 그가 책을 사러 온 사람에게 우리 중 하나를 추천하는 말을 듣노라면, 그가 진짜 책 전문가라는 생각이 들 정도다.

책 표지에서 가장 중요한 사항은 뭐니 뭐니 해도 온갖 튀는 색은 다 사용해야 한다는 것이다. 반면에 제목은 가능한 한 막연하고 모호한 것일수록 좋다. 그것이 다양한 소비자의 요구에 부응할 수 있는 길이다. 최근 눈부신 성공을 거둔 책으로 '존재의 의미'(포스트모더니즘 관련 철학 논문)와 '우리가 믿는 미래'(사후에 관한 신학적 소책자)가 있다. 전자는 표지에 야자수로 둘러싸인 열대 섬의 일몰 사진을 그럴듯하게 담아 놓았으며, 후자는 어떤 가족이 어깨동무를 한 채 활짝 웃으며 별이 빛나는 하늘을 아스라이 바라보고 있는 사진을 사용했다. 표지에 혹한 온갖 계층의 여성 독자들을 상대로, 이 두 권의 책이 얼마나 많이 팔렸는지를 생각해 보아라!

실제로 외판원이 그런 종류의 일을 멋지게 해치우는 것은 일도 아니다. 일의 성패는 무식한 희생자를 얼마나 잘 속이느냐에 달려 있다. 조명이 시원찮은 시청에서 근무하는 비서나 파리가 들끓는 버스 정류장 부근 맥주 가게의 여급에게 외판원이 책 한 권을 권한다고 하자. 그들은 책의 겉모습만 가지고 판단하지, 귀찮게 책장을 들춰 보는 짓은 절대 하지 않는다. 그들이 맨 처음 하는 질문은 약속이나 한 듯 똑같다.

「이 책에 흥미진진한 사랑 이야기나 짜릿한 연애 이야기가 들어 있나요?」

자기가 하는 거짓말에 양심의 가책을 느끼는 외판원이라도, 그들을 실망시켜서는 안 된다. 「그럼요」라는 대답을 기다리며 눈을 반짝이는 그들에게, 어느 누가 감히 아니라고 말할 수 있겠는가.

책은 월부로도 살 수 있으며, 약간의 인도금을 내고 계약서에 서명만 하면 지금 당장 책을 가져갈 수 있다는 설명이 끝나기가 무섭게 그들은 계약해 버린다. 그러면 외판원은 서류와 현금을 가방에 집어넣고 시간에 쫓기는 사업가처럼 서둘러 그 자리를 떠난다. 물론 앞으로 우리가 빠질 곤경에 대해서는 전혀 개의치 않는다.

우리는 실망한 구매자의 분노를 감당해야 한다. 구매자는 정신적 고통에 대한 내용으로 빽빽하게 채워진 3페이지까지 이를 악물고 읽어 내려간다. 거기까지 읽고 나서야 외판원의 확실한 보증과 매력적인 표지에도 불구하고 그 책이 사랑 이야기와는 아무 상관이 없다는 것을 깨닫는다. 속은 것이 분한 그들은 이제 아무 죄도 없는 우리에게 화를 퍼부으며 갖가지 벌을 주는데, 그중 가장 약한 것이 구석에 내던져 놓고 까맣게 잊어버리는 것이다. 다시는 기억하고 싶지 않은 골치 아픈 실수인 것처럼 말이다.

그나저나 계속해서 할부금을 불입해야 한다는 건 생각할수록 화가 나는 일이다. 늘 호구처럼 당하기만 했던 몇몇 여자들은 이참에 매운맛을 보여 주겠다며 할부금 불입을 거부하는데, 결국 법정 싸움으로까지 확대된다. 그 법정에는 우리도 그녀들과 함께 출두해야 하는데 정말이지 불쾌하기 짝이 없다. 아무리 증인 자격이라고는 하지만 자존심 강한 우리가 법정에 불려 나가야 하다니 말도 안 된다.

서점이라는 데가 기본적으로 굴욕적인 곳이긴 해도, 책을 사고팔기에 최악의 장소는 아니다. 온갖 불쾌한 일들을 겪기는 하지만 최소한 머리를 가려 줄 지붕은 마련되어 있다. 아무 데서나 판을 벌이는 노점상들과 비교할 때 결코 우습게 볼 조건이 아니다.

비바람이 불거나 눈보라가 칠 때는 말할 것도 없고 날씨가 쾌청한 날에도 노상에 오래 있는 건 우리들 건강에 아주 치명적이다. 거기서 우리는 온갖 종류의 병을 다 얻는다. 사람들이 우리에게 대고 기침이나 재채기를 하는 것은 건강에 그다지 해가 없기는 하지만 불쾌하기 짝이 없는 일이다. 날이면 날마다 비가 오나 눈이 오나 길바닥에 있다 보면 독감, 폐렴, 나아가 폐결핵까지 걸린다.

피도 눈물도 없는 대부분의 노점상들은, 우리가 헝겊 쪼가리 하나 걸치지 않은 알몸으로 꽁꽁 얼어붙은 채 이를 딱딱 부딪치며 떨고 있어도 눈 하나 깜짝하지 않고 손님이나 유혹하라며 내몬다. 정말로 비나 눈이 오기 시작하면, 그제서야 나일론 천을 덮어 주며 생색을 내는데, 이것도 우리를 생각해 줘서가 아니라 자기들 이익을 생각해서다. 완전히 망가져서 아무도 우리를 원하지 않게 되면 우리는 무용지물이 될 거고, 그러면 엄청난 손실이 될 테니 말이다.

그것 말고도 노상에는 갖가지 위험이 넘쳐 난다. 우리가 바랄 수 있는 최고의 행운은 '수집가'라고 알려진 상인의 손에 들어가는 것이다. 그들 역시 기본적으로 장사꾼이기는 하지만, 우리에게 관심을 기울이며 때로는 놀랄 정도로 책임감을 보여 준다. 그들은 우리를 노상에다 활짝 펼쳐 놓는 대신 진열대에 넣어 두기 때문에 몸 버릴 일이 없다. 심지어 난방을 해줄 때도 있다.

수집가들은 재주 좋게도 매력적인 장소를 잘 골라낸다. 흔히 보리수가 늘어선 아름다운 강가의 나루터 같은 곳에 자리를 잡는다. 그곳에서는 다른 건 몰라도 바람에 날려 온 기분 좋은 향기를 맡을 수 있고, 강물을 바라보면서 마음의 위안을 얻을 수 있다. 근처에 다른 노점상도 없고, 들르는 이들도 대부분 책 애호가들이며 드문드문 섞인 관광객들 역시 점잖은 사람들이다. 그들은 이곳이 일반적인 벼룩시장과 천지 차이라는 것을 잘 알고 있다.

서적 노점상이 어떤 것인지 전혀 모르는 사람이 우연히 이 일에 뛰어들기도 한다. 이들은 일반 노점상들과는 전혀 다른 유형의 사람들이다. 훌륭한 목표를 세웠겠지만 일에 대한 전문 지식이 전무하니 어쩔 것인가? 하나같이 다 망해 나가는 수밖에 없다. 이들 중 몇몇은 바로 엊그제까지 철물을 팔던 사람들이다. 하던 일이 망해 가는 와중에 어디서 책 장사가 노다지를 캐는 사업이라는 말을 듣고는 다짜고짜 전업해 버린다. 책에 대해서 아는 것은 없지만 책 장사나 다른 장사나 별다를 게 없을 거라고 생각한다. 파는 거야 다 똑같이 파는 걸 테고, 상품도 다 거기서 거기겠지 뭐. 이 이상 뭐가 더 필요하단 말인가? 싸게 사서 비싸게 파는 건 책이나 못이나 다 마찬가지라고!

일단 그들은 근처에 다른 노점상과 지나가는 행인이 많은 번화가에 목을 잡는다. 오른쪽 노점에서는 페인트를 팔고 왼쪽에서는 화장품을 팔고 있다. 그리고 도서 총판에서 대폭 할인해서 산 어마어마한 수의 책을 종류별로 분류하기 시작한다. 사람들이 크기와 종류별로 정리되어 있어야 좋아한다는 것을 알기 때문이다. 첫 번째 더미는 대형 장정본, 두 번째는 조그만 문고본, 세 번째는 사진집, 네 번째는 책 커버가 떨어져 나간 것, 다음은 표지가 없는 것, 이어 낙장이 있는 것 순서로 분류한다. 모든 게 깔끔하고 질서 정연하다. 판매대 위에는 다음과 같은 표지판이 당당하게 붙어 있다. '쪼가리도 판매.'

사방 천지가 사람들로 우글거리는 어느 화창한 날 드디어 개업한다. 왼쪽 노점의 샴푸와 오른쪽의 송진이 공짜인 양 날개 돋친 듯 팔려 나가는 통에, 그걸 파는 노점상들은 지쳐 나가떨어질 지경이다. 그런데 오직 책만이 사람들 눈에 안 보이는 모양이다. 아무도 책을 거들떠보지 않는다. 사람들이 슬쩍 보고는 재빨리 지나가는 모습이, 꼭 전염병에 걸린 몹쓸 것을 피하는 것 같다.

책 노점 앞에만 쥐새끼 한 마리 없이 텅 비어 있는 게, 마치 검역소의 깃발이 나부끼는 전염병 격리 구역처럼 보인다. 정말이지 그림자 하나 얼씬거리지 않는다.

당황한 주인이 사방을 두리번거려 보지만 도대체 이유를 모르겠다. 모두들 이 장사로 돈 버는 건 시간 문제라며 번드르르하게 말했었다. 서적 총판업자는 사람들은 기본적으로 책을 숭배하는 마음이 있어, 손에 잡히는 책은 무엇이든 사려고 한다고 했다. 그런데 이게 무슨 일이냔 말이다. 마침내 한가하게 산책하던 사람 하나가 그 앞에 멈춰 섰다. 별다른 관심 없이 책 더미를 바라보던 그가 책 제목을 하나 말하며 있느냐고 묻는다.

노점상은 금속제 볼트나 송곳 따위를 무슨 특별한 세례명으로나 부른 듯 멍하니 그를 바라본다. 책에 제목이 있다는 건 알았지만 그

게 중요할 거라고는 꿈에도 생각해 본 적이 없었다. 어느 누구도 중
요하다고 말해 주지 않았다. 그는 책 더미를 뒤지기 시작한다. 달리
무슨 수가 있겠는가? 어느 누가 뒤죽박죽 쌓여 있는 책의 제목을 다
기억할 수 있단 말인가? 책은 안 보이지, 손님은 됐다며 그냥 가려
하지, 미치고 팔짝 뛸 지경이다.

「다른 책은 안 될까요?」

그가 자포자기한 심정으로 묻는다.

「이거 좀 보세요. 얼마나 두껍습니까? 그림도 있어요. 게다가 값
도 별로 비싸지 않습니다.」

자동차 보닛 세일

그런데 이보다 더 암울한 운명이 길바닥에서 우리를 기다리고 있
다. 가판대 위에 놓여서 팔리는 것은 그래도 나은 편이다. 저질스러
운 사람들의 작태나 무식하기 짝이 없는 장사꾼의 술수, 또 대중이
우리를 기피하는 현상 따위는 모욕적인 일이긴 해도 견딜 만하다.
하지만 자동차 보닛 위에 진열된 우리 자매들의 처지는 오죽할 것
인가?

그들은 대부분의 시간을 이 주차장에서 저 주차장으로 이동하는
차 안에서 보낸다. 주인은 그들을 대개 자동차의 트렁크나 뒷좌석에
싣고 다니는데, 거기로 말하면 겨울에는 얼어 죽을 지경이고 여름이
면 반대로 쪄 죽을 지경이다. 만일 차 문이나 트렁크 뚜껑이 꽉 닫히
지 않아 물이 스며들기라도 하면, 만성 관절염에 걸리는 건 뻔한 일
이다. 거기에 비하면 흔들리고 튕겨 오르고 배기가스를 들이마시는

것쯤은 힘든 일도 아니다.

자동차 보닛 위에 담요를 펼쳐 놓고는 최대한 많은 책들을 진열한다. 오늘은 어느 도시의 길거리에, 다음 날은 사방이 툭 터진 광장이나 나무 그늘 아래에 차를 세운다. 날씨가 좋고, 시도 때도 없이 나타나는 경찰이나 불법 노점상 단속반원만 없다면 휴일에 소풍 나온 것 같이 보인다. 노점상은 언제 닥칠지 모르는 위험에 대비해 끊임없이 주변을 살핀다. 허가 없이 장사를 하는 처지니 달리 무슨 수가 있으리오? 세금은 높고 수입은 형편없으니 합법적으로 하다가는 보나 마나 남는 게 없을 것이다.

수년간의 경험으로 그는 이제 단속반원이 변장을 하고 나타나도 알아보고 도망칠 수 있다.

일단 단속반원이 나타나면 책값을 내려고 지갑을 뒤지던 손님도 포기하고 전광석화같이 튄다. 손님에게 양해도 구하지 않고 책을 낚아챈 뒤 막강한 힘으로 담요의 네 귀퉁이를 움켜잡고서는, 마치 자루에 집어넣듯 우리를 그 안에 쓸어 담는다. 그러고는 담요 뭉치를 앞좌석에 내던지고 잽싸게 출발한다. 그 바람에 타이어 긁히는 소리에 놀란 행인들이 사방으로 흩어지고, 다른 차의 운전자들이 욕설을 퍼붓는다.

우리는 담요 안에서 이리저리 굴러 떨어지고 튕겨 오른다. 여기저기 멍이 드는 건 기본이며 삐거나 뇌진탕에 걸리기도 하지만, 목숨을 부지하는 게 더 중요한 일이므로 이런 사소한 불편쯤은 참아야 한다. 붙잡혀 가는 것보다는 백 배 천 배 낫다. 경찰의 손아귀에 떨어지기를 원하는 책은 세상 천지 어디에도 없을 것이다.

하지만 그런 일이 종종 일어난다. 아주 더운 여름, 맥주 몇 잔을 마신 우리 주인의 경계가 느슨해진 때이다. 하긴 원숭이도 나무에서 떨어지는 법이니까. 단속 경찰들은 우리를 현행범의 증거물로 압수한다. 그런데도 주인은 별 소란을 피우지 않는다. 그래 봤자 별로 득될 것도 없고, 오히려 사태만 악화시켜 유치장 신세가 되거나, 더 나쁜 경우에는 자동차를 압수당할 수도 있다는 걸 알고 있기 때문이다. 책이야 새로 마련할 수 있으니까 내일이라도 당장 다시 시작할 수 있다. 하지만 차를 새로 산다는 건 언감생심 꿈도 못 꿀 일이다.

주인은 도망가고 아무 죄도 없는 우리만 경찰서로 끌려가게 된다. 첫날, 경찰이 우리에 관한 조서를 작성한다. 개인 신상 명세, 지문, 정면과 측면 사진 등등. 그러는 내내 아주 거칠게 취급하는데, 아무렇게나 털썩 내동댕이치고 주먹으로 탕탕 쳐대는 바람에 몇몇 자매들은 완전히 지쳐서 나가떨어진다. 무슨 이유에서인지 경찰들은 우리를 아주 난폭하게 다룬다. 그럴 만한 일을 저지른 적이 없는데도 아주 싫어한다. 우리 역시 그들을 좋아하지 않으니까 피차 일반이기는 하지만.

지금까지 단 한 번도 조사에 임하는 검사를 본 적이 없다. 변호사란 우리에게 그림의 떡이다. 우리의 도착 사실을 조서로 꾸미고 나면 경찰은 곧장 우리를 창고에 집어넣는데, 그곳에서 하염없는 세월을 보내야 한다. 감금 상태가 조만간 끝나겠거니 하던 희망은, 석방은 고사하고 공정한 재판이 이루어질 가망조차 없이 오랜 세월 고통스러운 삶을 보내고 있는 다른 자매들을 만나는 순간 산산이 부서지고 만다. 모든 이들로부터 철저하게 버려진 채 축축하고 어두운 천장 아래에서 서서히 썩어 가야 한다.

빛나는 태양을 볼 수 있는 경우라고는 압수한 물건을 팔려고 꺼내

놓을 때뿐이다. 이 같은 판매 행사는 열성적인 경찰관과 그 가족들을 위한 특별 위로 행사로 매년 '경찰의 날'에 열린다. 거기서 우리의 값은 거의 공짜나 마찬가지이다. 이것저것 물건들이 팔리는데 가격이 너무 싼 나머지 사람들은 필요에 상관없이 닥치는 대로 산다. 그런데도 유독 책만 팔리지 않은 채 그대로 남아 있다가, 악취로 가득 찬 천장 아래로 돌아간다. 누구 하나 사기는커녕 눈길 한 번 주지 않는다.

예전에 상당한 식견을 갖춘 고위 경찰 간부 하나가 교양 있고 박식한 현대화된 경찰상을 염두에 두고서, 자기네처럼 그럴듯한 직업에 종사하는 사람들이 책에 대해 느끼는 무지몽매함을 해소시키려고 한 적이 있었다. 경찰 조직의 정신적 수준을 익히 알고 있던 그는 책이 한 권 팔릴 때마다 구매자에게 사은품을 주도록 규칙을 정했다. 토스터, 끌, 주전자, 수건, 촛대, 요리용 철판, 전지가위, 실크로 된 전등갓, 개의 마스크, 할아버지의 시계, 점프선(자동차 동력 연결 전선), 고추 분쇄기, 이발기, 구급상자, 냄비, 바퀴 쇠 등등.

정말로 책이 날개 돋친 듯 팔려 나갔다. 만일 책이 충분하기만 했다면 두 배라도 너끈히 팔렸을 것이다. 하지만 그 간부의 기대는 완전히 어긋나 버렸다. 사은품만 쏙 빼고 버려진 책이 경찰서 입구의 채 몇 걸음도 떨어지지 않은 쓰레기통 속에서 고스란히 발견된 것이다. 그 사건은 자신들의 치부라고 생각한 경찰에 의해 조용히 넘어갔지만, 책들은 다시 어두운 천장 아래로 되돌아가야만 했다. 워낙 많은 경찰관들이 연루되었던 관계로 징계 조치는 따르지 않았다.

레인코트 세일

종신 감금 생활로 이어질 수 있는 자동차 보닛 세일도 책이 당해야 할 최악의 망신이라고는 할 수 없다. 죽음보다 더 끔찍한 운명이 있으니 이름하여 '레인코트 세일'이다. 레인코트 세일, 이거야말로 더 이상 내려갈 데 없는 우리 삶의 막장이다.

정말이지 너무도 끔찍해서 입에 담기도 두렵다. 아무도 우리 입을 열 수 없다. 뇌물을 써서 우리를 매수하려 들거나 잔인하게 고문할 수도 있겠지만, 그래 봤자 단 한마디도 얻을 수 없을 것이다. 그러나 지금이야말로 불쾌하기 짝이 없는 이 문제를 공공연하게 방송하기 가장 좋은 시점이므로, 방송을 위해 목소리를 빌리고자 한다. 마지 못해 잠시만 빌리는 것으로, 감정의 변화에 흔들리지 않고 아무것도 두려워하지 않으며, 무엇이든 소화시킬 수 있고 고대 로마 보병의 장화보다 더 질기고 완강하며, 지극히 무감각한 목소리이다. 즉 인간의 목소리이다.

(이하 스물여섯 단락을, 미성년자나 내성적이고 심약한 사람이 읽는 것을 강력하게 반대한다. 그러나 매체의 속성상 그들을 막을 방법은 어디에도 없다. 여기는 특정인의 입장을 막을 수 있는 영화관이 아니다. 그러므로 위에 언급한 사람들 중, 이 경고를 무시한 채 끓어오르는 호기심을 이기지 못하고 방송을 듣다가, 모종의 불미스러운 결과가 발생하더라도 우리의 책임이 아님을 미리 밝혀 둔다.)

대낮에 한 숙녀가 어느 공원 안을 걷고 있다. 꼭 그럴 필요는 없겠지만 이왕이면 태양이 빛나는 날이 좋겠다. 이런 트릭은 화창한 날에 가장 잘 먹혀들기 때문이다. 이제 곧 벌어질 불유쾌한 사건을 적당히 완화시키려면, 1년 중 가장 날씨가 좋다는 초가을이 좋겠다. 숙녀는 넓은 챙이 달린 우아한 모자를 쓰고 있는데, 모자 한쪽에는 커다란 리본이 달려 있으며 검은 레이스로 된 베일이 얼굴을 반쯤 가리고 있다.

그녀는 강아지를 줄에 묶어 끌고 나왔다. 강아지는 전체 장면과 잘 어울려야 하므로 푸들같이 작은 녀석이 좋겠다. 그 녀석은 천연 털실로 짠, 알록달록한 스웨터를 입고 있는데, 좀 더워 보이기는 해도 다른 잡종견처럼 혓바닥을 늘어뜨리고 있지 않기 때문에 괜찮아 보인다. 잘 다듬어진 발톱과 머리털로 보아 주인의 보살핌을 잘 받은 강아지다. 어쩌면 분을 발랐는지도 모르겠다.

주위가 온통 평온하고 고요한 것이, 불쾌한 구석이라곤 찾아볼 수 없다. 작달막하고 대머리인 남자가 숙녀 곁으로 다가오는 것만 빼놓는다면 아무 일도 없어 보인다. 그 남자의 얼굴은 붉고 통통한 편으로 동그란 철테 안경을 쓰고 있으며, 돼지털처럼 굵고 뻣뻣한 수염이 나 있다.

그는 고질병인 무릎 관절염 때문에 장애인 연금을 받고 있는 우체국 직원처럼 보인다. 아니면 찬란하던 희망이 무너지자 고질적인 영감의 결핍을 오로지 술로 달래고 있는 왕년의 시인 같기도 하다. 남자는 별로 눈에 띄지 않는 기다란 레인코트를 입고 있는데, 낡아서 솔기가 뜯어진 것이어도 괜찮고 아니어도 상관없지만, 반드시 단추가 두 줄로 달린 더블 코트여야 한다. 양손을 주머니 깊숙이 찌르고 있는 그를 보면서, 앞으로 어떤 일이 전개될지 예측한다는 것은 상당

히 어려운 일이다.

　남자는 일단 숙녀로부터 몇 발자국 안 떨어진 데까지 오자, 갑자기 멈춰 서더니 단 한 차례 빠른 동작으로 레인코트 자락을 좌우로 활짝 열어젖힌다. 그 모습이 밤나무 꼭대기에서 갑자기 내리 덮치는 박쥐를 닮았다. 그 상황에서 누구나 그렇듯이 숙녀는 놀라서 비명을 지르고, 강아지 역시 성난 고양이를 만난 듯 소스라치게 놀라 도망가면서 주인의 발목에 줄을 감는다. 그러고는 으르렁거리기 시작한다. 종달새가 푸드덕거리며 공중을 선회하다 공원을 둘러싸고 있는 푸른 울타리 너머로 날아가 버린다(사실은 너무 빨리 날아가는 바람에 종달새인지 아닌지 알아보기도 힘들다).

　예상과 달리, 그가 코트 안에 감추고 있는 것은 음란한 알몸이 아니다. 오히려 고급은 아니지만 단정하고 세련된 복장을 하고 있다. 고전 스타일의 세로줄 무늬가 진 짙푸른 정장이다. 그녀 생각에 윗도리의 칼라가 좀 넓은 편이긴 하지만, 왼쪽 단춧구멍에 꽂힌 카네이션과 오른쪽 가슴에 달린 주머니의 살짝 비어져 나온 하얀 손수건은 충분히 매력 있어 보인다. 그것도 잠시, 물방울무늬의 넥타이를 본 그녀의 표정이 순간 일그러진다. 진한 푸른색 양복과 제법 어울리는 연한 푸른색 물방울이라고는 하지만, 그녀 맘에 들지 않는 걸 어쩌겠는가. 그녀는 어려서부터 점을 싫어했다. 어린 시절 받은 충격 때문인데, 여기서 시시콜콜 다 밝힐 수는 없는 일이다.

　레인코트 안에는 영 엉뚱한 것이 들어 있다. 끝단부터 소매까지 안감 대신 크고 작은 주머니들이 여러 줄 달려 있고, 주머니 안에는 서로 다른 크기와 두께의 책들이 들어 있다. 다양한 판형과 표지 디자인을 가진 책들로 다 합치면 50권은 될 듯하다. 말 그대로 걸어 다니는 서점이다.

숙녀는 책 쪽은 거들떠도 안 보고 남자의 푸른색 눈만 뚫어져라 쳐다본다. 단춧구멍같이 작고 쥐새끼 같은 눈이 돋보기안경 너머로 제법 크게 보인다. 그런데 이상하게 남자를 바라보는 여자의 표정이 마치 그의 영혼의 깊이를 헤아리려는 것처럼 보인다. 마침내 마음을 정한 숙녀가 잽싸게 좌우를 한번 힐끗거린다. 다행히 주변에 아무도 보이지 않는다. 물론 날씨가 좋은 날 공원에 가면 할 일 없는 사람들이 우글거리는 게 정상이다. 이 이야기는 개연성의 법칙으로부터 벗어난 것이니, 왜 사람이 없느냐고 따지지 말기 바란다.

그녀는 발목에 감긴 개 줄을 풀기 위해 구부렸던 허리를 펴려다 말고 잠시 강아지를 톡톡 건드린다. 으르렁거리던 강아지는 언제 그랬냐는 듯 꼬리를 살랑거린다. 여자는 허리를 펴고 남자 가까이 다가간다. 둘 사이의 거리가 한 발자국 남짓 떨어져 있다. 천천히 숙녀가 베일을 들어 올리자 너도밤나무 이파리형의 짙은 선글라스가 드러난다.

선글라스를 내리다 말고 그녀는 자기 입술을 핥는다. 처음엔 윗입술을, 이어서 아랫입술을, 앞니에 립스틱 자국이 남아 있는 모습이 조금 우스꽝스러워 보인다. 여자는 선글라스 너머로 책을 찬찬히 살펴보기 시작하는데, 지독한 근시라 바짝 다가서서 봐야 한다. 왼쪽 마이너스 2, 오른쪽 마이너스 4의 시력이다. 눈에 맞는 안경을 쓸 일이지 왜 선글라스를 쓰고 다니느냐고 주제넘게 묻지 말기를 바란다. 숙녀의 사생활을 캐는 건 우리 영역이 아니다.

숙녀는 단 한 권의 책도 빼놓지 않겠다는 듯, 서두르는 기색 없이 찬찬히 책을 살핀다. 이런 상황에 이골이 나 있는 남자는 참을성 있게 그 탐색을 견뎌 낸다. 매일 규칙적으로 운동을 하며, 한 번에 팔굽혀 펴기를 1백26번이나 하는 그가 장시간 팔을 벌리고 서 있는 건 일도 아니다. 고개를 들고, 저 멀리 푸른 하늘을 바라본다. 어떤 일로도 손님을 방해하는 일이 없다. 기침조차 해본 적이 없다. 그야말로 완벽한 프로다!

숙녀는 남자 앞에 천천히 쭈그리고 앉더니 얼마 후 일어섰다가 또 다시 앉는다. 책을 위아래로 훑어보는 동안 몇 번이나 이 동작을 되풀이한다. 그녀가 쭈그려 앉을 때마다 연분홍 카디건이 늘어나면서 몸에 쫙 달라붙는다. 귀여운 강아지는 더 이상 꼬리를 흔들지 않고 한쪽에 조용히 있다. 마침내 탐색을 끝낸 강아지 주인이 몸을 일으키고 반 발짝쯤 뒤로 물러선다. 그녀는 먼저 선글라스를 제자리로 올려 쓰고 베일을 내린 다음, 마지막으로 구겨진 코트 자락을 잘 편다. 이제 여자는 언제 그랬냐는 듯 원래의 모습으로 돌아온다. 남자는 그제서야 위로 향하고 있던 시선을 앞쪽으로 돌린다.

여자는 결정을 내리지 못하고 머뭇머뭇하며 시간을 끈다. 이런 태도는 전통적으로 그녀가 속한 계층의 숙녀들에게 주어진 특권이다. 오른쪽 팔은 수평으로 앞 배에 올려놓고, 왼쪽 손가락 세 개로 턱을 괴고 몸은 약간 기울인다. 무언가를 생각하는 자세로 이보다 우아한 포즈는 없다. 남자는 놀라울 정도의 인내심을 발휘한다. 말, 몸짓, 표정 어디에도 그녀를 재촉하는 기미를 보이는 법이 없다.

이윽고 여자가 손을 내밀더니 잠시 머뭇거리다가 책을 하나 고른다. 그게 무슨 책인지 밝힐 수도 있지만, 너무 많이 밝히는 것은 좋지 않다. 청회색 실크 리본으로 된 서표가 있으며, 책등은 불룩하고 갈색 캔버스로 제본되어 있으며, 제목 양옆으로 두 줄의 홈이 파여 있다는 것만 이야기해도 충분하리라. 이 정도만 말해도, 눈치 빠른 사람이라면 무슨 책인지 감 잡을 것이다.

여자는 잽싸게 책을 집어 핸드백 안에 넣는다. 분홍색의 손가방에 책이 들어갈까 싶지만 얇은 책이라 쉽게 들어간다. 두꺼운 책이라면 겁부터 내는 그녀는 책을 고를 때 무조건 두께부터 확인한다.

그 다음에 일어나는 일은 특히 신중하게 묘사해야 한다. 아직까지 읽고 있는 독자라면 성인임에 틀림없다. 즉, 인간의 어떤 행위에도 기가 질리지 않으며, 아무리 강심장이라도 견뎌 내기 어려운 엄청난 만행에도 눈 하나 깜짝하지 않는 사람들임에 틀림없다. 어쨌든 우리는 이야기가 끝나는 순간까지 이런저런 윤리적인 이유로 예의 바른 어조를 유지해야 한다. 때로는 슬프고 비통하기까지 한 이야기이지만, 그렇더라도 절대로 충격을 주거나 혐오감을 불러일으켜서는 안 되는 법이다.

결말에 이르기 위해서는, 먼저 적당한 위치에 자리를 잡아야 한다. 그녀 뒤에 있는 강아지 옆으로 가는 게 좋겠다. 벌건 대낮, 남들 다 보는 데서 숙녀의 행동을 훔쳐보는 짓 따위를 해서는 안 된다는 것을 알지만, 그렇게 하는 데는 다 이유가 있으니 이해해 주기 바란다.

강아지는 자기 주인이 책을 핸드백 안에 넣는 것을 보자마자, 뒤로 얼른 몸을 피한다. 그 불쌍한 녀석은 경험으로 미루어 앞으로 무슨 일이 벌어질지 알고 있는 것이다. 눈을 감고는 아예 두 귀로 눈을 가려 버리기까지 한다(이놈은 절대 푸들이 아니다. 푸들의 귀가 길게 늘어질 리는 없다. 아마 닥스훈트이거나 그 비슷한 종이 아닐까?).

우리는 그 녀석처럼 하지 않을 작정이다. 기다란 귀가 없기도 하거니와 눈을 가려 버리면 아무것도 볼 수 없기 때문이다. 모든 것을 알아야만 직성이 풀리는 인간들의 호기심을 충족시키기 위해서라도 절대 눈을 감아서는 안 된다.

자, 같이 보도록 하자. 숙녀는 양산을 들고 있던 손을 자유롭게 쓰기 위해 주름 장식이 달린 양산 손잡이를 주머니에 찔러 넣는다. 그녀가 양산을 들고 나온 이유는 빈틈없는 준비성에 의한 것이라기보다는 분홍색 양산까지 들면 머리에서 발끝까지 분홍색으로 맞출 수 있어서이다. 그 양산은 작아서 들고 다니기도 쉽다.

이제까지 양산에 대해 언급하지 않았던 이유는 그럴 필요가 없었기 때문이다. 양산은 산뜻하고 예쁘며, 무엇보다도 간편한 것으로 묘사하기에 아주 간단한 것이지만, 굳이 언급할 필요가 없는 고만고만한 것이다. 이야기를 풀어 가는데 이런 것들은 아주 사소한 것들이니 괜히 뿔다귀를 내봐야 소용없다.

숙녀가 무슨 짓을 하는지는 오로지 추측할 수밖에 없다. 그녀가 양 손가락으로 레인코트 앞자락을 훑어 내린다. 그녀를 정면으로 바라볼 수 있는 특권을 누리고 있는 남자의 깜박거리는 눈과 격렬한 숨소리로 보아 무언가 흥분되는, 아니 그 이상의 일이 막 벌어지려 한다는 것을 알 수 있다. 여자의 손가락 움직임을 예의 주시하던 남자가 어느 순간, 손가락 두 개로 자신의 와이셔츠 칼라를 풀어 젖힌다. '아, 너무 꽉 조이는 것 같아. 숨이 막히는 것 같군.' 그의 이마에선 땀방울까지 솟아나고 있다.

마침내 숙녀 뒤편에 있는 우리에게까지 모든 일이 분명해졌다. 믿거나 말거나 간에, 알고 보니 숙녀가 레인코트의 단추를 풀었던 것이다. 그녀가 단번에 레인코트를 활짝 열어젖히자, 분홍색 코트 자락이 우리 눈앞에서 돛처럼 펄럭거린다. 한쪽 주머니에서는 우산이 덜렁거리고, 다른 쪽 소매에는 핸드백이 달랑달랑 매달려 있다. 그때까지도 눈을 꼭 감고 있던 강아지가, 코트 자락이 살랑거리며 스치는 소리를 듣고는 무슨 일이 벌어졌는지 정확히 알아낸다. 그러더니 가냘프면서도 날카로운 울음소리를 낸다. 아무리 매정한 사람이라도 돌아보지 않을 수 없는, 가슴에 사무치는 슬픈 소리다.

이상하게 생긴 줄무늬 레인코트를 입은 신사의 눈앞에 어떤 광경이 펼쳐졌는지 정확히 알 길은 없다. 하지만 튀어나온 눈과 헤벌어진 입으로 미루어 볼 때, 무언가 극히 비정상적인 일이 벌어진 것임에 틀림없다. 도대체 무얼 보았기에 그러느냐고 신사에게 조심스럽게나마 물어볼 기회마저 없을 것이다. 그런 질문은 하는 사람에게나 받는 사람에게나 다 어색하고 민망할 것이다. 더구나 숙녀를 뚫어져라 보던 신사가 마법에서 막 깨어난 양, 반은 걷고 반은 뛰다시피 하며 부리나케 그 자리를 떠나 버렸기 때문이다.

숙녀 역시 빠른 손길로 단추를 채우고 레인코트의 매무새를 정돈한 다음, 주머니에서 양산을 꺼내 들고 재빠르게 그 자리를 벗어날 채비를 한다. 벗었던 분홍 망사 장갑을 다시 끼고 아직도 귀로 눈을 가리고 있는 강아지를 잡아끌기 시작한다. 강아지는 짖는 건지 낑낑거리는 건지 구분이 안 가는 소리를 내고 있다. 여자가 강아지에게 무어라 속삭이며 달래기 시작하는데, 촉촉하게 젖은 강아지의 코에 자기 입술을 대고 살짝 뽀뽀를 해준다. 만일 자기 뒤에 누군가가 있다는 사실을 알았더라면 그런 행동은 하지 않았을 텐데…….

임신

가장 성스러운 의식, 책의 임신

(이제부터는 남녀노소 및 도덕과 양심의 유무를 떠나 모든 독자를 환영한다. 지금부터 거론하고자 하는 문제가, 단 한 번도 공중파로 방송되었거나 사람들 앞에서 공개된 적 없는 것이지만. 바로 '임신'에 관한 문제다. 살아 있는 생물치고 자신이 어떻게 임신되었는지 말할 수 있는 존재는 없다. 이 점에서 우리들 책도 예외는 아니다. 유감스럽게도 우리의 임신을 증언해 줄 증인이 사람밖에 없기 때문에, 전적으로 그들에게 의지할 수밖에 없다. 이 문제에 대한 해설을 진행할 사람에게는 엄격한 지시를 내렸으니 너무 걱정할 필요는 없다. 해설자로서 어떻게 처신해야 할지, 특히 사람들이 생명의 탄생을 설명할 때 으레 나오게 마련인 외설적이고 저질스러운 어휘를 어떻게 사용해야 할지 등등.)

사람과 책의 가장 큰 차이점은 새로운 개체를 창조하는 과정에서 확연히 드러난다. 사람들은 가장 중요하면서도 책임이 무거운 이 행위를 언급할 때, 자기들이 쓰는 어휘 중에서 가장 야비하고 추잡한용어를 사용한다. 하지만 사람들이 천박하고 음란하게 말하는 것과달리, 이 행위는 너무도 숭고하다. 문제는 이 행위가 대체로 어둠 속에서 이루어지기 때문에 당사자인 자신들도 목격자가 되지 못한다는 점이다.

책은 정반대다. 책의 임신은 청교도 집단에서도 거리낌 없이 거론된다. 이 이야기를 들으며 얼굴을 붉히거나 당황해하는 사람은 아무도 없다. 교회도 이미 오래전에, 특별 포고령을 통해 그 행위가 절대적으로 무죄라고 선언한 바 있다. 책의 임신은 수많은 참여자와 증인들 앞에서 이루어진다. 또한 강력한 조명 아래서 행해진다. 지금까지 어둠 속에서 책이 만들어진다는 이야기를 들어 본 적이 없다.

종족 보존의 측면에서 볼 때 책과 사람 사이에는 어느 정도 유사점이 있다. 진화상의 계보로 볼 때, 사람과 책은 하나의 나무에서 뻗어 나온 가지라 할 수 있다. 양쪽 다 남자의 본능이 더 강하다. 여자들에게 한번 물어봐라. 그녀들은 자신의 경험에 비추어, 남자들은 자손 증식에 목숨 걸고 덤벼드는 족속이라고 아주 분명한 목소리로 말할 것이다.

현재 지구는 인구 과잉 사태에 직면해 있으며, 환경오염은 위험 수위에 이르렀고 오존층도 구멍이 뻥 뚫려 버렸다. 사막의 오아시스가말라 버렸는가 하면, 또 다른 지역은 홍수가 나는 바람에 난리도 아니다. 전 세계적으로 지진, 토네이도, 해일의 발생이 증가하고 있으며, 심지어 한여름에도 눈사태가 일어난다. 지구 온난화 현상이 심각해져 가는 가운데 한편으로는 빙하 시대가 임박하고 있다. 게다가 세계 각지에서 크고 작은 분쟁이 끊임없이 발발하고 있으며, 혜성과 혹성이 충돌할 뻔하기도 했다. 무엇보다 심각한 일은 사악한 외계인의 침략이 언제 일어날지 모른다는 점이다.

현재 인류는 심각한 자원 고갈의 위기에 빠져 있다. 도시에서 맑은 공기와 광천수를 마시는 일이 점점 더 어려워지고 있으며, 여름철 전력 사정은 더욱 악화되어 가고 있다. 어디 그뿐이랴. 밸브가 작동되는 방독면, 점화 연료, 성분을 보강한 콩기름, 콩가루, 치즈 케이크, 무(無) 알코올 맥주, 박하 차, 얇게 저민 연어, 조생종 야채류, 분유, 짭짤하면서 새콤한 스낵, 유칼립투스 향이 첨가된 껌, 소금에 절인 피스타치오, 베이글, 헤이즐넛 초콜릿 등등 다 꼽을 수도 없다. 이제 사람들은 티라미슈 케이크가 어떻게 생겼는지를 기억할 수도 없다.

예술가를 위한 작업실, 오두막, 침실 겸용 거실, 세탁소, 창고, 차고, 지하실, 온실, 나무 위의 오두막, 노동자 숙소, 농장에 딸린 오두막, 판잣집 등도 전례 없이 부족하다. 또 자동차 전용 극장이나 슈퍼마켓의 주차장, 발톱 다듬는 가게, 올림픽 경기장, 치과 대기실, 패스트푸드점, 지하철, 노동 조합원을 위한 휴가 시설, 핵 대피 시설 등을 이용하려면 몇 년 전부터 예약해야 한다. 온 세상이 '만원사례!' 혹은 '매진!'이라 씌어진 광고판들로 뒤덮여 있다. 때로는 번쩍이는 네온 간판까지 등장하고 있다. 사정이 그런데도 다급한 본능에 눈먼 양반들이 인구를 증가시키지 못해 안달이 나 있다. 그러고는 자신의 생식 능력을 자랑한다.

만일 여자들이 타고난 자제력으로 자신의 욕구를 냉정하게 유지하지 못했다면, 또 아이들 양육의 책임이 전적으로 자신들의 연약한 어깨 위에 얹혀 있다는 것을 깨닫지 못했다면, 세상은 이미 거대한 유치원으로 바뀌었을지도 모른다.

출판도 똑같다. 이 경우 만족을 모르는 남자는 다름 아닌 작가다. 작가 말고 또 누가 있겠는가? 그들에게 세상은 이미 오래전부터 책으로 넘쳐 나고 있다고 말한들 무슨 소용이 있겠는가? 서점과 도서관의 서가에는 더 이상 책을 꽂을 공간이 없으며, 창고나 보관소도 꽉 들어차 폭발 직전이라고 말한들, 그들에게는 전혀 들리지 않는 소리이다. 그들은 자제라는 말도, 자연스러운 균형 감각이라는 말도 전부 모르쇠를 잡는다. 이성의 소리에 철저하게 귀를 틀어막고 있다.

본능적 욕구는 선천적인 것이니 어쩔 수 없다고는 하지만, 오늘날에는 피임 기구라는 것이 있지 않은가. 모든 작가들에게 원하는 만큼 글을 쓰게 하라. 그래야 행복하다는데 어찌 막겠는가. 단, 콘돔을 사용하게 하라. 글이면 무조건 책이 되는 것은 막아야 하지 않겠는가. 그러나 이는 어림 반 푼어치도 없는 일이다. 작가라는 작자들은 본능의 충족만으로 그치지 않는다. 온갖 부류의 사람들에게 자신의 남성다움을 과시할 결과물이 없다면, 쾌락은 아무것도 아니라고 생각한다. 글은 무조건 책으로 만들어져야 한다. 그렇지 않으면 절대 성취감을 느끼지 못한다.

출판사들은 이런 작가들의 공격에 방어하느라 진땀을 흘리고 있다. 둘의 관계가 합법적인 경우도 있으니, 늘 명예가 문제 되는 것은 아니다. 그렇다면 이 경우, 책임이나 의무는 누가 질 것인가? 작가들은 천하태평이다. 그들은 한참 만에 간단한 원고 하나를 완성해 내고는, 앞으로의 모든 책임은 운수 사나운 출판사로 떠넘겨 버린다. 그 출판사는 도리 없이 자산을 털어 가며 책을 만들어야 한다.

몇몇 출판사들은 작가들에게 지나치게 물러 터지게 대하다 망하

기도 한다. 종종 곤경에 빠진 출판사들이 빈정대는 투로 「출판사로
서 가장 이상적인 상태는 책을 한 권도 출판할 수 없는 때이다」라고
말한다. 완벽한 피임약이 없는 상황에서 최선의 해결책은 불임이다.
그러면 작가와 시시덕거리며 온갖 짓을 다 해보는 등 한껏 난잡하게
즐길 수 있다. 결과를 두려워하지 않고 욕망을 원 없이 충족할 수 있
다. 에이즈 따위는 하등 문제가 안 된다. 예상할 수 있는 최악의 상
황이라고 해봤자 뒤돌아서서 쑤군대는 험담 정도이다. 사실 그 수다
쟁이들도 할 수만 있다면 기꺼이 그렇게 놀아나고 싶은 질투심에 불
타는 소시민들이다.

　양심의 가책을 느끼는 여자들이 취할 수 있는 최선의 방법은 수녀
원으로 도피하는 것이다. 이렇게 하면 작가들의 요구를 딱 잘라 거
절할 수 있다. 원치 않은 임신을 하지 않으려면 이 방법밖에 없다.
물론 수녀원의 담장이 아무리 높아도 마음속에 남아 있는 본능을 완
전히 떨칠 수는 없다. 하지만 수녀원의 규칙적인 생활—기도, 단식,
찬물 목욕, 묵언 수행, 잦은 채찍질, 가장 참기 힘들다는 텔레비전을
못 보는 일—은 욕구를 자제하기에 상당히 효과적이다.

　이런 노력에도 불구하고 머릿속에서 작가에 대한 생각이 사라지
지 않는다거나 작가가 원고지철로 머리를 내리치는 꿈에 시달린다
면, 당장 수녀원장에게 고백해야 한다. 그러면 수녀원장은 영혼을 구
하는 최후 수단이라며 귀신 쫓는 의식을 해줄 것이다.

　그런데 그 의식은 불쾌하고 고통스러운 데 반해 효험은 보장되어
있지 않다. 만약 귀신이 수녀의 영혼에 악착같이 들러붙어 떨어지지
않는다면, 그녀는 수녀원을 떠나 자신의 모진 운명과 맞설 수밖에 없
다. 그녀가 있어야 할 자리는 수녀원이 아니라 바로 부패하고 타락

한 작가들이 사는 세계이다. 수녀원의 다른 순수한 영혼들이 그녀에게 물들기 전에, 어서 빨리 작가들의 세계로 돌아가야 한다.

현대판 중매쟁이, 문예 대행인

어렵사리 현상 유지를 해나가는 출판사들의 불평을 이해하지 못하는 것은 아니지만, 그들의 계획을 받아들일 수는 없다. 모든 출판사가 책 낳기를 중단한다면, 도대체 우리는 어디에 있어야 한단 말인가? 우리는 종족 보존이라는 가장 기본적인 목적도 달성하지 못하게 될 것이다. 무릇 모든 사태는 가능하면 합리적으로 처리하는 것이 좋다. 바람직한 것과 용인되는 것이 무엇인지 알아야 하고, 엄격한 행동 규칙이 있어야 하며, 물불 안 가리고 달려드는 무질서한 자를 용서해서도 안 된다. 물론 민주주의야 기본이다.

출판사들이 저돌적인 작가들로부터 자신을 방어하는 데 가장 효과적으로 쓰는 방법은 중매 서비스이다. 이 제도는 까마득한 옛날부터 인간 사회에서 제 역할을 해왔는데, 어느 순간 인간들은 경솔하게도 해방이라는 미명하에 없애 버렸다. 그 일을 맡아보던 사람이 바로 중매인이다. 과거에는 신랑이 직접 신부에게 구애하는 일은 상상도 할 수 없었다. 만일 신부의 아버지가 명예를 따지는 사람이라면, 조건이 아무리 훌륭하고 두 사람이 죽도록 사랑한다 해도, 무조건 그 총각은 내쫓겼을 것이다. 그 시대에 사랑 따위는 전혀 중요하지 않았다. 그렇지만 관습은 반드시 어느 정도 존중되어야 하는 법이다.

종종 야반도주, 유괴, 혼전 관계, 심지어 사생아를 출산해 부모의 기대를 저버린 경우도 있었다. '인간이란 타고나길 그렇게 타고났는

데, 굳이 본능을 부인할 이유가 무엇이란 말인가?' 하는 식의 관대함
과 무질서 덕분에 불쌍한 지구에는 60억이 넘는 인간들로 복작거리
게 되었다. 이 가엾은 천체는 지금 엄청난 수의 인간들에게 짓눌려
신음하고 있으며, 그 영향으로 다른 생물들도 고통받고 있다.

결혼하려는 사람은 반드시 중매인을 통해야만 했다. 중매인이 모
든 절차를 처리해 줄 것이다. 우선 처녀의 집에 가서 이야기를 꺼내
는데, 총각이 직접 갈 때와 달리 아주 정중하게 받아 준다. 이어서 처
녀의 아버지에게 총각의 청혼 의사를 전달한다. 물론 중매인은 그
청년이 훌륭한 자질을 지녔으며 얼마나 전도양양한지 입술에 침이
마르도록 칭찬을 늘어놓는다. 특히 정직함, 성실함, 선량함, 영혼의
고결함, 박애 정신 등 검증하기 어려운 미덕들을 주로 내세운다. 그
런 것들은 보증서를 요하지 않기 때문에 갖다 붙이기만 하면 된다.

청혼이 받아들여지면 양측은 온갖 기술적, 재정적인 문제들에 대
한 구체적인 사항들을 추진하기 시작하는데, 특히 지참금 문제가 중
요하다. 중매인이 받는 사례비는, 보통 지참금의 10퍼센트가 불문율
로 정해져 있다. 그러므로 중매인은 최대한의 지참금을 끌어내기 위
해 양쪽을 열심히 오간다.

예전에 중매인이라는 직업은 상당한 존경을 받았다. 사실 중매인
은 사회의 대들보 같은 존재로 사제, 시장, 경찰서장, 조산원, 이발사,
우체국장, 약사, 여인숙 주인, 소방대장, 지방 주둔군 사령관, 교사,
수의사, 오페라 감독 등과 맞먹는 주요 인사였다. 모든 문이 그를 향
해 열려 있었고, 공적이든 사적이든 그가 초대받지 않은 축하 행사
란 있을 수 없었다.

인간이 꾀하는 음모가 다 몹쓸 것은 아니다. 그중에는 나름대로

가치 있는 것도 있다. 인간사에 있어서 무언가에 대한 가치 평가는 그것을 포기할 때 가장 잘 드러난다. 어쨌거나 출판사는 현명하게도 중단했던 중매 서비스를 다시 채택하였다. 중매인은 대체로 일을 온당하게 추진해 주면서 특별히 해방자 역할도 하는데, 끔찍하게 몰려드는 작가들에 맞서 출판사의 자존심을 지켜 주는 아주 괜찮은 서비스를 했다.

하지만 그 명칭을 그대로 쓰기에는 현대적 감각에 맞지도 않고 과거의 소박한 업무가 연상되어, 진지하면서도 중대한 업무에 걸맞은 이름이 필요했다. 새로운 이름을 지었다 지우기를 여러 번, 드디어 이름이 확정되었다. 출판계 중매인은 '문예 대행인'이라는 이름으로 불리게 되었다. 고상하면서 정곡을 찌르는 명칭 아닌가.

후진 사회는 아직도 출판사가 직접 작가와 교섭하는데, 그러는 과정에서 공연히 작가와 불화만 조성한다. 경험이 전무한 초보 작가가 원고를 직접 출판사로 보낸다. 출판사는 뜯어보지도 않고 원고 봉투를 그대로 반송하는데, 짤막한 거부 의사를 적은 메모지 한 장을 달랑 붙여 보낸다. 메모에는 다시 한 번 막무가내로 원고를 보낸다면 출판에 종사하는 한, 요주의 인물로 올려놓겠다는 경고가 함축되어 있다. 지나친 처사인 것은 분명하지만 그럴 필요가 있다. 처음에 적당히 봐주었다가는 마구 기어오를 게 분명하다.

출판사는 또한 보통 계약서의 약관 같은 데에나 씀직한 깨알 같은 글씨로, 문예 대행인을 찾아가 상의해 보라는 권고를 냉정하게 추신으로 덧붙인다. 일의 순서를 잘못 밟은 것 때문에 속이 상하기는 했지만, 그래도 자기 작품을 출판하겠다는 열망에 눈먼 젊은 작가는 문예 대행인에게 원고를 보낼 것이다. 비록 책을 출판해 줄 출판사를 빨리 찾지는 못하더라도, 최소한 선입견을 갖지 않고 자신의 작품을 읽어 줄 대행인의 서평만큼은 신속하게 얻을 수 있을 거라고 기대한다. 하지만 전혀 예상치도 못했던 또 하나의 짜증스러운 일이 그를 기다리고 있다. 문예 대행인이 얼마나 일이 많으며 스트레스를 많이 받는 직업인지 전혀 모르는 데서 온 결과이다.

문예 대행인에게는 독서 삼매경에 빠져 원고를 읽을 시간 같은 것이 없다. 설사 그러고 싶어도 없다. 그것은 조금도 놀랄 일이 아니다. 그를 짓누르는 다른 업무들 틈에서 어떻게 짬을 낸단 말인가? 우선 그는 수많은 편지와 팩스, 전보, 이메일에 일일이 답장을 해야 한다. 게다가 메모, 각종 문서, 계획안, 계약서, 부록, 청구서, 송장, 경고문, 카탈로그, 성명서, 신문 기사, 수표책, 세금 신고서, 부기 장부, 경찰 제출용 보고서 등도 그를 기다리고 있다. 또한 동시에 최소 두 통의 전화를 받아야 하며, 세 통의 전화가 통화 대기 중이다. 줄줄이 이어지는 모임에, 업무상 최소 하루 세 번은 점심 약속이 있으며, 종종 식욕이 왕성한 사람과 약속이라도 있는 날이면 간식까지 먹어야 한다. 어디 그뿐이랴. 도서 전람회, 각종 전시회, 협회 연례 총회, 각종 발표회, 판촉 행사, 출판 기념 모임 및 축제 개막식과 폐막식, 동네 축제까지 참석해야 하며 그 외에도 그가 얼굴을 내밀지 않으면 빛을 잃을 게 분명한 다른 전문가 모임에도 나가야 한다. 그러니 원고를 읽을 시간 같은 것이 있을 수나 있겠는가?

다행히 읽는 일은 그의 업무에 속하지 않는다. 대행인들은 자기가 추천하려는 젊은 작가가 어떤 사람인지조차 관심이 없다. 장래 신랑감의 실질적인 자질은 전혀 중요하지 않다. 시원찮은 인간을 멋지게 팔아 넘기는 재주야말로 중매인이 갖추어야 할 기술의 요체이다. 신랑감에게 눈에 띄는 결함이 없으면 더 좋겠지만 꼭 그럴 필요까지는 없다. 정말로 능력 있는 중매인이라면 신랑감의 결점을 장점으로 둘러대고, 시답잖은 장점을 휘황찬란한 미덕으로 뻥튀기할 수 있어야 한다. 10퍼센트의 사례비는 참으로 힘겨운 세일즈맨 정신을 발휘해야 얻을 수 있는 것이다. 일단 계약만 성립되면 사례비는 무조건이다.

젊은 작가가 평판 좋은 대행인에게 원고를 보내 놓고 나서 바랄 수 있는 최선의 결과는 그에게서 동의서를 받는 것이 고작이다. 만약 풋내기 작가가 동의서를 받았다면, 자신이 유별나게 운이 좋거나 특전을 입은 걸로 생각해도 좋다. 그런 일은 거의 복권에 당첨될 확률만큼이나 희박하다. 대행인이 동의를 해주었다면 이제 일은 반 나마 이루어진 셈으로 절차상의 문제만 해결하면 된다.

첫 순서는 대개 비싼 레스토랑에서 점심을 같이하면서, 대행인이 출판사 사장에게 대단히 정중하면서도 신중한 말로 의뢰인의 원고를 추천하는 일이다. 제복을 차려입은 급사가 시중드는 가운데, 밝게 타오르는 촛불이 샴페인과 캐비아를 비추고 있는 식탁에서, 대행인은 신부의 아버지 격인 출판사 사장에게 원고의 훌륭한 점을 설파할 것이다. 대행인이 자기 의뢰인의 작품에 대해 대강대강 설명하거나 설사 완전히 틀리게 말한다 해도 일을 추진하는 데에는 전혀 문제가 없다. 일을 진행하는 데 있어 실제 원고가 어떤가 하는 것은 하등 영향을 주지 않기 때문이다. 일의 성패는 모두 겉모습에 달려 있는 바, 여기에는 중매인의 선전 능력과 마케팅 능력이 핵심적인 역할을 해줄 것이다.

순진한 구경꾼이 보기에는 사장이 잘 속아 넘어가는 경향이 있어 대행인의 과대 선전이 잘 먹혀드는 것처럼 보일지도 모른다. 하지만 대행인이 아무리 그럴듯한 달변으로 설득한다 해도, 사장은 순전히 그의 말만 믿고서 원고를 수락하지는 않을 것이다. 신중한 사람이라면 그의 제안이 과대 포장되어 있다는 바로 그 이유 때문에라도 사장이 조심해야 한다고 말할 것이다. 적어도 원고를 읽어 보고 결정해야 할 일이다.

그런 기대는 그야말로 사장의 역할을 제대로 알지 못하는 데에서 나온 순진한 생각이다. 담배 회사 사장들이 열렬한 금연가라는 사실은 별로 알려져 있지 않다. 마찬가지로 위스키 회사 사장은 하나같이 절대 금주를 다짐한 사람들이다. 출판사 사장 역시 독서라는 좋지 않은 습관을 철저하게 거부한 사람들이다. 물론 다른 사람들이 읽는 것은 절대 찬성이다. 사람들이 독서를 하지 않는다면 무얼 먹고산단 말인가? 이들은 다른 건 몰라도 자기 자신의 건강과 복지는 무척이나 꼼꼼하게 챙긴다. 그런 그를 누가 비난할 수 있겠는가?

원고를 읽는 것은 아무짝에도 쓸모가 없다. 도대체 얻는 것이 뭐가 있을까? 괜히 읽었다가, 대행인의 말대로 신통치도 못하고, 한술 더 떠 지독하게 형편없다는 사실을 알게 되기밖에 더 하겠는가? 설사 그렇더라도 출판을 취소할 수 없는 이유가 두 가지나 된다. 첫 번째는 선수금을 이미 지불했다는 점이고, 두 번째는 계약서에 출판사의 필요에 따라 원고를 마음대로 수정할 수 있다는 취지의 단서 조항이 포함되어 있다는 점이다.

책의 질을 결정짓는 귀재들

편집자란 누구인가? 그들이야말로 원고 수정 작업의 명수요, 출판 업계의 진정한 귀재가 아닌가. 그들이 하지 못할 일이란 아무것도 없다. 우선 그들은 유행을 잘 좇아간다. 서점의 요구를 누구보다 잘 알고 있으며 독자들의 취향도 귀신같이 잘 알고 있다. 가령 빠르게 전개되는 애정 공포물이 유행하고 있다고 하자. 그런데 하필이면 손에 들어온 원고가 중세 수녀원의 순결함과 평온함을 다룬 것으로 신학적인 주제들이 총망라되어 있다. 그럴 경우 편집자는 그 엄청난 모순을 자기의 능력을 발휘할 수 있는 야심 찬 과제로 받아들인다.

그가 독창적인 수정 작업을 완료하고 나면 순결하기만 하던 수도원은 졸지에 온갖 부정한 정욕의 온상으로 탈바꿈하는데, 특히 남색(男色)이 두드러진다. 또한 지루하고 단조롭던 수도원 생활이 순식간에 아찔하게 급변하는 사태로 발전하면서, 오싹오싹하는 흥분과 섬뜩하게 소름 끼치는 모험으로 뒤범벅될 것이다. 등장하는 모든 사건은 교묘하게 가학적인 연쇄 살인범의 행동에 초점이 맞춰져 있는데, 이 인물이야말로 독자들이 가장 쉽게 알아볼 수 있는 유형이다.

순전히 기술적인 견지에서 편집자는 소설이 매끄럽고 편안하게 읽혀지게 하기 위해 꼭 필요한 두 가지 원칙을 지킬 것이다. 가능한 한 대화가 많이 나오게 하며, 구성을 늘어지게 만드는 불필요한 묘사는 되도록 피한다. 아울러 가장 긴 단락이라고 해도 절대로 다섯 줄을 넘으면 안 된다. 보통의 독자가 집중해서 읽을 수 있는 한계가 다섯 줄이라는 것은 이미 과학적으로 증명된 사실이다. 대화체의 문장을 경멸하고 긴 단락에 집착하는 괴짜들은 신경 쓰지 않아도 된다.

작가는 책이 서점에 깔린 다음에야 그 모든 사실을 알고 충격을 받는다. 심지어 그 책이 자기 작품이라는 걸 알아보지 못하는 수도 있다. 그렇지만 초기의 분노는 금방 누그러질 게 분명하다.

일단 그의 꿈이 실현되지 않았는가. 표지에 자신의 이름이 선명하게 박힌 책이 출간된 것이다. 게다가 인세도 들어오지 않는가. 물론 기대한 수준에는 못 미치겠지만, 그래도 그게 어디란 말인가. 작가는 어느새 수정된 내용을 더 마음에 들어하면서, 수정되었다는 사실 자체를 잊어버린다. 더구나 출판 간기(刊記)에도 그런 사실은 전혀 언급되어 있지 않다. 자신의 원래 원고에서 바뀐 것은 아무것도 없다고 스스로를 설득한다. 작가가 되었다는 사실 하나만으로도 기뻐 미칠 지경이다.

이 대목에서 다음과 같은 질문이 나오는 건 당연하다. 원고로부터 건질 내용이 별로 없다면 무엇 하러 작가의 원고를 가지고 일을 하는가? 차라리 처음부터 편집자가 다 쓰는 게 간단하지 않은가? 어차피 결국 그리될 것이 아닌가? 이 지적은 일견 타당해 보이지만, 동시에 그런 의문을 제기한 사람이 인간사의 미묘한 본질을 잘 모른다고 스스로 인정한 셈밖에 되지 않는다. 사람들은 그저 단순하게 일이 쉬운가 어려운가, 혹은 간단한가 복잡한가 하는 문제를 여간해서는 안 따진다.

원고의 내용이 좋은지 나쁜지 알아보기 위해 사장이 굳이 읽지 않아도 되는 또 다른 이유가 있다. 출판사의 필요에 따라 수정을 했는가, 아니면 원고 그대로 출판을 했는가는 책 판매에 전혀 영향을 주지 않는다.

책의 가치를 확인하려면 책을 읽어야 하고, 책을 읽으려면 먼저 책을 사야만 한다. 몇몇 예외적이고 불법적인 경우를 제외하고는 다른 방법이 있을 수 없다. 책이 마음에 들지 않는다는 이유만으로 책을 물러 주는 서점은 없을 것이다. 신발을 사고 며칠 지난 후에 불편하다고 들고 가도 안 바꿔 주는데, 하물며!

겉으로는 그냥 사는 것 같아도 실제로 독자들은 아무 책이나 무턱대고 사지 않는다. 고객의 결정이 맹목적일 수 없는 것이, 결정을 돕는 다양한 지표가 마련되어 있기 때문이다. 우선 책의 두께가 그렇다. 말이야 바른 말이지, 현대인들은 갈수록 책 읽을 시간이 없다. 텔레비전이 출현하기 전에 살았던 사람들은 두꺼운 책이 얇은 책보다 가치가 있다고 믿었다. 종이의 양이 문제가 되던 시절에는 당연히 두꺼운 책이 유리했다. 두꺼운 책과 얇은 책을 손에 들고 가늠하다 보면, 고객들의 마음이 무거운 쪽으로 쏠리게 마련이었다. 사람들 말마따나 한결 더 묵직하고 무언가 만져지는 느낌도 들고, 손에 그득 쥐여지는 느낌도 각별하다.

다음은 겉모습인데, 이거야말로 매우 중요한 사항이다. 지금 우리는 물건의 판매가 포장에 의해 좌우되는 시대에 살고 있다. 번쩍이는 표지에, 제목을 두드러지게 하고, 이색적인 컬러 그림으로(선정적인 분위기를 살짝 드러낸 것) 꾸민 책이 구매자의 시선을 쉽게 끈다. 내용이 무엇이든 표지가 우중충하게 흑백인 책은 경쟁에서 밀려날 수밖에 없다. 호랑이 담배 피던 시절에야 '내용을 보고 책을 판단해야 한다'는 경구(驚句)가 통했겠지만, 지금이 어떤 시대라고! 말도 안 되는 소리다.

그런데 책을 살 때 단순히 겉모습과 두께만으로 결정하지 않는 현명한 사람들이 있다. 좀 더 신뢰할 만한 자료에 근거해서 책을 구매한다. 즉, 책의 뒤표지나 날개에 쓰여진 내용이나 광고 문구를 열심히 읽는다. 전체 요약이 아니라서 결말은 알 수 없지만, 중요한 기본 구성을 알려 주고 있어 바른 책 선택에 아주 유용하다.

하지만 개요만으로는 충분하지 않은 경우가 있다. 두 작품이 매우 유사한 구성이라면 과연 어느 것을 골라야 한단 말인가? 그런 딜레마에 빠졌을 경우, 엉터리 광고에 속아 넘어가지 않겠노라고 단단히 결심한, 신중한 구매자가 의지하는 거룩한 신탁(神託)이 하나 있다. 이름하여, 전문가의 견해이다. 유수한 신문이나 잡지에서 발췌한 서평, 특히 그 책에 실려 있는 것의 영향이 지배적이다. 이런 서평들은 출판사의 광고 문구보다 훨씬 비중 있는, 작품의 보증서 내지는 품질 인증서라고나 할까.

책의 판매량 역시 책의 수준을 나타내는 지표이다. 만일 두 책이 우열을 가리기 힘들 만큼 막상막하인데 발행 판 수만 다르다고 하자. 현명한 구매자라면 당연히 판 수가 많거나 베스트셀러 순위가 높은 책을 선택하게 되어 있다. 고객들은 '그렇게 많은 사람들이 사서 읽었다면 믿어도 괜찮아'라고 확신하며 책을 구입한다.

최고의 것만 추구하는, 안목이 높은 구매자들에게는 권위 있는 상의 수상 여부가 도서 선택의 관건이 된다. 그 이외의 것은 씨도 안 먹힌다. 서점에 들어서는 순간 그들이 맨 먼저 확인하는 것은 띠지라고 불리는, 기다랗고 가느다란 종이가 책의 중간 부분에 둘러져 있는가이다. 거기에는 그 책이 어떤 상을 수상했는가가 나와 있어야 한다. 띠지는 훈장에 달린 리본 혹은 높은 신분의 상징을 나타내기 위해 중세 기사들이 착용한 현장(懸章)과 비슷하게 생겼다. 또한 수상작이라는 사실을 알리는 광고 문구가 표지 앞쪽의 모서리에 메달

모양으로 인쇄되어 있다.

　사장이 대행인으로부터 원고를 사들일 때에는 이 모든 상황을 염두에 둔다. 원고를 읽느라 시간을 낭비하는 대신, 실제 판매량을 좌우할 다른 요인들을 조정하는 데 머리를 쓴다. 이때, 원고 자체가 괜찮은가 형편없는가는 신경 쓸 건더기도 못 된다.

　원고의 분량이 충분하지 못해도 이를 보완할 방법이 최소한 세 가지는 준비되어 있다. 두꺼운 재질의 종이를 사용하는 것이 그 하나다. 아동용 그림책처럼 마분지에 가까운 종이를 사용하면 된다. 그러면 1백 페이지밖에 안 되는 책이라도 3백 페이지로 느껴질 것이다. 다음으로, 활자 크기와 여백을 조절하는 것이다. 상당량의 백지 페이지를 아무 데나 끼워 넣어도 된다. 빨리 읽기를 좋아하고 작은 글씨 읽는 것을 짜증스러워하는 대부분의 사람이 아주 좋아할 일이다. 마지막으로, 그림을 활용하는 방법이다. 컬러판 그림으로 페이지 전체를 가득 채우는 것이다. 독자들은 그림을 보면서 열심히 본문을 읽느라고 피곤해진 눈을 쉬는 동시에, 작품 속의 사건이나 배경에 대한 자신의 상상이 제대로 된 것인지를 확인할 수 있다. 이 얼마나 친절한 배려인가. 이런 과정을 거치다 보면, 중편 소설이 장편 소설로 되는 것은 시간문제이다.

　이제, 그래픽 디자이너가 작업에 들어갈 차례이다. 그가 이 일을 하는 데 있어 책의 내용을 구체적으로 알 필요는 없다. 내용에 대한 힌트만 있으면 표지 그림을 거뜬히 만들어 낼 수 있으며, 두루뭉술하게 그려진 표지 그림은 본문과 조화를 잘 이루어 낼 것이다. 이 경우 필수적으로 요구되는 조건이 있으니, 등장인물의 행동에 맞춰 화려한 색상을 많이 사용해야 하며, 제목의 글자는 커야 하고 그림은 야

할수록 좋다. 그림의 노출 정도는 소설에 따라 차이가 나는데, 멜로드라마 성격의 소설에서 가장 심하다. 그렇지만 책의 품위를 떨어뜨리는 수준, 즉 음란물 수준이어서는 안 된다. 벗은 여자의 목이나 어깨 정도까지 보여 주는 수준이 좋다. 종교 서적이나 철학 서적이라면 맨살이 드러나는 것을 최소화해야 한다. 이런 경우 레이스 달린 속치마를 살짝 들어 올려서 정강이를 약간 보여 주는 정도로 하면될 것이다.

표지에 실릴 줄거리를 요약하려면 우선 책의 내용에 대해 조금이라도 알아야 한다. 비록 독자들이 눈치 채지 못하는 경우가 많지만, 전혀 엉뚱한 내용을 요약해 놓아서는 안 되지 않겠는가. 진짜 능력 있는 편집자는 뜬구름 잡듯 표현함으로써, 책의 내용을 제대로 알지 못한다는 사실을 절대 들키지 않는다. 애매하게 쓰는 것이 힘든 일은 아니다. 다양한 형식의 글에 적용할 수 있는 상투적인 문안이 진작부터 보급되어 통용되고 있기 때문이다. 특히 장르 소설에 적용하기가 좋다. 준비된 문안에 등장인물의 이름만 바꾸어서 잘 엮어 내면 된다. 쓸데없는 원고 읽기보다 더 중요한 일이 많은 편집자에게, 장르는 신이 내린 선물과도 같다.

순식간에 탈바꿈하는 책의 운명

광고 문안을 얻는 방법에는 두 가지가 있다. 우선 일을 제대로 꾸려 나가는 출판업자라면 출판하려는 책에 호의적인 평론을 해줄 평론가를 구할 수 있다. 어떤 방법으로 구하는가는 사업상 기밀이다. 구체적인 사항을 공개할 수는 없지만, 모두 알다시피 어려운 일은 아

니다. 말만 잘하면 문학 평론가들은 놀랄 만큼 기꺼이, 그리고 열성
적으로 도와주려고 한다. 하지만 이런 것은 다른 분야에서도 마찬가
지 아닐까?

출판업자들은 호의적인 평론가에게 편의를 제공하기 위해 온갖
애를 쓴다. 우선 평론가에게 미리 원고를 복사해 보내 줌으로써, 출
판 전에 언론에 비평 기사가 나가게 한다. 그렇게 해야 책 표지에 서
평을 인용할 수 있다. 그것이 일을 해나가는 올바른 순서이지만 늘
지켜지는 것은 아니다. 종종 비평가의 추천 글을 표지에 인용해 책
을 출간하였는데 한참 후에야 그 비평이 언론에 소개되는 경우가 있
다. 또 어떤 경우에는 아예 나오지도 않는다. 하지만 그런 하찮은 일
에 신경을 곤두세울 필요는 없다. 어차피 얼마쯤 지나면 아무도 그
런 걸 문제 삼지 않을 게 뻔하다. 그런 건 닭이 먼저냐 달걀이 먼저
냐를 따지는 것과 같은, 골치 아픈 문제일 뿐이다.

사장은 서평용으로 보낸 원고를 평론가가 실제로 읽어야 한다고
강력하게 요구하지 않는다. 출판업과 같이 세련된 분야에서는 양측
모두, 평론가가 알아서 잘하리라는 것을 당연시한다. 아무도 읽었다
는 증거를 요구하지 않는다. 증거를 요구하다니, 무슨 말도 안 되는
짓거리인가? 오로지 작가만이 그런 요구를 할 수 있다. 비록 출판
과정에서 소외되기는 하지만, 그래도 원고를 읽은 유일한 사람 아니
겠는가. 하지만 작가가 이런 문제에 개입한다는 것은 꿈도 꾸지 못
할 일이다.

가끔 자기 책에 대한 열렬한 찬사를 읽고 난 작가가 기가 막혀 어
안이 벙벙해지는 경우가 있다. 그렇게 찬사를 늘어놓은 책에 대해
평론가가 아는 게 전혀 없다는 사실을 알아챘기 때문이다. 물론 평

론가들 중에는 출판업자와 야합하기를 거부하는, 못 말리게 청렴결백한 사람들도 있다. 이들 중 몇몇은 아예 평론가용으로 나온 증정본조차 거부한다. 쉽게 매수할 수 없는 사람들이다. 그들은 손수 서점에 가서, 자기 돈으로 문제의 책을 산다. 경우에 따라서는 책값이 비평 원고료보다 더 나가더라도 개의치 않는다. 그들은 자신의 독립성에 높은 가치를 둔다. 그들의 고지식한 이상주의적 태도를 어떻게 평가하든 간에 한 가지 분명한 사실은, 최소한 책만큼은 확실하게 읽었을 것이라는 점이다.

그것이 바로 가장 커다란 골칫거리이다. 다른 사람들처럼 책을 읽지 않고 가만히 있었으면 작품에 대해 평가할 일이 없었을 것이다. 당연 출판사는 그들의 부정적인 견해가 도움이 안 되므로 세상에 드러나지 않도록 훼방을 놓는다. 어떻게든 그들의 혹평을 무력화시켜야만 한다. 보통은 무시하는 전략을 쓴다. 속담에도 '사흘 이상 가는 기적은 없다' 하지 않았는가. 신문 문예란을 읽는 사람은 거의 없으며, 설혹 있다 하더라도 오래도록 기억하는 사람은 거의 없을 테니까 말이다.

유능한 출판업자는 비록 혹평일지라도 자기에게 유리하게 바꿀 줄 안다. 이것도 별로 어렵지 않은 것이, 솜씨 좋게 잘 처리하면 순식간에 지독한 혹평도 찬사로 탈바꿈한다. 예를 들어, 평론가가 '이 소설은 완벽한 실패의 새로운 기준을 제시하고 있다'고 아주 분명하게 결론을 내렸다고 하자. 출판업자는 이 문장을 번쩍이는 겉표지에 인쇄하는 데 조금도 주저하지 않는다. 일부러 굵은 활자를 사용해 눈에 잘 띄게 한다. 다만 그 오만한 문장을 살짝 편집할 것이다. 그런 정도야 출판인들에게 주어진 당연한 권리가 아니겠는가. 과학자들도 연구 논문을 쓸 때 그런 짓을 하는데, 뭘! 즉, 핵심 부분만 인용하는 거다. '이 소설은 새로운 기준을 제시하고 있다.' 그것이 평론가의 말을 정확하게 인용한 거냐고? 물론, 그렇고 말고!

책의 성공을 가늠하는 또 다른 척도는 얼마나 많은 판을 찍었는가이다. 말할 필요도 없이, 다다익선이다. 그런 까닭에 출판사들이 처음 찍는데도 1쇄라고 적지 않는다. 그렇다고 왜 그러느냐고 트집 잡을 것도 없다. 인쇄기에서 맨 처음으로 찍혀 나올 책에다 자랑스럽게 '4쇄'라고 박는다. 그 단어는 잠재 고객의 관심을 보다 확실하게 끌기 위해서 금빛 찬란한 별로 화려하게 장식될 것이다. 의심을 품고 사실 여부를 확인할 사람은 초판 1쇄부터 시작해서 2쇄, 3쇄를 거쳐 마지막 것까지 하나도 빠짐없이 수집하는 철두철미한 장서가 외에는 없을 것이다. 이 사람이 아무리 많은 돈을 지불할 용의가 있다 하더라도 결국 1쇄를 구하는 일은 실패로 돌아가고 만다. 그리고 누가 장서가의 의심에 관심을 보이겠냐는 말이다.

같은 작가의 이전 작품 중 하나가 베스트셀러 순위에 오른 적이 있다면, 판촉 활동은 대단히 쉬워진다. 당연히 겉표지에 눈에 확 띄게 추천사가 인쇄될 것이다. 물론 완전 초보 작가라 해도 추천사가 빠지는 경우는 없다. 설령 빠지더라도, 참으로 황당하기 짝이 없는 그런 작태를 아무도 눈치 채지 못하게 누군가가 문안을 작성하면 그만이다. 논리적 모순 따위에 주의를 기울일 사람은 아무도 없을 테니까. 이 광고 문구가 사람들의 시선을 받을 거라는 사실은 새삼 강조할 필요도 없다. '수많은 베스트셀러를 탄생시킨 바로 그 유명 작가의 작품!'

비슷한 논리로, 초판 1쇄도 안 나온 이 새로운 작품이 베스트셀러

자리를 차지했다는 것도 상당히 유용한 광고가 될 수 있다. 독자들이 그 주장을 참작해서 내리게 되는 논리적 결론은 다음과 같다. 3쇄까지 나온 책이 다 팔리지 않았다면 어떻게 4쇄가 나올 수 있겠는가?

모순 없는 논리의 일관성, 그리고 무엇보다도 합리적인 문제 해결 방법, 이 두 가지야말로 출판업의 가장 기본적인 원칙이다.

진통

독서 혐오증 환자들

초기에는 문학상 수상 문제가 출판인의 골치를 아프게 했었다. 기본적으로 위험 부담이라곤 전혀 없는 건실한 기업이 시답잖은 물렁한 포탄에 정통으로 얻어맞고 비틀거리는 격이었다. 바로 심사 위원들의 죽 끓듯 하는 변덕이 문제였다. 당연히 이런 작태는 중단되어야만 했다. 책 한 권을 내기 위해 출판사에서 얼마나 많은 시간과 돈을 퍼부었는지 생각해 봐라. 게을러 빠진 심사 위원 하나가 그 책이 자기 취향에 맞지 않는다고 말함으로써 책의 명예를 훼손해서야 되겠는가? 웃기는 소리다! 자기네들이 좋아하건 말건 누가 신경이나 쓰는 줄 아는가? 그나저나 그런 무시무시한 평가를 발표하는 작자들은 도대체 어떤 인간들이란 말인가?

이것이야말로 가장 핵심적인 질문으로, 문제 해결과 직접 연결되는 사안이다. 이 문제를 자세히 파헤친 결과, 출판인들은 다행히 심사 위원들이 처음 보기와는 달리 아주 막무가내는 아니라는 것을 알게 됐다. 평론가들과 마찬가지로, 그들 역시 무척이나 친절하고 상냥하며 거의 예외 없이 다방면에 걸쳐 협조할 태세다.

심사 위원들은 대단히 중요한 자질을 갖추고 있다. 바로 대부분의 출판 관련 종사자들이 지니고 있는 특성인 독서 혐오증이다. 이 특성은 다른 관련자들보다 그들에게서 특히 두드러지게 나타난다. 그도 그럴 것이 쏟아져 나오는 책들의 망망대해를 항해하려면, 심사 위원들은 초인적인 인내심을 갖추어야 하기 때문이다. 최선의 작품을 뽑으려면 그들은 정말이지 깨어 있는 시간 내내 책만 읽어야 할 것이다. 아니 그래도 부족하다. 아무리 독서를 좋아하는 사람이라도 이런 상황에서는 질리지 않을 수가 없을 것이다.

다행히 그들은 이 가시밭길에도 지름길이 있다는 것을 알게 된다. 한 줄 한 줄 읽지 않고도 책에 대한 확실한 인상을 얻을 수 있는 방법을 찾은 것이다. 처음 고안한 방법이 소위 '대각선 독서'라는 기법이다. 이 방법이 어떻게 구성되고, 어떻게 작용하는지도 모르면서 많은 사람들이 이 방법을 활용하고 있다. 마치 자동차의 내연 기관의 작동 원리를 하나도 모르면서, 운전은 잘하는 것과 마찬가지라고나 할까. 제 기능만 제대로 발휘한다면 굳이 그 원리를 알 필요가 있을까? 대각선 독서법은 보통 한 페이지 읽는 데 걸리는 시간인 5분을 대략 10초 정도로 대폭 줄였다.

그 다음이 '건너뛰며 읽기'이다. 작가들의 악명 높은 글 쓰기 방식 덕분에 이 방법은 그 정당성을 인정받았다. 작가들로 말하자면 한 말 또 하고 과장해서 윤색하고 우회적으로 빙빙 돌려 말하고 주제를 벗어나 옆길로 새는 데에는 선수들이 아니겠는가. 또 지나치게 많은 묘사를 하는가 하면, 불필요한 에피소드나 중복되는 소재들을 끌어들이며, 수없이 많은 형용사를 남발하고, 제 흥에 겨워 취미와 공상을 줄줄이 늘어놓는다. 한 페이지씩 건너뛰며 홀수 페이지만 읽어도 내용을 알 수 있다. 네 페이지씩 건너뛰어도 상관없다. 상위 버전인 열 페이지씩 건너뛰며 읽기는 좀 더 속도를 높인 것으로, 이렇게 읽으면 아무리 두꺼운 책이라도 한 시간 안에 읽어 치울 수 있다. 이거야말로 부인할 수 없는 분명한 발전이다.

현대 사회의 속도에 걸맞은 독서법은 뭐니 뭐니 해도 책장을 '훌훌 넘기며 읽기'이다. 이 방법을 통해 심사 위원은 특정한 책에 대한 통찰을 단 몇 분 안에 얻을 수 있으며, 어디서든 즉석에서 심도 있게 논의할 수 있다. 심지어 세부 사항을 다루는 난해한 논쟁에도 열정적으로 참여할 수 있다. 만일 어떤 사람이 책이란 지루하고 따분한 것이라고 주장한다면, 그들은 '대화가 많이 등장하는 책은 결코 지루하지 않다'라고 반박할 것이다. 자기 눈으로 직접 대화 부분을 읽었으므로 이것만큼은 확실히 말할 수 있다. 아무리 책장을 후딱후딱 넘긴다 하더라도 대화 부분만큼은 안 보고 넘어갈 수 없으니까.

책장을 훌훌 넘기며 읽을 시간도 없이 정말로 바쁜 위원들은 이른바 '간접 기법'에 의존해야 한다. 이 방법이 직접 기법에 비해 신뢰성이 떨어진다는 것은 알지만 어쩔 수 없다. 표지 뒷면에 나온 개요를 읽는 것이 이 방법에 속하는데, 내용이 너무 개략적이고 막연해 많은 정보를 얻을 수 없다. 그럼에도 몇몇 위원들은 '아예 없는 것보다는 조금이라도 있는 게 낫다'라며 이를 합리화한다. 흠잡을 수 없는 논리다. 정말로 개요만 읽는 바쁜 위원들이 그렇지 않은 사람들보다 더 많이 안다는 것은 불문가지의 사실일 테다.

신뢰하기 어려운데도 위원들이 가장 선호하고 가장 자주 활용하는 기법은 '믿을 만한 정보원에게서 직접 듣기'이다. 무엇보다 이 방법은 삶의 가장 귀중한 양대 요소인 시간과 노력을 상당히 절약시켜 준다. 이 방법을 보다 효과적으로 활용하려면 모든 주요 인사들이 다 그렇듯이 발이 넓고, 사교성이 좋아야 한다. 만일 아는 사람도 적고 교제 범위도 좁으면, 아예 그런 중책에 임명될 기회조차 없다.

이를 위해서는 밖에 나가서, 할 일 없는 백수들이나 문제의 책을 정말로 읽은 별난 괴짜들과 어울려야 한다. 괴짜들이 그 책에 대해 떠들도록 교묘하게 유인해야 한다. 그 일도 별로 힘들지 않은 게, 그런 사람들은 자기가 읽은 것에 대해 자랑스럽게 떠벌리지 못해서 좀이 쑤시는 부류이기 때문이다.

그렇게 하면 시간도 별로 안 들이고 문제의 책에 대해 원하는 정보를 얻을 수 있으며, 그중 마음에 드는 확실한 견해를 골라 자기 것으로 삼을 수도 있다. 이 방법은 투표로 일을 마무리 지어야 할 때, 특히 진가를 발휘한다. 투표야말로 정의를 실현시킬 수 있는 가장 바람직한 방법이 아니겠는가? 간접적이기는 해도 실질적인 독서를 바탕으로 작품을 평가해서 수상작을 결정하는 것, 이보다 더 바람직한 결과가 어디 있겠는가?

출판인들이 심각하게 골머리를 앓은 것은 상이라고는 오로지 그랑프리밖에 없던 초기 얼마 동안뿐이었다. 그러므로 수상작 하나를 뺀 다른 책들은 상 받을 기회조차 없었다. 이것이 불공정한 제도라는 건 너무나 분명했으므로, 보다 공정한 사회를 만들기 위해서는 좀 더 민주적인 제도로 운용해야 할 필요가 있었다.

잠정 조치로서 그랑프리 경쟁 과정에 '등외 가작' 제도가 도입되었다. 참관인들이 심사 위원들의 작업을 예의 주시하는 가운데 위원들은 단계적으로 경쟁자를 걸러 냈는데, 이 과정 자체가 판매를 촉진시키는 데 아주 유용했다. 맨 처음 발표되는 후보작에 오르는 것만으로도 덕을 본다. 엄밀히 말하자면 아직 선정 작업이 시작되기 전이므로 모든 참가작이 후보작이 된다. 곧 많은 책들이 '그랑프리 경쟁작'임을 자랑스럽게 떠벌리는 띠지를 두르고 등장한다. 이내 책의 판매량이 슬슬 호조를 보이기 시작한다.

'후보작'에 이어 '최종 후보작'이 나온다. 여기서 약간 헷갈리는 사태가 발생하는데, 예상과 달리 최종 후보작의 수가 줄어들지 않고 오히려 늘어나는 경우가 생긴다는 점이다. 하지만 그 이유는 금방 밝혀진다.

처음 후보작에 올랐던 책 가운데 몇몇 권은 여러 가지 이유로 탈락된다. 성급한 출판업자가 책이 출간되기도 전에, 아니면 아예 집필도 되기 전에 경쟁에 참가시킨 게 주원인이었다. 그런데도 책의 수가 늘어난 것은 그사이 참가 요건을 갖춘 다른 책들이 출간되어 후보작에 합류한 것이다. 새 후보작의 합류는 수상작이 발표되는 마지막 순간까지도 끊임없이 이어질 것이고, 심지어 발표 이후에 올라오는 책도 있을 것이다. 여하튼 '최종 후보작'에 오른 책들은 그에 어울리는 화려한 색의 띠지를 두르게 된다.

심사 위원들은 심각하고 진지한 자세로 젖 먹던 힘까지 다해서, 온갖 독서의 장애물을 뿌리치고 헤쳐 나가 선정 도서의 폭을 좁힌다. 그렇다고 그랑프리를 차지할 경쟁 도서의 수가 줄어드는 것은 아니다. '약간 엄선된 작품', '좀 더 엄선된 작품', '더더욱 엄선된 작품', '특별한 기준 없이 엄선된 작품', '엄격하게 엄선된 작품', '매우 엄격하게 엄선된 작품'이 선정되고 그 다음엔 '정선된 작품'에 뒤이어 '알짜배기로만 고른 작품', '극도로 엄선된 작품', '불가능할 정도로 엄선된 작품', '믿을 수 없을 정도로 엄선된 작품'순으로 후보작이 가려진다. 마지막으로 '결선 후보작 1백28편'(단, 마지막 순간에 문화적, 사회적 중요성을 지닌 책이 등장할 경우 1백43편까지 확대 가능하다)이 발표된다. 그랑프리를 차지하기 위한 경쟁에서 한 단계씩 올라갈 때마다 책이 두르는 띠지 색깔도 점점 더 알록달록 휘황찬란해져 서점의 진열대는 달랑거리는 방울만 빠졌지, 크리스마스 장식을 한 것처럼 보인다.

심사 위원 집 침입 작전

심판의 날이 다가오면 다섯 명의 심사 위원은 지구상에서 가장 많은 사람들이 쫓아다니는 인물이 된다. 출판업자들과 다른 이해 당사자들이, 자신이 지지하는 후보작을 위해 동원하는 온갖 방법을 상상해 보아라. 그들은 심사 위원을 설득하기 위해 수단과 방법을 가리지 않는다. 세상 물정 모르는 순진한 사람들만이 전통적인 접근 방법을 취했다가 뒤로 나자빠진다. 먼저 그 위대한 다섯 분 댁의 전화통에 불이 붙는다. 전화국의 중앙 교환 시설은 과부하가 걸리고 그 집 전화는 먹통이 된다. 급기야 그 일대 전체가 통신 두절되는 최악의 사태가 벌어진다.

우체부들은 위원들 앞으로 편지, 엽서, 축하 카드, 소포 및 향수와 리본으로 장식된 전보 따위를 배달하느라 정신이 하나도 없다. 가엾게도 이들은 넘쳐 나는 우편물의 무게에 짓눌려 허리도 펴지 못하고 비지땀을 줄줄 흘린다. 인내의 한계에 다다른 이들은 당국에 배달 제한을 강력히 요구하는데, 그 요구는 순전히 인도적(人道的)인 이유에서이다. 우리는 당나귀가 아니란 말이다! 이만하면 충분히 할 만큼 한 거 아닌가! 그러고는 「원하시면 직접 우체국에 방문하시어 우편물을 찾아가시오」라고 제안한다.

그렇다고 심사 위원들과 접촉하려는 갖가지 시도가 줄어드는 것은 아니다. 모든 신문의 1면에, 앞으로 어떤 심사 위원도 모든 심사가 끝날 때까지 일체 방문객을 만날 수 없다는 기사가 나가도 마찬가지다. 심사 위원의 집 앞에는 모든 방문객의 소지품을 검색할 만반의 준비를 갖춘 보안 요원이 배치되어 있다. 단단히 결심하고 온 방문객들은 말도 안 되는 핑계를 대야만 한다. 계량기 검수 요원, 수의사, 세무 조사원, 음료수 배달부, 장의사, 적십자비 수금원, 굴뚝 청소부, 사복 경찰, 여론 조사원, 성직자, 전기 수리공, 철거반원, 페인트공, 보건소 직원, 그리고 가깝거나 먼 일가 친척으로 가장한다.

결국 심사 위원의 집은 완전 경계 구역이 된다. 입구에 출입 통제선이 쳐지고, 금속 탐지기, 소지품 검색대, 경찰 컴퓨터 지문 조회를 통한 신원 파악, 세균 감염 검사를 포함한 광범위한 신체 수색 등이 이루어진다. 방문객의 인파가 다소 줄기는 하지만, 이런 특수 상황을 예상하기라도 한 듯 비밀 통로가 뚫리기 시작한다. 아무래도 첩보 활동에서 영감을 얻은 것이 분명하다.

평소와 달리 비둘기 떼가 심사 위원 집 창턱에 날아와 앉아 있는 게 눈에 띈다. 알고 보니 비둘기 전령들이다. 그들이 배달하는 것의 부피나 무게가 통상적인 임무를 훨씬 초과하는 것들이라, 이들을 전령이라 부르기는 좀 어렵다. 결국은 '조류 보호 연합'이 불쌍한 비둘기를 혹사시키는 데 반대하는 항의 데모를 벌이기 시작한다. '도시의 지붕 및 현관 보존 위원회'도 이에 동참한다. 엄청난 수의 비둘기가 떨어뜨리는 배설물이 주변 건물과 환경을 오염시키기 때문이다.

심사 위원 집의 죄 없는 창가로 날아오는 것은 비둘기만이 아니다. 다양한 방식의 시각적 신호가 창문을 향해 뻔질나게 날아든다. 맑은 날이면 길 건너편 모퉁이에서 간단한 일광 반사기로 모스 부호, 브라유 점자 등을 이용해 메시지를 보내는 것이 보인다. 메시지를 보내는 곳은 침실이 제일 좋은데 거기가 곤란하면 거실로, 최악의 상황에는 주방으로도 보낸다. 그것마저도 안 되면, 최후의 수단으로 욕실을 향해 날린다.

밤이 되면 그 광경은 한층 더 휘황찬란해진다. 우선 시간차를 두고 번쩍거리는 수많은 횃불이 유리창을 어지럽힌다. 좀 지나면 조명이 집중적으로 어디선가부터 비치기 시작하는데, 처음엔 작았던 빛이 갈수록 커진다. 이런 빛의 소나기 속에서 심사 위원의 집 건물은 마치 대형 무도회나 환영 파티가 열리고 있는 궁궐처럼 눈부시게 빛난다. 화려하기만 하던 빛의 쇼도 시대가 변하면서 차차 레이저 쇼로 발전하는데, 가느다란 레이저 광선들이 현란한 색채를 자랑하며 창문을 화려하게 장식하는 광경 또한 장관이다.

대담한 출판업자는, 심사 위원들에게 접근하기 위해 특공대처럼 기습 작전을 펼친다. 일반적으로 '위에서 아래로'와 '아래에서 위로'의 두 가지 방법을 선호한다. 주변 건물들의 높이가 비슷하면 목표 지점인 심사 위원 집까지 지붕을 타고 건너가기가 상당히 쉽다. 천장에 채광창이 아예 없거나 꼭꼭 걸어 잠근 것 정도는 고도의 훈련을 받은 용감한 영웅들에게 아무런 장애가 되지 않는다.

지붕의 높이가 달라도 역시 문제 될 것은 없다. 굴뚝 청소부가 되면 그만이다. 결정의 날이 되면 엄청나게 많은 굴뚝 청소부들이 심사 위원 집 주변에 모여든다. 그들은 이웃 건물에 사다리를 대고 심사 위원의 집 지붕으로 올라가서는 굴뚝을 타고 수직 낙하한다. 그들에게 높은 건물과 낮은 건물 사이를 오르내리는 일은 아무런 문제가 되지 않는다.

그럴 수도 없는 특별한 경우에는, 한밤중을 틈타 곡예사처럼 묘기를 부린다. 등산용 걸쇠를 현관 위쪽에 걸어 놓고 밧줄과 갈고리를 던져 즉석에서 팽팽한 줄을 만든 다음, 반대편 건물에서부터 중심을 잡아 주는 버팀목도 없이 그 줄을 타고 올라가거나 내려오는 식이다. 그렇게까지 했는데도 모든 시도가 실패로 돌아가면, 그때는 보병들이 취하는 다양한 상륙 작전을 써먹는다. 용감무쌍한 출판인 하나는 옆에 있는 고층 건물에서 낙하산을 타고 내려오다가 떨어져 죽기도 한다.

'아래로부터의 침입'은 주로 하수구를 통해 이루어진다. 이 일을 쉽게 하기 위해 출판업자는 시내 지하 미로에 대한 비공식 안내 책자를 만드는데, 특별히 심사 위원으로 선출이 예상되는 문화계 주요 인사들 집으로 향하는 길목에 초점을 맞춘다. 정기적으로 갱신되는 이 책자는, 공공연히 구할 수 있는 것이 아니다.

당국에서는 안전상의 문제와 공공 위생을 이유로 이 관행을 저지하고자 모종의 조처를 취하지만, 쇠심줄같이 끈질긴 출판업자들은 결코 포기하지 않는다. 절대로 안 되지! 암, 안 되고 말고! 이들의 집요하면서도 악착 같은 황소고집을 절대 과소평가해서는 안 된다. 어느 정도인가 하면, 이 불굴의 용상들은 위원 집 밑의 하수구가 당국에 의해 공식적으로 폐쇄되면 땅을 파서 다른 비밀 통로를 만든다. 제2차 세계 대전을 배경으로 한 탈출 영화에 나오는 것처럼 말이다. 다행히도 심사 위원들은 자주 이사 가지 않고 한 집에서 몇 년씩 사는 경향이 있어, 일단 파두었던 지하 통로는 다양한 용도로 활용할 수 있다.

하지만 당국도 뒷짐만 지고 앉아 있는 것은 아니다. 일단 발견되면 모든 통로는 즉각 폐쇄되고, 만일 누구의 소행인지 밝혀지면 무거운 벌금과 함께 원상 복구 비용을 물린다. 언론도 의례적이기는 하나 공개적으로 비난한다. 그렇다고 세상에 무서울 게 없는 출판업자들이 애초의 의도를 포기할 리 없다. 고민 끝에 그들은 사전 준비가 필요하기는 하지만 훨씬 간단한 해결책이 있음을 발견한다.

'제때의 한 바늘이 아홉 바늘의 수고를 덜어 주는 법'이다. 비밀 공작원에 해당하는 직원을 일찌감치 투입하는 것이 관건이다. 어느 출판인은 이 말을 너무 곧이곧대로 받아들인 나머지 활동 개시 두 달 반 전부터 심사 위원 집 건물 천장에 공작원을 배치한다. 공작원이 가장 견디기 힘든 일은 단순히 천장 아래에서 오랜 시간을 보내야 하는 것이 아니다. 찌는 듯한 열기 속이나 목재 더미 사이에서 기다려야 하는 일이다. 그 공작원이 산전수전 다 겪은 해병대 출신이라 해도 견디기 힘든 것은 마찬가지다.

출판업계의 영리한 선두 주자들은 이 문제를 좀 더 요령껏 처리한다. 자기 요원에게 목표 건물의 관리인 자리를 마련해 주는 것이다. 그 요원은 심사 위원에게 온갖 종류의 도움을 제공하는데, 물론 전부 공짜다. 제대로 작동하지 않거나 부서진 것, 어딘가에 들러붙어 안 떨어지는 것, 비에 젖어 헐거워진 것, 불에 탄 것 등등 무엇이든 해결해 준다.

요원은 관리인이 하는 업무를 훨씬 넘어서는 일도 흔쾌히 한다. 피곤에 지친 심사 위원 대신 피아노를 조율하고, 유치원에서 아이들을 데려오고, 새 컴퓨터 프로그램을 깔아 주고, 사냥개를 운동시키고, 방향이 돌아간 위성 접시 안테나를 바로잡아 주고, 하다못해 자동차의 엔진도 청소한다. 그 집 식구가 무슨 부탁을 하든 미소로 대함으로써, 그들에게 커다란 마음의 빚을 지게 하는 것이다.

비용이 얼마가 들든 개의치 않는, 돈 많고 실력 있는 거물 출판업자들은 보다 품위 있는 방법을 선택한다. 존경받을 만한 인물을 공작원으로 발탁해, 심사 위원과 같은 아파트에 살게 함으로써 아예 의심의 소지를 없애 버린다. 그는 심사 위원과 안면을 트고 점점 가까워져 결국엔 가장 친하고 흉허물 없는 사이로 발전한다. 물론 심사 위원은 자기 주변에 무시무시한 음모의 거미줄이 쳐지고 있는 줄은 꿈에도 생각하지 못할 것이다. 공작원이 의사라면 일은 훨씬 쉬워진다. 의사와 가까이 살기를 원하는 건 인지상정이라서 심사 위원도 예외는 아니다.

드디어 밝혀진 그랑프리의 주인

마침내 그랑프리를 결정해야 할 날이 밝으면, 철두철미할 정도로 공명정대한 심사 위원에게 더 이상 영향을 미칠 가능성은 없다. 이제부터는 '진인사 대천명(盡人事待天命)'이다. 결과가 어떻게 나오든 운명으로 받아들여야 한다. 정확하게 오전 열 시가 되면, 무장한 차들이 요란하게 사이렌을 울리며 다섯 명의 심사 위원 집 앞에 나타난다. 방탄조끼와 전투용 헬멧을 갖춘 정예 요원들이 무기를 장착한 채, 골목 입구에서 마지막 검문 검색을 실시한다. 주변 건물에는 감시 요원과 저격병들이 대기하고 있고, 헬리콥터가 주위를 낮게 선회하고 있다. 그들은 민첩하게 심사 위원을 무장한 차로 이동시킨다. 위험한 기미가 조금만 보여도 몸을 던져 심사 위원을 보호할 준비가 되어 있다. 테러리스트로 돌변할 낌새가 보이는 자에게는 가차 없이 총탄 세례를 퍼부을 것이다.

무장한 차들이 어디로 향하는지는 경찰 핵심 간부만 알고 있다. 특급 기밀 사항인 심사 위원들의 집합 장소는 외부 세계와 철저히 차단되어 있다. 그들과 접촉할 수 있는 유일한 인물은 차와 생수를 나르는 급사뿐이다. 지나친 음주와 흡연을 우려해 담배와 술은 무료로 제공되지 않는다. 담당 급사는 반드시 마스크를 착용해야 하며 일절 말을 해서는 안 된다.

마지막 회의가 쉽게 끝나는 경우는 드물다. 세 표 이상을 얻어야 하기 때문에 평소보다 오래 걸리는 것이다. 회의 때마다 심사 위원들이 제각각 서로 다른 책을 지지하기 때문에 한 작품이 세 표를 얻기란 쉬운 일이 아니다. 모두들 자신이 미는 책에 죽기 살기로 충성을 바친다. 이 화기애애하면서도 넌더리 나는 협상은, 짧게는 몇 시간에서 길게는 며칠씩 걸린다.

그 안의 분위기에 대한 공식적인 보고는 없지만, 믿을 만한 소식통에 의하면 그다지 학구적인 분위기는 아니라고 한다. 제복을 입고 회의장을 지키는 경호원들은, 종종 방음 장치가 된 두꺼운 벽 너머로 들리는 심사 위원들의 고함 소리에 깜짝 놀라 눈썹을 추켜올린다. 무언가 깨지고 부서지는 소리도 들리지만 그것이 무슨 소리인지 확인된 바 없다. 만일 '최종 결정을 내리기 전에는 그 어떤 경우에도 이 방을 나갈 수 없다'라는 엄격한 규정이 없었다면, 위원들의 심사숙고가 무한정 계속되었을지도 모른다. 의료상의 응급 사태도 예외는 못 된다. 그들의 건강 상태는 만일의 사태에 대비해 인공호흡 장치를 포함하여 모든 의료 장비를 갖추고 대기 중인 의료진들이 보장할 것이다.

예상과는 달리 육체적 피로나 신경 쇠약과 관련된 조처는 거의 이루어지지 않는다. 환자의 상태를 밝혀서는 안 된다는 의사의 직업윤리상 그 안에서 무슨 일이 벌어졌는지 정확히 알 수 없다. 하지만 다량의 반창고 및 부목, 붕대 등이 필요했던 것으로 미루어, 대강은 짐작할 수 있다.

강한 체력과 정신력을 갖추지 못한 몇몇 심사 위원들이 피로, 탈진, 불면증 등의 증상을 보이기 시작한다. 강행군하는 연속 회의를 대비해 올림픽 10종 경기에 참가하는 선수들처럼 부지런히 심신을 단련했는데도 그렇다.

드디어 그랑프리 수상작이 발표된다.

뜻밖에도 이 소식은 현대 정신에 부합하는 전자 매체가 아니라 고전적인 의사소통 방식에 의해 전달된다. 주최 측은 후원 회장 집 굴뚝에 하얀 연기를 피워 올림으로써 영광스러운 수상작이 결정되었음을 선포한다.

위원회가 심사에 들어간 순간부터 열광적인 애호가들이 흥분해서 건물 주변으로 모여들기 시작한다. 대규모 정치 집회나 되는 듯 사람들의 수는 순식간에 불어나 건물 주변을 꽉 채운다. 그들 중 경험이 많고 노련한 사람들은 몇 날 며칠이고 밤새울 준비를 해가지고 온다. 상당 분량의 물이나 청량음료, 간단하게 먹을 수 있는 음식물 꾸러미, 우산, 간이용 의자, 심지어 슬리핑 백을 가져오는 사람도 있다. 특히 슬리핑 백은 결선 진출작들이 우열을 가리기 힘들 경우 준비해 오게 되는데, 심사 위원들의 협의 시간이 길어질 것을 대비코자 함이다.

발표 시간이 다가오면 모든 사람들이 커다란 굴뚝을 예의 주시하며, 연기가 피어 올라오는 것을 맨 처음 보는 영예를 얻고자 노력한다. 처음 얼마 동안은 단순하게 수상 결정 사실만 알리고 어떤 것이 수상작인지는 알리지 않았다. 그러다가 행사 기획자들이 좀 더 오래된 의사소통 방식인 연기 신호를 사용함으로써 이런 결함을 보완했다. 굴뚝에서 하얀 연기를 흘려 내보내는 대신, 일정 간격을 두고 규칙적으로 뿜어내는 방식을 취한 것이다. 거기 모인 사람들 중 극히 일부만이 그 굴뚝에서 나온 메시지를 해독할 수 있었다. 그들 주위에 몰려든 사람들은 절대적인 침묵으로 그가 연기를 해독하는 것을 지켜본다. 미인 대회에서처럼 하위 입상자부터 상위 입상자 순으로 발표되기 때문에 시간이 흐를수록 흥분은 점점 고조되어 간다. 25위, 24위, 23위, 이런 식으로 계속 앞으로 나아가다가 극적인 분위기를 연출하기 위해 치밀하게 계산해 둔 시간만큼 잠시 멈추었다가, 그랑 프리 수상작을 발표한다.

발표가 난 직후, 열성 팬들은 서로 다른 각도에서 극단적인 상태에 빠져든다. 수상작의 지지자들은 열광의 도가니에 빠져 팔짝팔짝 뛰며 서로 부둥켜안은 채, 작가 사진이 든 플래카드를 흔들어 대거나 확대한 책의 표지를 휘두르며 난리 법석을 부린다. 그 모습이 꼭 골인 직후의 축구장 분위기 같다. 반면, 결과에 실망한 사람들은 침통

하면서도 절망적인 심정에 빠지는데, 몇몇은 매우 심각한 비극을 야기한다. 패배를 설욕할 방편이 없는 사람들이 기뻐 날뛰는 수상작의 지지자들을 향해 씩씩거리며 덤벼들다가 진짜 싸움판을 벌인다. 아니면 깊은 정신적 고통을 이기지 못한 나머지 자신을 산 제물로 바쳐 다시는 돌아올 수 없는 길을 향해 치닫기도 한다. 그런 사태에 대비라도 한 듯 그들은 미리 가솔린 통과 성냥을 준비해 온다.

그런 극단적인 행동은 어느 정도 이해될 수는 있지만, 주변에 운집해 있는 죄 없는 사람들에게 엄청난 재앙을 안겨 줄 수 있다. 간발의 차이로 일련의 대형 참사를 간신히 모면한 당국은 사태의 재발을 막기 위해 그제서야 모종의 조치를 취한다.

당국은 즉시 '위기 관리 본부'라는 특수 기관을 설립한다. 거기에는 합법적인 이익 단체인 출판업자 대표는 말할 것도 없고 심리학자, 사회학자, 인류학자, 신학자, 언어학자, 병리학자에 천문학자까지 포함된다. 놀랍게도 그들은 아주 간단한 해결 방법을 신속하게 끌어낸다. 인간사에서의 혼란이나 분규는 항상 이성과 선의에 의해 해결된다는 것을 보여 주는 듯 해결 방법은 단순 그 자체다. 상의 수를 늘리기만 하면 된다!

걷잡을 수 없는 대세의 물결

그랑프리는 여전히 모든 출판인들에게 선망의 대상이지만, 열광적인 분위기는 다른 새로운 상들이 우후죽순처럼 늘어나면서 어느 정도 가라앉는다. 상의 운영에 관한 제반 사항은 뼛속까지 장사꾼인 출판업자들에게 맡겨지는데, 참으로 현명한 처사이다. 그들은 새로운 상의 제정에 필요한 모든 절차상의 문제—상 이름 짓기, 참가 작품 기준 및 조건 결정, 심사 위원 선정, 후원자 발굴, 기금 설립 등—를 가볍게 처리한다.

모든 과정이 진행되는 동안 상의 이름이 상의 성패를 좌우하는 요소라는 것이 밝혀진다. 물론 다른 요인들도 중요하지만, 이름이 좋지 않다는 이유로 상당한 상금이 따르는 상조차 외면당하는 수가 있다. 이름만 봐도 다 알 수 있다니까!

그 예로, 그랑프리 이후 맨 처음 제정된 상이 그랬다. 나름대로의 이유에 의해 상의 설립자는 '보다 작은 상'이 가장 어울리는 이름이라고 생각했다. 그러나 이 상은 참가작이 없는 바람에 첫 수상작을 내지 못하게 된다. 다급해진 조직 위원회가 참가작을 출품하면 무조건 멋진 사은품을 제공한다고 제안하지만 소용없는 일이다. 제시된 선물로는 '사냥 클럽 속보'지 1년분 정기 구독권에서부터 인형극의 칸막이 좌석 입장권, 무제한으로 카바이드 등(燈)을 제공하는 2인용 동굴 탐사 여행까지 다양하다.

비슷한 운명의 또 다른 상들로는 '음란한 수탉상'(최음 효과가 있는 닭 요리에 관한 조리법을 가장 잘 모아 놓은 책에 주는 상), '속 빈 강정상'(공허한 내용들로 가득 찬 시들을 가장 잘 모아 놓은 시선집에 주는 상), '즐거운 장례상'(봄에 치러지는 장례식에 사용될 소품들을 가장 잘 모아 놓은 카탈로그에 주는 상), '가시 많은 화분상'(안마당과 창가에서 키우는 선인장의 사진을 최고로 잘 모아 놓은 사진집에 주는 상) 등이 있다.

실패한 선례들을 보면서, 사람들은 상의 성공 여부는 고인(故人)이 된 대작가의 이름을 얼마나 잘 따다 붙이는가에 달렸다는 것을 알아차린다. 작가의 업적이 위대하면 위대할수록 상의 명성도 높아질 것이다. 그런데 여기에도 나름대로 어려움이 있다. 아무리 문학적 자산이 풍부해도, 너나없이 상을 제정하려 드는 출판업자들의 요구에 부응할 만큼 위대한 작가가 충분하지는 않기 때문이다. 그러한 곤경에서 벗어나고자, 출판업자들은 먼저 '업적'이라는 단어의 의미를 보다 포괄적으로 해석한다. 어떤 작가가 위대한 업적을 남긴 작가란 말인가? 그리고 그것은 누가 결정하는가? 문학 전공 교수? 그들은 삐딱하기로 악명이 높은 데다, 물고 뜯고 싸울 기회가 안 보이면 좀이 쑤셔 대는 사람들 아닌가. 여간해서 삼가는 법 없이 언제나 공공연하게 떠들어 대고 다니지. 더구나 늘 박봉에 시달리고 있을걸.

일단 어떻게 해야 할지 계획이 서자, 무거운 짐을 내려놓은 듯 마음이 홀가분해진다. 경험으로 미루어 협조해 줄 문학 평론 교수를 찾는 것은 일도 아니다. 제대로 인사를 차리고 부탁만 잘한다면, 자신의 학문적 비중과 교수라는 권위를 바탕으로 작가가 누구든, 다른 학파에서 무시하든 말든, 문학사상 중요한 인물이라고 보증해 줄 것이다. 적당한 학위나 증명서 따위도 얻을 수 있을 것이다. 그 증을 발급받는 데 필요한 유공(有功) 증명서 같은 증빙 자료가 대학교수직에 오르기 위한 서류들과 별반 다를 게 없기 때문이다. 그 결과 신설된 상을 빛내 줄 기라성 같은 작가의 수가 졸지에 늘어나게 된다. 이제 작가 명단이나 저명 인사 명부에 오르기만 하면, 두어 줄의 간단한 소개만으로도 자격이 생긴다.

유일하게 남은 조건은 문제의 작가가 고인이 되는 것이다. 이렇게나 조건을 개방했는데도 출판인들의 늘어나는 욕구를 충족시키기는 역부족이다. 한 출판사에서 여러 개의 상을 제정했기 때문이다. 결국 그들은 출판하는 수만큼 상을 제정하는 것이 가장 바람직한 해결책이라고 결론을 내리게 된다.

걷잡을 수 없는 대세의 물결은 마지막 금기 사항까지도 쓸어버린다. 고인이 된 이름 없는 작가들까지 다 우려먹고 난 그들은 생존 작가의 이름을 붙이기 시작했다. 이런 사실을 두고 여기저기서 빈정거리는 투의 비난성 발언들이 난무했지만 출판업자들은 눈 하나 깜짝하지 않는다. 시간이 지나면 그런 소란쯤은 다 가라앉기 마련이기 때문이다.

미온적이나마 마지막으로 여론이 들끓은 것은 몇몇 상들이 작가 자신의 이름으로 수여되기 시작했을 때이다. 어떤 사회적 개혁도 처음에는 사람들의 눈살을 찌푸리게 하는 법이다. 일단 새로운 변화를 자연스럽게 질서의 일부로 받아들이고 나면 터무니없이 자유를 박탈당하지 않는 한, 아무도 여기에 대해 별다른 관심을 보이지 않는다. 그러나 한 작가가 한 번도 아니고 연달아 여덟 번씩이나 제 이름으로 시상하는 상을 받는다는 것은 좀 지나친 일이다. 그때마다 심사 위원들은 오로지 예술적 기준에 의거해 심사가 이루어졌다며 대중을 설득한다. 그렇다는데 누가 그 결정을 비난할 수 있겠는가?

그렇게 해서 문제는 해결되고, 출판업자들은 안도의 한숨을 길게 내쉰다. 이제 그들은 도서 판매를 좌우하는 중요한 요소들을 다 장악하게 된다. 주어진 원고를 딱 어울리는 크기의 책으로 만들어 내는 신통한 재주를 가진 그들은 독자들이 도저히 안 사고는 못 배기게끔 표지를 제작한다. 뒤표지에는 그 작품을 강력하게 추천하는 것처럼 보이는 서평을 인용하거나 광고 문구를 집어넣고, 눈에 확 띄는 활자로 최소한 3쇄라고 떠벌린다. 아울러 이미 베스트셀러를 낸

작가라는 문구도 두드러지게 인쇄한다. 그러나 뭐니 뭐니 해도 최고
의 압권은, 최고 문학상 수상작임을 자랑하는 문구를 현란한 활자로
인쇄해 띠지를 둘러놓는 것이다.

착상

가장 불운한 조산원

한 권의 책을 출판하는 데 있어 원고를 편집에 넘기는 것보다 더 중요한 일은 없다. 이를 의학 용어에 비유한다면 임신의 순간이라 할 수 있는데, 한 권의 책이 탄생하기까지 거치는 단계를 역으로 추적해 보면 결국 그 순간으로 귀착되기 때문이다. 편집 기간은 여러 가지 면에서 임신과 닮았다. 메스꺼움과 구토는 전형적인 초기 증상으로 통상 아홉 달 정도 지속된다.

그러나 둘 사이에 아주 중요한 차이가 하나 있다. 출산 당시에만 조산원을 필요로 하는 사람과 달리, 책은 전체 편집 과정에서 상당히 많은 도움이 필요하므로 한 명의 조산원으로는 충분하지 않다. 한 권의 책이 나오기까지 일군(一群)의 조산원들—편집자, 카피 에디터(Copy editor), 전문 편집자, 타자수, 교정원, 식자공, 제본하는 사람—이 총출동해서 각각의 임무를 완수해야 한다.

편집자가 처음 원고를 받아 들게 되면, 일반적으로 임신 초기에 보이는 메스꺼움 내지는 멀미기가 밀려온다. 조산원 중 처음으로 원고를 읽는 편집자는, 기껏해야 처음 몇 단락 내지 한 페이지 정도를 읽어 나가다가, 갑자기 손으로 입을 틀어막고 눈알이 튀어나올 것 같은 표정으로 남자 화장실을 향해 뛰어간다. 가는 도중 여기저기 걸리고 부닥치는 바람에 엉금엉금 기어서 화장실로 들어가는 경우도 심심치 않게 일어난다. 변기에 한참 동안이나 고개를 박고 웩웩거리다가 창백하게 일그러진 얼굴로 자기 자리로 돌아온 그가 제일 먼저 하는 일은 원고 뭉치를 안 보이는 데로 치우거나 서랍 속에 던져 넣는 일이다. 원고 뭉치만 보면 구토가 날 것 같기 때문이다.

조금 진정이 되면, 실패할 게 뻔하지만 그래도 필사적으로 다시 한 번 원고 읽기에 도전한다. 결국 유산을 건의하기 위해 겁먹은 태도로 조심스럽게 사장실 문을 노크한다. 그가 제시하는 근거는 상당히 합리적이다. '태아는 불치의 유전적 결함을 지니고 있으니 너무 늦기 전에 유산시키는 편이 낫다.'

그 불운한 편집자는 사장실에 들어간 지 얼마 지나지 않아 욕을 바가지로 얻어먹은 채 허둥지둥 머리부터 튕겨 나온다. 대개 사장 가까이 있는 커다랗고 단단하며 각 진 물건들이 그의 뒤통수를 향해 날아오는 수가 많다. 사장은 물러나는 편집자를 향해, 「어떻게 유산 같은 무지막지한 생각을 품을 수 있지? 도대체 자네가 말하는 결함이라는 게 뭐야? 책이 표지 없이, 아니면 낙장으로 나올 거라는 말인가? 아니면 표지가 찢어지거나 우그러지기라도 할 거냐고? 그것도 아니라면, 제본이 제대로 안 돼 실밥이라도 뜯어질 팔자라는 거야, 뭐야? 얼토당토않은 소리 말라니까. 도대체 뭐가 결함이라는 거야?

오호, 정신적인 문제란 말이지? 아하! 학습 장애? 지진아? 아니면 다운 증후군? 그게 어때서? 책이 생긴 것만 멀쩡하면 되지 굳이 내용까지 좋을 필요가 뭐가 있냐고? 책에 담긴 재치나 정신이 아니라 생긴 게 판매를 좌우한다는 거 몰라? 자네는 책에 담긴 정신을 첫눈에 알아볼 수 있어? 천만의 말씀! 책에 담긴 정신이 구매자의 눈길을 끌 줄 알아? 어림 반 푼어치도 없는 소리!」 하며 장광설을 늘어놓는다. 거기다 결론까지 덧붙이는데, 「내용이 시답잖은 게 그렇게 문제가 된다면, 팔 걷어 부치고 덤벼서 자네 성에 차도록 고상하게 만들어 봐. 그렇게 하는 게 최소한 밥값을 하는 거니까! 자네 수준에는 지금 봉급도 너무 많다는 거 알기나 하나?」

풀이 죽은 편집자는 자리로 돌아와서는 책상 서랍에서 원고 뭉치를 꺼내며 치밀어 오르는 혐오감을 억누른다. 그는 자포자기한 표정으로 멍하니 원고를 바라본다. 그리고 자기에게 선택의 여지가 별로 없다는 사실을 생각하며 암울한 기분에 젖는다. 그러고는 임신부들처럼 허겁지겁 배를 채우기 시작한다. 먹을 것이 아니라 마실 것이라는 것이 임신부들과 다른 점이기는 하지만, 욕구만큼은 똑같다.

일단 배를 채우고 난 뒤 그는 결의를 다진다. 광부들이 하는 일처럼 힘들겠지만 한번 부닥쳐 보자. 그런데 광부들보다 못한 것이 40년 동안 죽을 둥 살 둥 뼈 빠지게 일해도 그들의 노고를 알아줄 사람이 아무도 없다는 것이다. 광부들은 마음먹기에 따라 명예퇴직도 가능하고, 겨울이면 사람들이 난로에 불을 피우며 그들의 노고에 감사하는 마음을 갖지 않느냔 말이다. 말이야 바른 말이지, 아주 가까운 사람을 제외하고 간기에 코딱지만 한 크기로 박혀있는 편집자의 이름 따위에 신경 쓸 사람이 누가 있단 말인가?

설사 누군가가 편집자의 이름을 알아본다 한들, 어찌 편집자가 쏟아 부은 눈물겨운 노력을 상상이나 할 수 있겠는가? 근본적으로 품위와 담을 쌓고 있는 작품을, 어떻게든 품위 있게 만들어 보겠다고 몸부림을 친 편집자의 노고를 말이다.

재도전의 첫 작업은 원고를 뜯어고쳐 다시 쓰는 일이다. 편집자는 한 문장 한 문장씩 손을 보는데, 불필요한 내용은 빼버리고 남은 것은 재구성하며, 부실한 부분은 보충하는 등 셀 수 없이 많은 부분을 고치고 바꾸고 또 고쳐 나간다. 알맹이라곤 하나도 없는 내용에 무슨 의미라도 부여해 보겠다고 덤벼드는 눈물겨운 투쟁이라 하겠다. 문학적 야망을 가졌다는 이들이 훌륭한 문체는 고사하고 기본적인 문학적 소양도 갖추지 못했다는 사실을 편집자만큼 잘 아는 이도 없다. 혹시라도 처음에 가졌던 작가에 대한 환상은 편집 일을 하면서부터 순식간에 사라지고 만다.

보통 작업에 들어간 지 네 시간째가 되면 절정에 도달한다. 편집자의 책상 위에는 흘러간 시간에 비례하여 그만한 양의 종이가 쌓인다. 순서를 뒤바꾸고 삭제하라는 메모투성이의 원고는 일감을 구하려고 목을 매고 있는 타자수라도 맡으려 하지 않는다. 문제는 그 메모투성이의 텍스트를 기꺼이 쳐줄 타자수를 찾는 일이다. 이 일을 맡을 타자수는 여러 가지 미덕 —친절함, 참을성, 자기 절제, 날카로운 통찰력, 정확한 시력 등—을 갖춰야 하며 필히 강심장이어야 한다. 그런데 저임금의 직종에서 이 모든 자질을 갖춘 사람을 찾기란 거의 불가능한 일이다.

이렇게 하다가는 도저히 사장이 정해 놓은 마감 시간에 맞출 수 없을 거라는 생각이 번쩍 떠오른 편집자는 마음도 가라앉히고 기운도 좀 차릴 겸 손에 들고 있던 술을 한두 모금 홀짝홀짝 마시기 시작한다. 한두 모금의 술은 바로 이런 경우에 응급 처치 효과를 아주 잘 보여 준다. 어느 정도 기운을 차린 그의 머릿속에 아주 기발한 생각이 떠오른다. '수정하는 건 집어치우고 내가 완전히 새로 쓰는 거야! 더듬거리는 이 원고에서 착상을 얻기는 하되 나머지는 다 새로 쓰는 거야! 알아보기도 힘든 수정 원고를 다시 타이핑하는 번거로움도 피할 수 있고, 모르긴 몰라도 또 다른 이점이 생길 게 분명해.'

그는 팔을 걸어 부치고, 빠른 속도로 원고를 마지막까지 대충대충 훑어 읽으면서, 작가의 의도를 따라간다. 그러고는 같은 주제로 직접 원고 쓰기에 돌입한다. 물론 고차원적인 예술적 주제 같은 것은 빠지겠지만, 최소한 아주 엉터리라는 혐의는 벗을 수 있다. 또 아주 뻔한 이야기를 심오한 사상으로 가장하는 일도 없을 것이다. 다시 쓴 결과, 알맹이 없는 공허한 잡소리에다 판에 박힌 진실조차 빠졌던 그 원고는 완전히 새롭게 탈바꿈한다. 문장도 주어와 서술어를 갖게 됨으로써 장족의 발전을 한다. 완벽한 환골탈태다!

새로 창작하다시피 했다는 사실은 영원히 드러나지 않을 것이다. 사장이 원고 읽기를 싫어하는 것 못지않게 완성된 책을 읽는 것도 싫어하니 그 사실을 알아차릴 리 없다. 원래부터 자신을 타고난 종이 제품 장사꾼으로 여기는 사람이니까. 그는 헐값으로 산 종이에 갖가지 모양의 문자를 새겨 넣은 뒤 다시 팔아먹는다. 단, 훨씬 비싼 값으로 판다.

그 이상 더 간단한 일은 없다. 도대체 사람들이 왜 문자라는 것들 때문에 그 많은 돈을 처들이는지 알 수 없지만, 하여간에 감사해야 할 일인 것만큼은 틀림없다. 사람들에게 그런 괴팍한 습관이 없다면 사장이 어떻게 돈을 벌 수 있겠는가?

편집자로서 참기 힘든 일은 기껏 해놓은 일이 완전히 무시당하는 현실이다. 다 좋다 이거다. 칭송이 자자해야 당연하겠지만 그것까지 기대하지는 않겠다. 하지만 최소한 축하는 해줘야 하지 않느냔 말이다. 실제로 「감사합니다」 정도의 의례적인 인사조차 받지 못한 편집자는 처음의 의욕을 급속도로 상실한다. 그가 정말로 양심적인 사람이라면, 두세 꼭지의 원고를 더 고쳤을 것이다. 매번 똑같은 상황이 되풀이되자, 시도 때도 없이 영감이 솟아오르는데도 편집자의 기는 완전히 꺾이고 만다. 잘 해내든 못 해내든 결과적으로 자기한테 아무 차이가 없다면 굳이 아득바득 기를 쓰고 매달릴 필요가 어디 있겠는가? 앞으로는 원고를 뜯어고친답시고 머리를 싸매고 있기보다는, 조산원 자리로 물러나서 딱 두 가지 일만 하리라. 먼저, 간기를 만드는 일로, 이건 통째로 한 페이지를 차지할 것이다. 다음으로 원고를 카피 에디터에게 넘겨주면 된다. 이후의 일은 그가 알아서 진행하겠지 뭐.

부지런한 언어 경찰관

카피 에디터의 일은 얼렁뚱땅 건너뛰면서 대충 할 수 있는 것이 아니다. 원고를 처음부터 끝까지 이 잡듯 샅샅이 읽어야 한다. 책장을 사선으로 읽어 나가는 따위의 기술이 여기서는 통하지 않는다. 물론 결과를 보면 그가 이 방법을 썼다는 게 드러나지만 절대 그렇게 해서는 안 된다. 그들의 독법은 매우 특이한데, 텍스트의 의미를 파악하는 일은 제쳐 두고, 오직 잘못된 철자와 문법적 오류만을 찾아 읽는다.

맞춤법과 문법, 시제 처리, 동사 변화, 쉼표의 위치 등이 바르면, 그 원고는 카피 에디터의 입장에서 볼 때 의심할 여지 없이 완벽한 것이 된다.

지나치게 부지런한 언어 경찰관인 그들은 규칙의 적용을 유일한 관심거리로 삼는다. 그 외의 것에는 관심조차 없다. 정해진 규정이 없는 의미 따위에 뭐 하러 신경을 쓴단 말인가? 의미에는 다른 조산원이 알아서 관심을 기울일 것이다. 종종 열성적으로 자기 임무를 수행하다 도를 넘는 경우도 있지만, 그것 역시 원칙을 충실히 따른 결과다.

학대와 핍박의 대상

식자공의 독법은 더 특이하다. 헌법으로 금한 것도 아닌데 그들은 텍스트에 대해 이해하기를 포기한다. 텍스트가 무슨 뜻인지 전혀 이해할 수 없는 외국어일 경우에는 실수가 적은 반면, 잘 아는 모국어일 경우에는 실수가 장난 아니게 많다.

그렇다고 그들이 외국어로 된 일만 할 수는 없는 법. 실상은 모국어로 된 일감이 가장 많다. 어떻게 해야 타이핑하는 내용을 이해하려는 그들의 시도를 막을 수 있을까?

가장 먼저 생각해 낸 방법은 아주 노골적인 것이었다. 식자공 지원자들의 지능을 검사해서 백치 수준 정도인 사람만 고용하는 것이다. 그들 생각에 식자공에 가장 어울리는 사람들은 바보들인 것이다. 자기들이 치는 게 글자인지 문장 부호인지 구별할 줄만 알면 되었고, 그 이상 알면 과다 능력으로 해고되었다.

　이와 같은 차별적 관행은, 지능이나 머리카락 색깔과 상관없이 모든 사람은 평등하다는 민주주의의 기본 원칙을 위배하고 있다. 평판이 좋지 않은 한 인쇄소가 특수 훈련을 마친 원숭이를 식자공으로 고용했다는 소문이 있고 얼마 후, 결국 그 관행은 폐지되고 만다. 인쇄업자들은 이것이야말로 텍스트를 이해하려는 시도와 타이핑상의 실수를 미연에 방지하는 유일하고도 확실한 방법이라는 내용의 탄원서를 제출해 자신들을 옹호했다.

　야비한 동물 학대에 대해 맨 처음 공격의 포문을 연 곳은, '유인원을 보호하는 사회'의 산하 단체인 '원시 삼림 보존 위원회'였다. 이들은 유인원이 주어진 텍스트를 이해하지 못한다는 주장에 대해 격렬하게 항의했다. 오히려 어떤 원숭이든 타이핑 훈련만 받는다면, 표현은 하지 못한다 해도 최소한 자기가 입력하는 내용만큼은 이해할 수 있다고 주장한다. 그리고 바로 그 점이 온순하고 지적인 생물을 잠재적으로 위협하는 원인이 된다고 덧붙인다. 원숭이들의 평온한 성품을 망치 는 가장 빠른 길이, 인간들이 내뱉는 엉터리 장광설에 물드는 것이다.

　구성원들의 특성상 시간이 다소 지체된 후에야, 식자공 조합에서도 항의 성명을 발표한다. 그들 역시 원숭이들이 인쇄소에서 일하는 것에 대해서는 분명하게 반대하는데, 위원회와는 전혀 다른 이유에서이다. 그들에게 원숭이는 경쟁 상대다. 원숭이들은 아주 적은 임금(하루 평균 3.5개의 바나나)에 초과 근무까지 합의했으며, 의료 보험료도 거의 들지 않는다. 동물 병원 치료비가 일반 병원보다 싼 데다가 원숭이들이 잘 아프지 않았기 때문이다. 점심 식사를 비롯하여

달마다 교통 카드를 지급할 필요가 없으며, 여름 휴가를 주지 않아도 된다. 노동 조합의 개념이 없으니 당연히 파업도 없다.

어찌 되었든 저능아나 원숭이를 고용할 수 없게 된 인쇄소 측은 지적 능력을 갖춘 식자공들이 텍스트의 의미를 이해하느라고 정신을 파는 사태를 막기 위해서 다른 방법을 생각해 내야 했다. 힘들게 쟁취한 권리를 지키는 데 혈안이 된 식자공들이 방해 공작을 알면 엄청나게 반발할 것이기 때문에 이 작업은 비밀리에 진행되었다.

경영진은 개인 혹은 단체로 은밀하게 최면을 걸었는데, 의외의 결과가 나타났다. 오타가 확실하게 줄어든 대신, 정신력이 강화된 식자공들이 텍스트에다 자신들이 만든 새로운 구절을 집어넣는 것이었다. 주로 삽입구나 각주, 발문, 부록 등의 형태로 등장했는데 가끔 긴 것도 있었다. 작가를 칭찬하는 내용은 거의 없었으며, 학문적이고 현학적인 어투로 쓰여진 다른 것들과 그 표현 방식이 완전히 달랐다. 이렇게 해서 문체나 내용은 상당히 독특하나, 환영받지 못한 혹평판(酷評版)이 만들어지게 되었다.

최면 방법을 실패한 경영진은 '미키(Mickey : 생체에 작용하는 마취성 물질)'를 구내식당에서 제공하는 음식에 몰래 집어넣었다. 몽롱한 의식 상태에 빠져들게 함으로써, 식자공들이 책을 주의 깊게 읽지 못하도록 하기 위해서다. 이 방법 역시 실패하는데, 식자공들뿐만 아니라 다른 직원들까지 몽롱한 마취 상태에 빠져들게 됐기 때문이다. 모두가 몽롱하면 일은 누가 한단 말인가?

모든 시도가 다 실패로 돌아가자, 경영진은 최후의 수단으로서 사람과 관련된 일을 해결하는 데 가장 확실한 방법이라는 뇌물로 사람들을 매수하기 시작한다. 맡고 있는 텍스트의 의미를 알려고 하지 않는 식자공들에게 특별 상여금과 우대 조건을 제공하는 것이다. 그런데 일의 성격상 단속하기가 까다로운 관계로 각서를 요청한다. 특별 제작된 양식으로 한 장에 불과한 이 서류에 식자공들은 자기네가 한 일이 무엇에 관한 내용인지 전혀 알지 못한다는 것을 맹세하는 확인 도장을 찍는다. 오래지 않아 텍스트를 이해하지 않겠다는 각서를 쓰지 않은 식자공은 단 한 사람도 없게 된다. 그 바람에 회사의 자금이 바닥날 위험에 처한다. 사주들은 결국 명예심이 인간성의 가장 보편적인 본성이 아니라는 것을 인정하게 된다.

이제 일을 확실히 처리하기 위해서는, 조금 덜 명예로운 방법일지라도 또 다른 간접적인 감시 제도가 개발되어야 한다. 문제 해결을 위해 열심히 머리를 굴린 경영진은 결국 '콜럼버스의 달걀'처럼 아주 쉽고도 간단한 해결책을 찾아낸다. 아, 오타가 있지! 오타가 많다는 건 식자공들이 그만큼 텍스트의 의미에 한눈을 팔았다는 이야기가 된다. 실수 그 자체에 대해서라기보다는 텍스트를 이해하려는 쓸데없는 시도를 응징하기 위해서, 오자가 많은 달의 식자공 임금은 무자비하게 삭감될 것이다.

그런데 단순 실수의 경우에도 똑같이 적용하는 것은 부당한 처사이다. 시력이 나쁘다거나 실력이 부족해서, 또는 가정의 위기를 맞이했거나 실연당한 데서 온 정신적 스트레스로 인해, 그밖에 과음이나 다른 순수한 이유로도 충분히 실수할 수 있다. 그런 문제까지 생각하는 사장은 없다. 모든 사람에게 다 공정할 수는 없다고! 완전무결하게 정의를 실현하는 인간은 존재하지 않는다니까!

음모의 희생양

이렇듯 오타는 식자공들이 텍스트를 이해하려는 인간의 기본적인 권리를 쟁취하는 과정에서 주로 발생한다. 인쇄에 들어가기 전에 최종적으로 원고를 읽는 마지막 조산원, 즉 교정원에게도 이 권리는 인정되지 않는다.

원본과 대조하면서 달라진 것을 찾아내는 데 전력투구하다 보면, 문맥상의 의미를 파악하기란 무척 어려운 일이다. 커다란 실수는 눈에 확 띄기 때문에 쉽게 잡아낼 수 있지만 사소한 것들을 찾아내기란 여간 어려운 일이 아니다. 사소한 것들은 글자를 하나만 틀리게 써도 말이 통하지 않아 금방 오류가 드러나는 간단하고 쉬운 문제가 아니다.

더 큰 문제는 글자가 잘못 쓰인 것 같은데, 그 자리에 잘 들어맞으면서 새로운 단어를 만들어 내는 통에, 작가가 전혀 의도하지 않은 엉뚱한 의미를 나타내는 경우다. 무슨 수로 그런 실수를 찾아낸단 말인가? 오타를 찾는 데 초점을 맞추다 보면 의미를 따라잡을 수 없게 되고, 그러면 의미가 문맥에 맞지 않는다는 것을 알아채지 못한다. 예를 들어, 식자공이 'light' 대신 'blight'라고 타이핑했다고 하자. 두 단어 모두 다양한 문맥 속에서 잘 어울린다. 그러니 어느 게 정말로 맞는 단어인지 무슨 수로 알아낸단 말인가?

소설에서 그런 오타 하나쯤은 전체적인 의미에 별다른 차이를 가져오지 않으며, 대부분의 독자들 역시 뭐가 잘못되었는지 전혀 눈치채지 못한다. 설사 알았다 하더라도, 그런 하찮은 일로 시간 낭비할 사람이 어디 있겠는가? 유감스럽게도, 세상에는 신간 소설에다 철자상의 오류를 찾아 적는 일 외에 뾰족하게 할 일이 없는 백수나 현학자들이 있다. 그들은 제법 많은 돈을 주고 산 자기 책을 못 쓰게 만들어 놓고도 전혀 양심의 가책을 느끼지 않는다. 대신 아주 신랄하게 비난하는 내용을 담은 편지와 함께 그 책을 출판사 사장에게 소포로 보낸다. 편지를 통해 그들은 신문에 폭로하겠다는 협박과 아울러 소송 제기의 가능성까지 언급하는데, 결국에 가서는 책값을 환불해 줄 것을 요구한다.

사장에게 'light'냐 'blight'냐 하는 것은 별문제가 아니지만, 출판사의 명성을 위해서 결코 소홀히 할 문제가 아니다. 운수 사나운 교정원은 사장에게 불려 가, 사령관 앞에서 무언가를 보고하는 군인처럼 차렷 자세로 서서 야단을 맞는다. 사장은 강도 높은 비난과 은근한 협박을 곁들이면서 그를 질책한다.

「교정일이 아무리 별 볼일 없는 일이라지만 그처럼 불성실하고 무책임하게 해서야 되겠어? 이런 개떡 같은 경우가 도대체 뭐란 말이야? 출판이 문화 예술이라는 고상한 영역의 한 분야라는 걸 알기나 해? 다시 한 번 이런 실수를 했다가는, 그때는 다른 일자리 알아봐야 할 거야. 하지만 출판 쪽은 얼씬도 못할 거다. 어쩌고저쩌고…….」

가엾은 교정원은 굽실거리며 절을 하고 물러난다. 사장은 비서를 시켜 문제가 된 책을 새로 인쇄한 것으로 다섯 권쯤 챙겨 항의한 사람에게 보낸다. 물론 다섯 권의 책값은 교정원의 월급에서 제한다. 오호, 쾌재라! 그 교정원 녀석 정신 좀 차렸겠지. 음, 이 문제는 단순히 교육적 차원에서가 아니라 비즈니스적 감각에서도 아주 훌륭해. 판매 장부에 다섯 권이나 추가되질 않았나. 방법이 좀 그렇지만, 뭐가 문제야?

한 번 더, 교정쇄가 식자공의 작업실로부터 도착한다. 지형(紙型)의 폭은 보통 것과 같으나 길이는 몇 배나 더 길다. 교정원은 다시 한 번 그것을 읽어 나간다. 이번엔 텍스트의 내용이 아니라 활자상의 오류를 찾는 데 온 신경을 집중한다. 지형을 펼쳐 놓고 모든 단어의 철자를 하나하나 짚어 나간다. 눈에 너무 힘을 주고 용을 쓰다 보니 눈물이 날 지경이다. 눈앞에 있는 글자들이 흔들리면서 어른어른하게 보인다. 극히 교활한 방식으로 이루어진 오류를 발견할 때마다, 뭔가 못된 장난질이 이루어지고 있다는 확신이 그의 마음속에서 싹트기 시작한다. '이 모든 오류가 우연일 리 없어. 이들 중 몇몇은 분명 고의적인 왜곡이고, 태업 행위가 분명해.'

아이스하키 '퍽(puck)'의 첫 글자를 'f'로 바꿔 입력한 실수를 도대체 무슨 수로 설명할 수 있단 말인가? 유명한 라틴어 문구 'Cogito, ergo sum(나는 생각한다, 고로 나는 존재한다)'에서 'cogito'의 'g'를 빼먹어 'Coito, ergo sum(나는 성교한다, 고로 나는 존재한다)'로 바꾸게 한 실수는 어떻고? 이건 정말 틀려서는 안 되지 않는가. 식자공에게 라틴 어야말로 외국어 중의 외국어가 아닌가? 이미 죽은 언어인 라틴 어가 모국어가 아니라는 건 너무 뻔한 사실 아닌가.

작업실에서 내용을 제대로 파악하지 못한 교정원이 책이 발간된 다음 다시 읽을 거라고 생각하는 사람이 있을 것이다. 신경을 날카롭게 곤두세우고 오류를 찾아내는 교정원이 아니라 평범한 독자가 되어서 편안한 마음으로 마음껏 그 내용을 음미하면서 말이다.

하지만 그런 일은 결코 일어나지 않는다. 만일 그렇게 하면 그 직업의 마지막 금기를 깨버리는 일이 될 것이다. 사랑이나 돈 때문이

Cogito, ergo sum
나는 생각한다, 고로 나는 존재한다
Coito, ergo sum
나는 …한다, 고로 나는 존재한다

아니고서야 자신이 교정을 본 책을 다시 읽을 교정원이 어디 있겠는가? 그 책의 꼬락서니만 봐도 그것을 붙잡고 씨름하던 때의 끔찍했던 스트레스와 정신적 고통이 되살아나는 것 같을 텐데. 또한 그는 영원히 사라지지 않는 걱정거리 때문에 책을 읽을 수 없다. 일이 제대로 되지 않는 것 같다는 불안감, 몇몇 오류들을 놓쳐 버린 것 같다는 강박 관념, 심지어 커다란 오류를 그냥 넘기는 바람에 전체 의미를 끔찍하게 왜곡한 게 아닌가 하는 염려가 바로 그것이다.

무언가 조치를 취하기에는 너무 늦어 버린 시점에서 그런 잘못을 발견했을 때 감당해야 할 공포감이 호기심을 압도해 버린다. 돌이킬 수 없는 엄청난 실수를 발견하고 속을 끓이느니 차라리 모르는 게 약이다. 다 잘되었거니 믿으면서 말이다. 하지만 결국에는 아무짝에도 쓸모없는 불평꾼들 때문에 일이 틀어지고 만다. 이들은 무슨 이유에서인지 야비한 악의를 품고서, 책을 이 잡듯 뒤져 활자상의 실수를 찾아낸 다음, 고자질꾼이요 밀고자답게 사장에게 불평하는 편지를 보낸다. 그래 봤자 출판사로부터 책 몇 권 공짜로 뜯어내는 게 고작인데, 그걸 받아 헐값에 되팔아 먹기 위해서 그런 짓을 한다. 그들이 아니었더라면 교정원은 명예퇴직하는 그날까지, 그럭저럭 직장에서 잘 버텨 나갔을 것이다. 은퇴한 다음에도 별 탈 없이 평범하게 여생을 보냈을 것이다.

그런데 왜 교정원만 이 문제로 시달려야 하는가? 그들은 결코 유별난 괴짜가 아니다. 책을 세상에 내보내는 데 가담하는 조산원들 가운데 꼼꼼히 쪼아 가며 읽는 사람은 아무도 없다. 또 그래야 한다고 말하는 사람도 없다. 그들이 읽거나 말거나 좋든 싫든 어차피 책은 만들어지게 되어 있다. 그것이야말로 우주 불변의 법칙이다.

하기는 아무런 제약 없이 순전히 자유 의지로 책을 읽겠다는 불쌍
한 사람들의 권리를 빼앗을 이유가 없다. 더구나 그들은 그 권리를
얻기 위해 돈까지 지불하는, 어디까지나 순진한 사람들, 즉 독자들이
아닌가.

눈앞에 펼쳐진 멋진 신세기

모든 이들이 행복해하고 모든 것이 완벽해 보이는데, 오직 한 사람
만이 줄기차게 걱정거리를 안고 있다. 바로 출판사 사장님이다. 비
록 티 내지 않으려고 애쓰고 있기는 하지만, 회사에 월급이나 축내는
식충(食蟲)들이 너무 많다는 혐의를 지울 수 없는 것이다. 겨우 책
한 권 내는 데 저렇게 많은 사람이 필요한 걸까? 그들이 전부 자원
봉사로 일해 준다면 얼마나 좋겠는가? 쓸데없는 일을 하는 그들에
게 매달 꼬박꼬박 월급을 주어야 하다니. 아무리 쥐꼬리만 한 월급
이라도 그들에게는 과분하다.

사고에 대비해 안전모를 쓴 경리 직원이 잔뜩 긴장을 하고 머뭇거
리며 임금 대장 결재를 받기 위해 사장에게 다가간다. 임금 대장을
본 사장의 얼굴이 시뻘겋게 달아오른다. 심장이 벌렁벌렁하기 시작
하고 온몸에 식은땀이 흐르며, 이를 부드득 갈거나 때로는 으르렁거
리다가 입에 거품을 물기까지 한다. 사장의 입장에서 볼 때 이건 완
전히 무장 강도다. 임금 총액을 승인하는 서명을 하고 나면, 숨은 헐
떡거리고 눈알은 밖으로 튀어나올 지경이 된다. 마치 노상 강도의
총부리 앞에서 어쩔 수 없이 지갑을 내줄 때의 심정과 같다고 할까.

결재가 끝나고 혼자 남은 사장은 깊은 우울증에 빠진다. 자폐 상

태에 빠진 사장들도 있다고 한다. 갑자기 모든 게 우울해지고 절망적이고 무의미해진다. 얼마 후 스트레스가 조금씩 가라앉기 시작하면, 사장은 자기도 모르게 백일몽에 빠짐으로써 마음의 안식을 얻고자 한다. 심각한 정신적 고통을 겪고 난 뒤에 오는 자연스러운 자기 방어적 반응이리라.

그의 상상 속에 훨씬 더 바람직하게 조직된 출판계의 모습이 그려진다. 작가와 인쇄소 사이에 쓸데없는 중개인들이 제거된 세상이다. 편집자도 없고 카피 에디터도 없다. 그래픽 아티스트도 안 보이고 식자공도 얼씬거리지 않는다. 물론 교정원도 존재할 이유가 없다. 아무짝에도 쓸모없는 밥버러지들은 지우개로 지운 듯 깨끗이 사라지고, 원고는 작가의 손에서 직접 인쇄소로 넘어간다. 그 모든 변화 가운데 무엇보다 중요한 것은 그동안 이를 악물고 지급해 오던 임금이 합리적인 용도로 바뀐다는 점이다. 생각만 해도 얼마나 흐뭇한 일인가!

그런 장밋빛 환상 속을 헤매다 냉엄한 현실로 돌아오니 엄청난 환멸감이 밀려온다. 많은 사장들이 어떤 식으로든 위안거리를 찾는 것은 결코 이상한 일이 아니다. 대개 술을 마시지만 일부는 지저분한 위안거리에 의지한다. 그렇다고 누가 그들을 비난할 수 있으랴? 경영자에게 있어 인생이란 결코 소풍이 아니다. 지금 그들 존재의 핵심이 위협받고 있는 것이다(재정 상태야말로 핵심 중의 핵심일 것이다).

기대할 게 아무것도 없다는 생각이 든 바로 그 순간, 자신의 환상을 실현시킬 수도 있는 굉장한 방법이 떠오른다. 인류가 이룩해 낸 기술 공학 분야의 눈부신 발전이, 출판사 사장의 황당무계한 꿈을 실현시켜 줄 수 있는 간편하면서도 막강한 능력을 가진 장치를 제공한 것이다.

　그래, 컴, 퓨, 터!

　컴퓨터로 인해 출판계만큼 혁명적인 변화를 겪은 분야도 없을 것
이다. 인쇄로 넘기기까지의 원고 준비 작업은 말할 수 없이 경제적
이고 편리하고 신속해졌다. 출판사 사장에게 이보다 더 신나는 일이
어디 있을까? 일의 과정도 순조롭게 진행된다. 작가는 종이 뭉치가
아닌 디스켓에 원고를 담아서 사무실로 가져온다. 바로 이 첫 단계
에서 출판사에 하등 도움이 안 되는, 눈엣가시 같던 조산원 둘을 즉
시 해고할 수 있게 되었다.

　식자공과 교정원이 그들이다. 타이핑할 것도, 교정 볼 것도 없으
니 그들의 도움은 이제 필요 없다. 작가가 디스켓에 작업한 것에 대
해 따로 경비를 지불할 필요도 없으니, 이거야말로 확실한 원가 절감
이 아니고 무엇이랴. 작가에게도 컴퓨터는 일단 배워 놓기만 하면
엄청난 도움이 된다. 그런데 배우는 과정이 그리 만만치 않아 종종
골치를 썩였고, 열받게 한 적도 많았다. 어쨌든 이 이야기는 이 정도
에서 그치도록 하자. 다른 사람들이 이미 불평을 늘어놓을 대로 늘
어놓은 문제니까. 듣기 좋은 노래도 한두 번이라고 하지 않던가.

　컴퓨터 프로그램이 점점 더 발달하고, 비록 작가들도 내세울 만한
컴퓨터 관련 학위를 받은 건 아니지만, 어쨌거나 컴퓨터를 잘 다루게
될수록(혹은 그렇다고 생각할수록) 출판사의 업무 합리화에 따른 구
조 조정 대상은 더욱 광범위해졌다. 이 점에 대해 돈 문제에 쫀쫀한
사장들이 드러내 놓고 기뻐했다. 이제 작가는 자신의 원고 내용만
그대로 디스켓에 담아 편집자 사무실에 가져다주는 게 아니라 편집

자와 교정원, 그래픽 디자이너가 손볼 것도 없이 바로 인쇄를 하면 되는 원고를 가지고 온다. 출판사와 인쇄소에서 담당했던 모든 업무가 작가의 집에서 이루어진 다음, 멋들어진 제품이 되어 짠 하고 나타나는 것이다. 이름하여 '유산지(硫酸紙)'이다.

더 이상 전문 편집자들이 개입할 필요 없이 작가들이 아주 만족스럽게 처리한다. 도대체 신경 쓸 일이 뭐가 있지? 말 그대로 누워서 떡 먹기이다. 디스켓에 담긴 원고에 쪽 번호 매기기만 하면 되는데 그거야말로 어려울 게 하나도 없지. 자판만 몇 번 또닥거리면 되는 일로 마우스는 아예 건드릴 필요조차 없다.

그리고 나서 책을 도안하는데, 한 번에 조금씩 한다. 제목 붙이기, 내용을 잘 살리는 부제 정하기, 자간 및 행간의 여백 조정하기, 들여쓰기, 페이지 여백 크기 결정, 문단 정렬 등등. 이런 일들은 한 번만 요령을 익히면 간단히 할 수 있는 반복적인 성격의 일들이다. 각주나 방정식 같은 것들이 간간이 말썽을 일으키기도 하지만. 여자들이 흔히 그런 것처럼, 이것들 역시 변덕스러운 양상을 보이지만 해결할 방법이 다 있다. 끝내 말썽을 부릴 것 같으면 원고에서 들어내면 그만이다. 이는 작가만이 내릴 수 있는 결정으로, 그러고 나면 앓던 이를 뽑아 버린 듯 속이 다 후련해진다. 각주나 공식은 기껏해야 독서를 방해하는 요소일 뿐이다.

이제 작가에게 남은 일은 반드르르해 보이는 유산지에 준비가 끝난 원고를 레이저 프린터로 인쇄하는 것이다. 이 용지는 잘 구겨지기는 하지만 필름보다 훨씬 싸다. 엄청난 이득을 보자면 용지 구김 정도야 감수해야 하지 않겠는가. 그런데 인쇄되어 나온 모습이 독자가 읽을 때와 정반대로, 문장이 오른쪽에서 왼쪽으로 전개되고 있

Multi-player

다. 이것도 조금만 신경을 쓴다면 역시 해결할 수 있다. 약간만 노력
하면 멋진 결과가 나올 것이다.

일의 지연이나 시간 낭비란 있을 수 없다. 얼마나 멋진 신세기란
말인가!

환희에 넘친 사장은 기술 혁신에 의한 잉여 노동력이라는 이름 아
래 편집자, 카피 에디터, 전문 편집자 등을 해고한다. 이제 더 이상
편집이나 교정 등속의 일을 해줄 인력이 없다는 명백한 현실 앞에서,
작가는 완벽하게 인쇄 준비가 완료된 상태로 작업을 마무리해야 한
다. 약간의 편집 작업은 도움이 될 수 있겠지만, 유산지 위에다 무언
가를 긁적여 놓는다는 건 말도 안 되는 일이다. 도대체 그 꼴이 뭐가
되라고? 이제 와서 고친다는 건 불가능하다. 버스는 이미 떠났다!

새로운 프로토콜의 완성

컴퓨터 덕분에 하룻밤 사이에 모든 것이 장미 동산으로 바뀌었다.
출판 과정 전체가 사람들이 후손을 볼 준비를 하기 위해 애쓸 때만
큼이나 말끔하고 훌륭하게 재편되었다. 하지만 그 과정이 극히 가부
장적이어서 어물쩍 넘어가고 잘라 내고 고치고 자기 멋대로 개성을
발휘한다는 것은 있을 수도 없는 일이었다. 또 행실이 나빠서도 안
되고 기본적인 질서가 유지되어야만 했다. 한마디로 완전히 새로운
프로토콜인 것이다.

결혼 중매인 혹은 문예 대행인이라고 알려진 결혼 도우미가 나서
서 여자의 아버지, 일명 출판사 사장을 만난다. 중매인이 신랑감, 즉
작가에 대한 칭찬을 늘어놓아 결국 승낙을 얻어 내면, 결혼식 준비는

일사천리로 진행된다. 굳이 오래 끌 이유가 없는 것이다. 그런데 이때, 유산지가 준비되어 있는지의 여부가 결혼 승낙의 결정적인 관건이 된다. 누가 신부가 될 것인지는 분명하지 않아도 별문제가 안 된다. 신부는 고분고분한 성격이라 매사 아버지의 의사를 존중하고 따르기 때문이다.

단 한 사람의 관리인인 호적 계원은 별 상관없는 존재이므로 그의 입회 없이도 계약서가 작성된다. 법적 용어로 그것은 결혼 계약서가 아니라 작가 계약서일 것이다. 결혼 관계자들이 사례만 듬뿍 한다면, 사제는 기쁘고도 경사스러운 이 결혼을 축복해 주려고 성찬식을 준비할 것이다. 그런데 사례비 문제가 제대로 타협이 안 되어서인지 혹은 다른 이유 때문에서인지, 대체로 사제는 빠지고 없다. 사제가 있어야 행복한 결혼식 풍경이 더 폼 났을 텐데…….

신랑은 결혼 지참금을 받고 나서, 앞으로도 장인이 사례금 명목으로 막대한 지원을 아끼지 않을 거라고 순진하게 기대한다. 계약서에는 매월 사례금을 지급한다고 명기되어 있지만, 대개 공수표로 끝날 확률이 크다. 신부의 아버지에게는 시원찮은 일에 피 같은 돈을 날릴 추호의 생각도 없으니까. 이미 건네진 지참금만으로도 과분하지 않느냐는 게 장인의 고정관념이다. 이런 딸이라면 신랑이 아니라 장인이 결혼 지참금을 받아야 하는 게 아닌가. 신랑은 까탈과 변덕으로 남들을 괴롭히는 대신, 가난한 주제에 훌륭한 집안에 받아들여진 것만으로도 감지덕지해야 하는 것이다.

그 일로 유일하게 득을 본 사람은 결혼 중매인밖에 없다. 중매인이 지참금의 10퍼센트씩이나 챙기는데도, 신랑들은 너무 기쁜 나머지 그 사실을 깜빡 잊어버린다. 그는 전 과정을 가뿐하게 몸소 처리함으로써 10퍼센트에 해당하는 몫, 즉 수수료를 챙긴다. 지갑이 두둑해야 뱃심도 든든한 법이니까.

드디어 결혼식이 끝나면, 신혼부부는 당연히 그들만의 은밀한 신방으로 물러난다. 만일 그들이 사람이었다면, 현명하고 사려 깊은 해설자가 뒤를 쫓아 신성한 방문 앞까지만 갈 것이다. 그러나 그들은 음란한 것을 밝히는 독자들의 은근한 기대를 저버리기라도 하듯, 열쇠 구멍으로 몰래 안을 들여다보는 짓 따위는 하지 않을 것이다.

음탕한 사람들이 바랄 수 있는 것이라고 해봤자, 기껏 세련되게 에두른 표현이거나 문에 바짝 귀를 대야만 들을 수 있는 침대 삐걱거리는 소리, 헐떡거리는 숨소리 따위를 교묘하게 그려 낸 정도일 뿐이다. 여기에 만족할 수 없는 호색한이라면 점잖은 소설책은 그만 덮어 버리는 수밖에 없다. 그들에게 어울리지 않는 책이니까. 대신 노골적인 포르노나 보면서 자신의 갈증을 풀라지.

출판의 경우, 해설자의 입장은 좀 더 편안하다. 이 신방에서는 명쾌한 용어로 표현하기에 부적절한 일들은 일어나지 않는다. 스스럼없이 무슨 이야기나 다 할 수 있는데, 거기에는 사람들을 흥분시킬 만한 것이라고는 약에 쓰려고 해도 찾을 수 없기 때문이다. 민숭민숭하기 짝이 없는 사랑 이야기만 나와도 얼굴을 붉힐 만큼 예민하거나, 성적인 내용이 조금만 암시되어도 기절초풍하는 사람에게조차 거리낄 게 없다. 오히려 그와는 정반대이다. 아무리 조신한 사람이라도 첫날밤에 나누게 마련인 사랑의 속삭임조차 이 방 안에서는 찾을 수가 없다. 그저 진부하고 관료적이며 따분한 분위기로 가득 차 있을 뿐이다.

약간 긴 장광설

이 굉장한 순간에 걸맞게, 작가가 흥분과 떨림이 교차하는 가운데 성큼성큼 사장 비서실로 들어선다. 컴퓨터 혁명이 일어난 이래, 비서만이 유일하게 편집실 자기 자리에 눌러앉아 있다. 한동안 밥벌레들을 해고시키는 데서 오는 병적인 기쁨을 즐기고 있었던 사장은 스크루지 영감처럼 비서도 해고해 버릴까 고려한 적이 있었다. 하지만 어느 정도 냉정을 되찾고 나자 자기 혼자서는 모든 일을 다 할 수 없다는 것을 깨달았다. 사장이 비서 하나 없이 손수 전화를 받고, 커피를 타고 있다면 세상 사람들이 뭐라고 할 것인가?

그런 하찮은 일을 하는 대가로 과분한 월급을 주는 것은 가당찮은 일일 것이다. 불필요한 편집부 직원들에게 지급하던 지긋지긋한 임금의 짐을 이제 막 벗지 않았던가? 내가 왜 똑같은 형벌을 계속 받아야 한단 말인가? 바로 그 순간, 마치 계시를 받은 듯 해결 방법 하나가 '탁!' 하고 머리에 떠오른다. '그래! 실용성에 아름다움을 결합시키면 되는 거야!' 비서가 하는 일이라는 게 고작 전화를 받거나, 편지 내용을 확인하거나, 커피잔을 씻는 정도이다. 나머지 시간에는 나른하게 앉아서 멍하니 허공을 바라보거나 신문에 난 낱말 퀴즈 풀기, 그것도 아니면 손톱이나 다듬으며 빈둥빈둥 시간을 보낸다.

해결책은 어느 정도의 재정적 투자를 필요로 하지만 어쩔 수 없는 일이다. 물고기를 잡으려면 떡밥을 던져 줘야 하고, 오믈렛을 만들려면 달걀을 깨야 하는 법이니까. 사장은 우선 비서에게 성능이 아직 쓸 만한 중고 컴퓨터 한 대를 사준다. 전자 공학 기술자라 불리는 녀석들이 이것저것 비틀고 뒤집고 하면서 하루가 다르게 발전시켜 금방 구닥다리가 되고 말 텐데, 최신 제품을 사주면서까지 쓸데없이 돈을 낭비할 필요가 어디 있겠는가. 그녀가 할 일에 맞는 정도면 그만이다. 사장은 비서를 1개월 속성 과정의 컴퓨터 학원에 보낸다. 2개월 과정도 있지만, 수강료도 비싸고 강의가 밤 시간뿐만 아니라 근무 시간 중에도 이루어진다는 것이 문제였다. 그것은 말도 안 되는 일이다. 왜 일하지 않는 시간에 대해서까지 임금을 지급해야 한단 말인가?

어쨌든 그녀는 전문적인 프로그래머가 될 게 아니니까 그저 기본적인 편집 능력만 배우면 된다. 작가가 만들어 온 유산지가 인쇄로 들어가기 전에, 약간의 마지막 손질을 할 수 있는 정도면 그만이다.

작가가 그 일까지 할 수 있다면 시간상으로나 경비 면에서나 막대한 절감 효과를 볼 수 있을 테지만, 유감스럽게도 그건 아직 요원한 일이었다. 그녀가 하는 일이란 이른바 '제로 시트 페이지(zero sheet pages)'에 해당하는 소설책의 맨 앞장과 뒷장을 구성하는 것과 표지의 필름을 만드는 것이다. 많이도 필요 없이 그저 몇 개의 양식만 익히면 되므로 아주 간단한 일이다. 필요한 단어 여남은 개만 쳐 넣고, 적당한 그림을 골라 넣으면 된다. 무슨 대단한 전문성을 요하는 일도 아니다. 웬만한 비서라면 누구나 감당할 수 있는 일이다.

사장 비서실로 성큼성큼 들어선 작가는 이래저래 다소 흥분한 상태인데, 비서는 변죽을 울리는 일 없이 곧장 용건으로 들어간다. 간혹 인사조차 나누지 않는 경우도 있다. 그녀의 태도로 보아 자기 사장과 마찬가지로 작가에 대해 뿌리 깊은 경멸감을 가지고 있는 것이 분명하다. 작가란 작자들이 없었더라면 내 인생이 훨씬 편했을 텐데! 지겨운 컴퓨터 강의를 듣느라 씨름하지 않았을 것이며, 자격증

시험을 보느라 안달복달할 일도 없었을 테고, 또 할 일도 훨씬 줄었을 텐데……. 젠장, 망할 놈의 작가들 같으니라고!

게다가 작가라는 작자들은 늘 바보 같은 의문이나 품고 다니면서 징징대고 투덜거리기 일쑤다. 뭔가를 끍적여 댄답시고 자기 생각에만 푹 빠져 사는 족속들이다. 어이구, 원수들! 그녀가 표지를 만들어 주지 않는다면 글이라는 게 무슨 가치가 있단 말인가? 책을 책답게 만드는 것은 안에 담긴 내용이 아니라 눈에 보이는 겉모습이다. 대다수의 사람들은 내용 같은 데 신경 쓸 틈이 없다. 바로 그녀 자신이 아주 좋은 예다. 마지막으로 책을 읽은 게 언제였는지 기억도 안 난다. 작가의 진면목을 알고 난 다음에도 책을 읽으려는 사람이 과연 얼마나 될까? 작가를 한 번도 만나지 않은 사람이라면 책을 읽는다고 나설지 모르겠다. 그런 독자들에게 작가란 실제로 살아 있는 인물이 아니라, 추상적으로 존재하는 이름에 불과하니까. 하지만 작가를 단 한 번이라도 만나 봤거나, 그녀처럼 날이면 날마다 봐야 하는 입장이 되어 봐라! 정말로 책을 읽는 건 고사하고, 책을 만진다거나 근처에 얼씬거리고 싶다는 생각조차 하기 싫어질 것이 분명하다. 그럼, 그렇고 말고!

「안녕하세요?」

입이 귀에 걸리도록 헤벌쭉 웃으며 작가가 인사를 건넨다. 꼭 이런 상황이 아니더라도 다정하게 접근해서 손해 볼 일은 없다는 게 작가의 생각이다. 곧 드러나겠지만 친밀감이 언제나 친밀감을 불러일으키는 것이 아닌 경우를 제하면, 그의 생각이 맞는다고도 할 수 있다.

비서는 좍 펼친 왼손에서 시선을 돌려 마뜩찮은 표정으로 그를 올려다본다. 그녀는 매니큐어 바르는 일에 몰두하던 중이었다. 그녀가 세상에서 가장 싫어하는 일이 바로 이 섬세한 작업에 방해받는 일이다. 잠시 작가의 후줄근한 모습을 힐끗 쳐다보더니 비서는 다시 길고도 동그스름한 제 손톱을 바라본다. 확실히 눈에 띄는 빨간색이다. 사람들이 그녀의 아름다운 손톱을 보지 못한다면 얼마나 슬픈 일인가! 손을 움직일 때마다 반짝거리는 은색 펄은 또 얼마나 근사한가! 그녀는 자기 자신에게 홀딱 빠져 버렸다.

말라 빠진 이 인간만 오지 않았더라면 나머지 오른손도 느긋하게 마저 끝낼 수 있었을 텐데! 사장은 하루 종일 외출할 작정이니 오늘이야말로 절호의 찬스 아닌가. 그녀처럼 손톱을 아름답게 유지하기란 보통 어려운 일이 아니다. 점심때까지 다듬는 건 기본이고, 더 오래 걸리는 경우도 있다. 자기 마음에 딱 들게 하기까지 얼마나 많은 시간이 걸리고, 또 얼마나 정교하게 다듬어야 하는지 아무도 짐작하지 못할 것이다.

그녀가 매니큐어를 바른 손톱을 빨리 말리려고 손을 앞뒤로 흔들기 시작한다. 이어 매니큐어 병뚜껑을 천천히 닫아 자기 책상의 큰 서랍 안에 밀어 넣는데, 그 서랍은 순전히 화장품 보관용으로 쓰인다. 비싼 물건들로 가득 채워진 그 서랍을 그녀는 항상 잠궈 놓는다. 비서실에 드나드는 사람들이 가지각색이라 잠깐만 방심해도 무언가가 없어지기 일쑤다. 그러니 사전에 조심하는 것이 상책이다.

「주세요.」

마침내 비서가 입을 연다.

「예?」

작가가 얼떨떨한 표정으로 묻는다. 그는 여전히 입구에 선 채, 다

낡아 빠져서 너덜거리는 큰 모조가죽 서류 가방을 겨드랑이 에 꼭 끼고 있다.

「댁의 유산지 말이에요. 그런데 왜 거기 장승처럼 서 있죠? 나보고 하루 종일 기다리라는 말인가요? 가져오셨죠?」

「아, 그거요?」

작가가 긴장을 풀면서 대답한다.

「네, 네. 당연히 가져왔지요. 여기 있습니다.」

서둘러 비서의 책상으로 다가간 그가 서류 가방에서 두툼한 유산 지철을 끄집어낸다. 그의 동작이 몹시 초조해 보이는데, 그도 그럴 것이 오늘이 생애 처음으로 원고를 출판사에 넘기는 날이지 않은가. 아주 풋내기는 아니니 그도 무얼 해야 할지는 알고 있다. 그러나 흥분 상태와 경험 부족만큼은 감출 수가 없다.

그는 비서에게 희미하게 바랜 초록색 철을 건네준다. 표지 모서리가 너덜너덜한 것으로 보아 얼마나 여러 번 쓴 것인지 알 만하다. 전 번 주인이 표지에다 잉크로 무언가를 써놓은 걸 볼펜으로 줄을 그어 지운 다음, 새 제목의 라벨을 붙여 놓았다. 새로 써 붙인 제목은 옛날 것의 일부만 가리고 있다.

비서의 얼굴에 숨김없는 혐오감이 그대로 드러난다. 그 서류철을, 아직 매니큐어를 바르지 않은 오른손으로 집는다는 것은 상상할 수도 없는 일이다. 그녀가 눈짓으로 그 철을 어디에다 놓아야 할지 가리키자, 작가가 지체 없이 그 지시에 따른다.

말 한마디 없이 비서는 컴퓨터와 모니터를 켠다. 도대체 말할 건더기가 뭐가 있어? 언제 외과 의사가 수술에 들어가면서, 환자한테 수술 도구가 어떻게 쓰이는지 일일이 설명하던가? 프로그램을 띄울

때마다 본체에서 나는 나지막한 '험' 소리 외에는 들리지 않는다. 마침내 화면에 이미지 하나가 뜬다.

「뭐예요?」

트레이드 마크인 음산한 목소리로 비서가 묻는다.

작가는 「예?」 하고 되묻고 싶지만 그렇게 하면 이 청순한 숙녀를 더 화나게 할 것 같아 그만둔다. 하지만 그의 얼굴에 나타난 곤혹스러운 표정이 대답을 대신한다.

「이거요.」

비서가 조심스럽게 거리를 유지한 채, 오른손 새끼손가락으로 서류철을 가리키며 대꾸한다.

「요점만 간단히 말해 주세요.」

이렇게 경고하는 데는 다 이유가 있다. 그녀는 작가란 인간들이 어떻게 생겨 먹은 족속들인지 너무도 속속들이 잘 알고 있다. 여기에는 그런 인간들이 우글우글하니까.

관심의 기미를 조금이라도 보이면 그들은 자기 작품에 대해 이야기를 늘어놓기 시작하는데, 일단 시작했다 하면 끝낼 줄을 모른다. 자기 성에 찰 때까지 끊임없이 허튼소리를 주절대는 바람에, 급기야 '이렇게 청산유수로 말을 잘하는데 뭐 하러 번거롭게 글로 쓰는 걸까' 하는 의문이 생긴다. 또한 작가들의 달변을 듣고 있노라면 '왜 사람들은 하고 싶은 이야기를 말로 하던 습성에서 글로 쓰는 행동으로 대치한 것일까' 하는 의문을 갖지 않을 수 없다.

「예에.」

작가가 무슨 말인지 알아듣고 대답은 했지만 즉시 요약에 들어가지는 못한다. 우선 그녀가 말한 요점이라는 것에 대해 잠시 생각해

본다. 도대체 '기본적'인 게 뭐지? 이건 그렇게 간단하게 요약할 수 없는 건데……. 간단히 압축할 수 있는 거라면 이렇게 복잡하고 길게 썼겠냐고? 단어 하나만 빠져도 책 전체가 왜곡되고 엉망이 될 텐데, 참 나!

지금은 그런 것을 따질 계제가 아니다. 이 아가씨는 문학의 예술성에 대해서는 눈곱만큼도 관심이 없는, 아주 성질 급한 여자임에 틀림없다. 안됐군. 구석구석 아주 자세하게 전체 내용을 말해 줄 수 있는데……. 다 듣고 나면 이 아가씨도 내 원고를 좋아하게 될 텐데……. 여자들이 멜로드라마를 좋아한다는 건 누구나 아는 사실이지. 특히 연민의 정을 불러일으키면서 비극적으로 끝나는 걸 더 좋아하지……. 지금은 상황이 급하니 일단 짤막하게 요약해야겠지. 짧으면 짧을수록 더 좋을 테고.

「그러니까 썩어 빠진 나라의 왕자에 대한 이야기인데, 어느 나라인가는 별로 중요하지 않은 게, 그런 나라는 쌔고 쌨으니까요. 하지만 정말 알고 싶다면 말해 줄 수도 있어요.」

비서의 눈빛이 번쩍이는 걸로 보아, 지리에 관심이 있는 게 분명하다.

「좋아요, 그런 건 별로 중요하지 않으니까. 음, 그러니까, 왕이 죽고…….」

「그런데 이거 동화예요?」

비서가 그의 말을 자르고 묻는다.

「동화요? 아닌데, 왜요?」

「왕자가 나오잖아요.」

「여기에 등장하는 왕자는 동화 속 왕자하고는 달라요.」

「좋아요. 계속하세요. 그런데 아주 간단히 하셔야 해요.」

「왕은 그냥 죽은 게 아니고, 사실은 살해당한 거였죠.」

「아하, 추리 소설이군요.」

비서가 다시 그의 말을 자른다.

「추리 소설 아닌데요. 어쨌거나 아버지의 망령이 왕자 앞에 나타나서는…….」

「그럼, 공포 소설이네요, 맞죠? 유령들이 나오는?」

비서의 목소리에 짜증이 잔뜩 묻어 있다.

「아니, 아니요! 유령은 처음에만 잠깐 나와요. 이어 왕자는 복수할 계획을 세우지요. 으레 그렇듯 왕의 동생이 형의 부인, 그러니까 왕비와 공모해서 왕을 죽이고 왕위를 차지하려고 한 거죠. 살해 수법은 아주 극악무도했어요. 왕이 자고 있는 사이에 왕의 동생이 귀에다 독약을 집어넣어서…….」

「섹스 장면은 없나요?」

비서가 매몰차게 끼어든다. 작가가 쓸데없이 중언부언하는 것을 막기 위해서이다.

「섹스요?」

잠시, 작가가 어리둥절한 표정을 짓는다.

「딱히 그런 장면은 없어요. 다만 왕자를 사랑하는 소녀가 등장하는데, 왕자가 관심을 안 보이자 결국 자살하고 말지요. 왕자가 그렇게나 수녀원에 가라고 충고했건만…….」

「됐어요, 이제 그만 하세요. 애정 공포물이잖아요.」

작가가 무슨 말인가를 하려고 입을 연다. 이런 식의 분류가 어째 마음에 걸린다. 애당초 그가 생각한 것은 이게 아니었다. 원래의 내용은 그렇게 간단하고 무미건조한 것이 아니었다. 시간에 쫓겨 제대로 말하지 못한 것 같다. 이것은 분명히 비극 소설인데, 고전적 전통에서의 비극 말이다. 지금 그런 걸 따져서 뭘 하나? 그냥 애정 공포물로 하자. 중요한 건 책이 출판된다는 거니까, 일단 책이 출판되기만 하면 모든 게 제자리를 잡게 될 거야.

비서가 자판을 두드리기 시작한다. 화면에 창이 뜨면서 책의 앞표지와 등, 뒤표지의 틀이 나타난다. 아직은 세 부분 다 비어 있다.

「제목이 뭐죠?」

타이핑 준비를 하면서 비서가 묻는다.

「저기요, 제가 좀 망설이는 게 있어서 결정하기가…….」

작가가 머리를 긁적이면서 대답한다.

「처음에는 왕자의 이름을 제목으로 하려고 했었는데, 지금 보니좀 이상한 것 같아서요. 기발한 제목을 붙여야 하는데……좀 더생각을 해봐야 할 것 같은데요.」

「정말이지, 작가란 양반들은 참 문제예요, 문제!」

비서의 얼굴이 점점 손가락에 바른 매니큐어 색깔을 닮아 가기 시작한다.

「도대체 미리 준비하는 법이 없어요. 늘 무언가를 빼먹고 다니지요. 누구는 본문 페이지를, 누구는 작가 후기를, 또 누구는 삽화를빼먹더군요. 세상에 제목이라니! 다음엔 뭘 빼먹을지 궁금하네요. 언젠가는 분명 머리 없이 어슬렁거리며 나타나는 작가도 있을 거예요. 그러니 이제 어떻게 하자는 말인가요? 곧 인쇄를 넘겨야 한단 말이에요. 제목 결정할 때까지 꾸물거릴 시간이 없어요.」

작가가 헉하고 숨을 들이켜면서, 온몸에 땀이 솟는 것을 느낀다.

그래, 제목은 중요한 게 아니야. 죽고 사는 문제는 아니잖아. 왕자 이름을 그냥 붙이자. 기발한 제목이 아니라고 속 끓이지 말자. 상황이 이렇게 다급할 줄 몰랐잖아.

「뭐라고요? 어떻게 그런 제목을 붙일 수가 있어요? 세상천지에 애정 공포 소설의 제목이 어병한 왕자 이름인 경우가 어디 있어요? 제정신 박힌 사람이라면 누가 그런 책을 사겠어요? 하느님, 맙소사! 나 혼자 북 치고 장구 치고 다 해야 하는 건가요? 하여간에 작가들이란 도대체가 인생에 도움이 안 돼요.」

그녀는 한숨을 내쉬고는 다시 자판을 향해 몸을 숙인다. 자판을 두드릴 때마다 앞표지의 비어 있던 자리가 순식간에 글자로 채워지면서, 동시에 책등에도 세로로 글자가 나타난다. 작가의 이름이 먼저 뜨고 이어 제목이 나온다. '수도원의 망령.'

혼란에 휩싸인 작가가 비서의 어깨 너머로 모니터를 뚫어지게 바라본다. 그녀의 손가락이 부지런히 자판 위를 움직이고 있다. 좀 더 빠른 속도로 칠 수 있는데, 오른손으로만 치는 바람에 제 속도를 못 내고 있다. 왼손의 매니큐어가 아직 덜 말랐기 때문이다. 그녀가 일하다 말고 왼손을 들어 올려서는 한 번은 가까이에서, 또 한 번은 멀찌감치 놓고 살펴본다.

제목 아래와 주변에 삽화가 그 모습을 드러낸다. 먼저 가슴이 풍만한 반라(半裸)의 미녀가 등장하는데, 해골 그림이 붙은 작은 병에 담긴 약(독약)을 마시는 그녀의 얼굴이 온통 공포로 일그러져 있다. 작가는 잠시, 여주인공은 독약을 먹고 죽는 게 아니라 물에 빠져 죽는 거라고 말하고 싶지만, 이내 포기해 버린다. 긁어 부스럼 만들지 말자. 독사하건 익사하건 무슨 상관인가?

　독사냐 익사냐가 문제가 아니라, 그녀가 자살을 한다는 게 중요한 사실이다. 이어 여주인공 뒤로 어떤 건물의 거대한 석벽이 등장한다. 망루 꼭대기에 십자가가 높이 솟아 있고 흉벽의 총구멍에 대포가 비죽 나와 있어, 수도원인지 성채(城砦)인지 구별이 안 간다. 아마 다목적 건물인가 보다. 수도승 군단 사령부 건물이라는 것 말고는 다른 설명이 불가능하다. 문득 작가는 이것이 시대에 맞지 않는다는 것을 알아차린다. 이 작품에 설정된 시대에는 아직 화약이 발명되지 않았기 때문이다. 그는 이번에도 그냥 넘어가기로 한다. 그깟 하찮은 일 가지고 크게 문제 삼을 일이 무에 있단 말인가? 막말로 누가 알아채기나 할 것인가?

　그 다음에는 화살 쏘는 구멍들 중 하나에 망령이 나타난다. 유령이라기보다는 흡혈귀 같지만 그래도 작가는 그것이 망령임을 인정한다. 망령이 출현하리라는 것은 제목에도 나와 있으니까. 그런데 왜 망령의 송곳니는 밖으로 길게 나와 있으며, 가슴에는 산사나무로 된 기다랗고 두툼한 말뚝이 박혀 있는 것일까? 몸에 두른 검은 망토가 활짝 펼쳐진 사이로 붉은색 실크 안감이 보인다. 이런저런 점들이 꼭 흡혈귀 같은 모습이나 이것도 그냥 넘어가기로 한다. 어느 누가 망령의 진짜 모습을 알겠는가? 소설 속에서 망령은 눈 부분이 뻥 뚫린 채, 하얀 수의를 길게 늘어뜨리고 쇠사슬을 철거덕거리며 끌고 있는 모습으로 묘사되어 있다. 어찌 보면 그것도 잘못된 고정관념일지 모른다. 예술가, 즉 삽화가의 창조적 능력이란 고정관념을 벗어나 어느 정도 예술적 파격을 누릴 권리가 있지 않을까? 술에 취한 사람이 전봇대를 부여잡듯 작가도 원작에 지나치게 매달려서는 안 된다는 의미이리라.

비서는 자판에서 오른손을 떼고 의자의 바퀴를 약간 돌린 후, 표지를 찬찬히 살펴보고는 만족스럽다는 듯 고개를 끄덕인다. 작업은 아주 잘됐다. 게다가 빨리 해치우지 않았는가. 이제 마지막 손질만 조금 더 하면, 다시 한 번 혼신의 힘을 기울여 매니큐어 바르는 일에 몰두할 수 있을 것이다.

다시 의자를 앞으로 끌어당기더니 비서는 마우스를 잡고 커서를 종횡무진 빠른 속도로, 그러면서도 유연하게 이동시킨다. 작가는 마치 최면에라도 걸린 듯 그 과정을 바라본다. 그 역시 혼자 터득한 것이기는 하지만 나름대로 컴퓨터를 다룰 줄 안다. 웬만큼은 컴퓨터를 운용할 능력도 있고, 혼자서 유산지도 출력할 수 있다. 물론 쉬운 일은 아니지만. 아니, 실은 제법 골치 아픈 일이다. 출력을 마칠 때까지, 그는 마치 출산이라도 하듯 땀을 뻘뻘 흘린다. 이제 보니 이 여자와는 도저히 게임이 안 되겠군. 죽었다 깨어나도 이 여자처럼은 할 수 없을 것 같다.

앞표지 오른쪽 하단에 별 모양을 한 메달이 갑자기 나타나는데, 은색 바탕 위에 금박 글자가 씌어 있다. 그저 시선을 끄는 정도가 아니라 강렬한 빛을 발하는 눈부신 메달이다. '3판!' 순간적으로 작가는, 이거야말로 분명한 실수라며 설명을 요구하고 싶지만 감히 그렇게 하지 못한다. 이 상황을 어떻게 풀어야 할지 고민하고 있는 그의 눈앞에 또 다른 놀라운 일이 기다리고 있다. 이번엔 왼쪽 상단에 폭이 꽤 넓은 푸른색 띠가 등장한 것이다. 거기에는 제목보다 더 폼 나게 다음과 같은 문구가 써져 있다. '최고의 애정 공포 소설에게 수여하는 올해의 음탕한 살인상 수상작!'

급기야 작가는 빵 조각이 기도에라도 걸린 듯 정신없이 기침을 해

대기 시작하는데, 한번 시작한 기침은 멈출 줄을 모른다. 하지만 비서는 냉정하게 자기 일을 계속하면서 눈길 한 번 주지 않는다. 그녀는 이미 오래전부터 이런 발작적 기침에는 익숙해져 있다. 작가들은 일하고 있는 그녀의 등 뒤에서 종종 헐떡거리며 숨 막히는 듯한 소리를 내곤 하는데, 참으로 매너 없는 배은망덕한 작자들이다.

기껏 자기들을 명예롭게 만들어 주고 사회적 위상을 높여 주며, 평생 허우적거리고 살았을 게 뻔한 궁상맞은 지경에서 끌어내 주었더니, 이놈의 작가들은 이를 거부하고 난리다. 예의 바르게 사양해도 모자랄 판에, 껄떡거리거나 헐떡이는 불쾌한 소음으로 자신의 의사를 표현하고 난리다. 다행히 이 야만인도 곧 처치할 수 있다. 이제 뒤표지만 해치우면 되니까. 그럼, 그것으로 끝!

아직 매니큐어를 바르지 않은 다섯 손가락이 다시 한 번 조용히 자판을 두드리자, 화면에 세 줄로 된 찬란한 문구가 떠오른다.

유명 작가의 새로운 걸작!
거부할 수 없는 매력으로 독자의 혼을 사로잡는 수작!
첫 장부터 마지막 장까지 심장을 떨게 하는 공포의 연속!

각 문구 아래에 조금 작은 글씨로, 그 촌평을 인용한 신문과 잡지의 제목이 쓰인다. 컴퓨터에는 그런 문구들이 2백 가지도 넘게 저장되어 있어서, 필요할 때마다 즉석에서 골라 쓸 수 있다. 처음엔 그녀가 직접 골랐으나 이내 그럴 필요가 없음을 깨닫고는 그 작업마저도 컴퓨터에 맡겨 버렸다. 바로 이런 걸 하라고 컴퓨터가 발명된 거 아닌가, 왜 골머리를 썩여?

오로지 자판 하나만 누르면, 컴퓨터가 척척 알아서 세 개의 과장 광고 문안을 골라 준다. 아무렇게나 뽑은 건데도, 어느 것 하나 어울리지 않는 것이 없다. 오히려 그 반대다. 순서나 조합이 어찌 되었든 간에 선택된 문안들은 언제나 해당 책들에 완벽하게 어울린다.

마침내 비서가 작가를 향해 돌아앉는다. 그때까지도 기침을 계속하던 작가는, 이제 눈알이 나올 지경이다. 표지에 들어간 이 마지막 수사(修辭)가 그를 진정시키는 역할을 하기는커녕 오히려 불난 데 부채질을 한 격으로 된다. 비서가 경멸과 동정이 역력히 드러나는 눈빛으로 그를 힐끔 쳐다본다. 거기에는 불쌍한 작가를 위해 등을 두드려 주는 건 고사하고, 물 한 컵 가져다줄 용의조차 없음이 분명하게 담겨 있다. 그녀가 한 번 더 작가를 바라보더니, 매니큐어 바른 손을 자기 얼굴 앞에다 대고 흔든다. 이윽고 단조로우면서도 오만한 투로 말한다.

「다 됐어요. 이제 가도 돼요.」

작가는 즉시 사무실을 나온다. 달리 무슨 수가 있겠는가? 그는 공손한 인사라도 남기고 나와야 하는데 이 빌어먹을 기침이 그를 가만 놔두지 않는 바람에 그럴 수가 없다. 급기야 손수건을 꺼내 입을 틀어막는 지경까지 이르렀고, 눈물까지 찔끔거리며 솟아 나오는 통에, 그는 이 기침 사태가 무척이나 당황스럽게 느껴진다. 이 젊은 아가씨가 도대체 나를 어떻게 생각할 것인가?

사무실 밖으로 나온 그는 모든 상황을 고려해 볼 때 자기가 운이 좋았다고 생각한다. 자신의 첫 출판이 낭만적인 방식으로 이루어지기를 기대한 것은 사실이다. 어쨌든 일이 더 나쁘게 꼬였을 수도 있지 않은가? 교미가 끝나면 머리가 잘려 죽는 수놈 미얀마제비가 되지 않으리라는 법이 없다. 만약 그랬다면 어떤 수를 써야 할지 속수 무책이었을 것이다. 그러니 어찌 불평을 할 수 있겠는가? 행운이란 남과 비교해서 얻어지는 상대적 개념이라는 건 삼척동자도 다 아는 사실이다.

자, 작가는 이제 그만 내버려 두도록 하자. 조만간 기침은 멎을 것이다. 이제, 그가 할 일은 다 했다. 수태를 이루었으니, 이제 곧 세상 밖으로 책이 나올 것이다. 남자들이란 족속은 이 마지막 과정에 그다지 흥미를 갖지 않는다.

즉, 이 대목에서 완벽하게 준비된 원고가 인쇄소로 향하는 것이다.

(비서는 매니큐어를 마저 발라야 한다는 생각에 정신이 팔린 나머지 본문 첫 페이지 만드는 것을 잊어버렸다. 이런 경우가 이번이 처음이 아닌 그녀는 대수롭지 않게 생각한다. 그거야 나중에 집어넣으면 될 거고, 또 아예 빠진다 해도 별문제는 없다. 그걸 읽을 사람은 아무도 없을 테니까.)

그동안 경청해 주신 여러분께 감사드리면서, 이제 해설자가 물러나야 할 시점이 되었음을 알려 드립니다. 해설자는 책 스스로는 도저히 생각해 낼 수 없는 순간, 즉 자신들이 창조되는 순간을 묘사하도록 고용되었습니다. 해설자의 목소리가 책 자체의 목소리보다 우위를 점해서는 안 되는 고로, 모든 상황을 최대한 간단명료하게 묘사하라는 지시를 받았습니다. 그렇지만 압축해서 증언한다는 게 도저히 불가능했습니다. 지금까지 보아 온 것처럼, 책의 삶이라는 게 출판되기 전에도 그 이후만큼이나 스릴이 넘치는 것이었기에, '약간 긴 장광설'을 늘어놓을 수밖에 없었음을 양해해 주시기 바랍니다.

드디어, 물러났구나!

다시는 우리의 이야기를 대신하게 해서는 안 되겠다는 생각을 하던 중이었다. 인간들이 하는 일이란 늘 그 모양이다. 조금만 봐주기 시작하면 마구 기어오른다. 해설자 양반은 자기가 책의 절반 이상을 차지하고서는 그 부분을 '약간 긴 장광설'이라고 말한다. '약간 긴 장광설'이라니, 참으로 뻔뻔한 완곡 어법이다. 어쨌든 이미 엎질러진 물이다. 만일 우리가 그 일을 보다 신중하고 온건한 다른 사람에게 맡길 수 있는 위치였다면, 기꺼이 그리했을 것이다. 하지만 선택의 기회조차 없었다. 불행 중 다행인 것이, 그가 다른 합의 사항은 지켜 주었다는 점이다. 사람들이 종족 번식에 관한 이야기를 할 때면 으레 나오게 마련인 외설적 표현을 대체로 비껴간 것이다.

출산

고통과 환난의 근원지

우리 책들이 질색하는 기관의 입구에 와 있다. 우리가 앞서 말한, 도서관이나 서점에서 당한 수모도 인쇄소에서 당하는 것에 비하면 새 발의 피다. 인쇄술을 발명한 자들이야말로 원조 사기꾼이요 악마 그 자체다! 인쇄소는 앞으로 우리가 겪게 될 모든 고통과 환난의 근원지이다.

최근 들어 유전 공학의 눈부신 발전으로 인간 복제가 가능해지자 세간에 엄청난 소동이 빚어지고 있다. 모든 사람이 들고일어나서 복제 양을 탄생시킨 과학자들을 향해 욕설을 퍼부었다. 만일 사람들이 그 양을 독립적인 개체로 여기지 않았다면, 무슨 수를 써서라도 수백만 마리의 양을 복제했을 것이다. 복제 기술적인 관점에서 본다면, 유전학자들에게는 양이나 사람이나 다를 바가 없다. 양을 복제할 수 있다면 사람 역시 복제 가능하다는 말이다.

　도저히 용납할 수 없는 일이라며 사람들은 선을 그었다. 무책임한 유전학자들에게 대량 복제를 허용함으로써, 사람들 각자가 지닌 유일무이한 고유성을 위협받아야 한다는 게 어디 말이나 되는가? 마치 기계에서 찍어 내듯 똑같은 인간이 연달아 생산되어 나온다니, 천부당만부당하다. 이 같은 신성 모독적 행위에 항의하는 정의의 함성이 사방에서 빗발쳤는데, 심지어 인간의 우월성을 조금도 믿지 않는 사람들까지 여기에 가세하고 나섰다. 진보적인 사제들과 지적인 갈보들, 가학적 행위를 옹호하는 단체인 '여성 동성애자 위원회'와 '자유 어민 협동 조합', 장애인 버스 차장 단체까지 들고일어났다. 어디 그뿐이랴. '우유 배달부 및 배달 업체 전국 연합회'도 가만 있지 않았다. 즉시 실업자로 전락하고 말 산부인과 의사들과 조산원 및 임신 도우미들이야 말해 무엇 하리오. 결국 유전학자들은 꼬리를 내리고 몸을 사린 채, 인간 복제 계획 포기를 선언한다.

　이를 두고 '사필귀정'이라 말할지도 모른다. 고유성을 지키려면 대량 생산은 절대 안 되는 법이라나? 지당한 말씀이다. 문제는 '왜 그것이 사람에게만 적용되는가'이다. 어떤 면에서는 사람이 양보다 우월하니, 복제가 금지되는 게 일리가 있어 보인다. 그런데 사람과 양을 구분하는 기준이 지성이라면, 다른 모든 지적인 종들도 사람과 동등하게 보호를 받아야 마땅하다. 무엇보다도 책이 그래야 한다. 사람과 책 외에는 이 지구상에 지적인 종이란 존재하지 않으니까.

　현재 우리 책들은 복제의 위협으로부터 보호받고 있는 것일까? 우리의 고유성이나 대체 불가능성이 과연 고려의 대상이기나 할까? 천만에! 소가 다 웃을 소리! 완전히 거꾸로다. 지난 5백 년 동안 인간들은 미친 듯이 날뛰면서 우리를 도저히 걷잡을 수 없을 지경까지 증식시켰다. 보호란 언감생심 꿈도 꿀 수 없는 것이었다. 그들은 아예 이 일을 약간의 예술적 자부심을 동반한 그럴듯한 사업인 인쇄업으로 발전시켰다. 사실상 인간들이 복제에 대한 아이디어를 얻은 것도 이 불쾌하기 짝이 없는 인쇄술에서라는 주장이 있다.

책을 복제함에 있어서, 사람들은 윤리적이거나 인간적인 배려 따위는 전혀 하지 않는다. 우리의 팔자는 불쌍한 양보다 기구하다고 하겠다. 적어도 복제 양의 문제에 대해서는, '동물 보호 위원회'의 항의라도 있지만, 우리는 편들어 주는 사람 하나 없다. 뾰족한 해결책을 찾지 못한 사람들이 미안한 마음에 우리를 피하는 거라면 어느 정도 이해가 되지만, 절대 그게 아니다. 그들은 인쇄소에 대한 축복과 칭송을 아끼지 않는다.

마침내 소수의 선택받은 엘리트만이 아니라 모든 사람들이 책을 읽고 가질 수 있게 되었다. 문화 및 그와 연관된 모든 세련된 가치들이 견고한 민주적 본거지를 얻게 된 셈이다. 물론 아무도 우리의 의견을 묻지 않았다. 끽 소리 말고 가만히 있을 것! 인쇄기 아래에서 웅크리고 있을 것! 인쇄기는 무수한 쌍둥이들을 쉬지 않고 밖으로 토해 낸다. 기진맥진해 쓰러져 있는 다른 책 위에다 인쇄기로 또 다른 민주주의의 희생자를 밀어뜨리는 것은 아주 쉬운 일이다.

마인츠의 흉악범

책의 역사에서 가장 끔찍한 시대는 마인츠 출신 괴물이 만든 발명품과 함께 도래했다. 그 괴물로 말하자면 아무리 많은 돈을 준다고 해도 누구 하나 입에 올리려 하지 않는 존재로, 책을 쉽고 빠르게 만들어 내는 방법을 고안했다. 마치 누군가 책 만들기가 어렵고 또 만드는 데 시간도 많이 걸린다고 불평이라도 한 것처럼! 지난 수천 년 동안 책은 오랜 시간 시행착오를 거치면서 검증받은 방법에 의해 세상 속으로 나왔었다. 아무도 거기에 대해 이의를 품지 않았으며 만족스러워했다. 물론 우리도 좋았다. 그런데 그 방법이 잘못되었다고 생각한 이 친구가, 우리 모두에게 제대로 된 방법을 보여 주기로 결심한다. 그 결과 우리는 5백 년 동안이나 그의 발명품에 의해 피해를 입게 된다.

전에도 책의 사본(寫本)이 만들어지기는 했으나 복제라고 말할 수 있는 성질의 것은 아니었다. 사본들은 서로 비슷하기는 하나 완전히 똑같은 것은 아니었다. 마치 두 개의 난자 속에서 자라고 있는 이란성 쌍둥이와 같았다. 필사하는 사람의 손이란 아무리 용을 쓴다 해도 인쇄기에서 나오는 것처럼 똑같이 복제할 수는 없다. 결국 모든 사본은 그 어떤 것과도 그대로 닮지 않은 채 제각각 고유성을 지니게 된다.

세상에 오직 하나 존재하는 것이라면, 자연히 그 가격이 오르게 마련이다. 오! 인쇄기로 찍어 내기 전에는 사람들이 우리를 얼마나 애지중지하면서 떠받들었던가. 아아, 옛날이여! 우리의 나락이란 그 마인츠의 흉악범이 등장하기 이전에는 감히 상상조차 할 수 없는 일이었다.

우리가 대중에게 영합하는 일이란 있을 수도 없었다. 보통 교육의 폐해가 아직 널리 퍼져 있지 않았기에, 우리는 사회적 엘리트 중에서도 최고로 세련된 자들과만 접촉했었다. 왕족이나 귀족 아니면 가장 훌륭한 성직자들만 우리를 손에 쥘 수 있었다. 그 외 출신들은 그럴 기회조차 갖지 못했다. 말 그대로 우리는 모든 면에서 특권층에 속한 귀족이었다.

귀족 사회에서는 그들 일원이 태어나면 그 순간부터 만전을 기해 보호했다. 귀족의 혈통이란 순수한 혈통이므로 하층민과 섞여서는 안 된다. 우리는 오직 궁정이나 수도원에서 태어났는데, 암흑 시대에는 그런 곳만이 진정한 정신의 안식처였다. 우리는 태어나는 순간부터 필사되는 기간 내내 최고의 대우를 받았다. 처음엔 양피지, 다음엔 파피루스, 그리고 종이가 사용되었는데 모두 희귀하고 값비싼 것들이었다. 그것들은 개요를 구상하거나 습작용 초안을 작성하는 데, 혹은 기타 구질구질한 낙서 따위로 낭비할 수 없었다. 요즘 세상에서는 미리 초안을 작성하지 않고 곧바로 쓴다는 게 상상하기 힘들 것이다. 구입할 물건 목록 같은 것도 몇 장씩의 초안을 거친 다음에야 완성하는 시대가 아닌가. 옛날 작가들은 재단(裁斷)의 황금률(黃金律)을 고수하면서 글을 썼다. 가위질 전에 반드시 세 번씩 치수를 확인하는 것처럼, 작가들도 반드시 세 번 이상 생각을 정리한 다음에야 문장을 써 내려갔다.

그 시대의 문학 작품이 오늘날의 글과 달리 장엄함과 조화로운 균형을 자랑하는 것은 결코 우연이 아니다. 요즘 작품들은 아무 거리낌이 없이 내용을 싹둑 잘라 내도 별 무리가 없다. 한 페이지 건너 한 페이지씩 삭제해 버리거나, 아예 전반부 절반을 몽땅 없애 버려도 상관없다. 작가 외에는 아무도 눈치 채지 못할 게 뻔하다. 그것이 바로 숲을 통째로 잘라 내어 무자비하게 펄프로 탈바꿈시킨 뒤, 별 볼 일 없는 사람들까지 흥청망청 종이를 사용하게 한 결과물이다. 머릿속에 떠오르는 생각이면 다 긁적거려서 얻어 낸 것들이다. 그런데도 사람들은 그것 역시, 민주주의라는 이름으로 미화한다.

　필사 작업은 원본 저작과 맞먹을 정도로 만만치 않은 시간을 요했다. 지름길이란 없었다. 촉을 잡은 손길은 결코 서둘러서는 안 되었다. 필사하는 틈틈이 깃촉을 잉크병에 넣어 적셔야 했으며, 쉽게 뭉툭해지는 깃촉의 끝도 시시때때로 날카롭게 갈아 주어야 했다. 그렇게 하지 않으면 날렵하게 예쁜 글씨가 나오지 않을뿐더러, 까딱하면 잉크가 번질 위험도 있기 때문이다. 또한 일을 하는 동안 모두들 실수할까 두려워 전전긍긍하는 통에 일의 속도가 느려질 수밖에 없었다. 일단 실수해 버리면 고칠 방법이 없어 귀한 종이를 버려야 했기 때문에 지극히 조심하고 또 조심했다. 너무 노심초사한 나머지 신경 쇠약에 걸리는 사람도 많았고, 자살을 하는 사람도 있었다. 하나의 문학 작품을 완성하기까지 왜 그렇게 여러 달씩 혹은 몇 년씩 걸렸는지 이제 이해가 갈 것이다.

황금 시대의 끝

　근대 이후 세상이 얼마나 달라졌는가! 작가가 되려는 사람들에게 실질적인 비용 걱정은 남의 이야기가 되어 버렸다. 이보다 싸게 먹히는 예술도 없으니 말이다. 작가가 될 야망에 불타는 사람이라면 누구든지 가까운 문구점에 어슬렁어슬렁 가서, 원하는 만큼의 종이를 사오면 된다. 써놓은 것 중에 조금이라도 마음에 안 드는 것이 있으면 추호의 망설임도 없이 몇 장이고 박박 찢어 버리면 된다.

　예를 들어 쉼표가 그렇다. 글을 쓰다 보면 원치 않은 곳에 쉼표를 찍는 일이 있다. 그까짓 문장 부호 하나 정도는 잘못된 자리에 있어도 상관없다. 말이야 바른말이지 쉼표라는 게 대수로운 것이 아니지 않은가. 다른 것들이 제자리에 있는 게 더 중요한 일이다. 잘못 찍힌 쉼표는 연필로 가위표를 긋거나 그냥 두어도 되는데, 미래의 작가 선생은 종이 한 장을 통째로 날려 버린다. 결벽주의 작가가 원고의 첫 페이지를 맘에 들게 완성하기까지 너도밤나무 한 그루분의 종이를 낭비하는 건 일도 아니다. 누가 말리겠는가? 자기 하고 싶은 대로 하는 세상인데!

컴퓨터가 등장한 이래 모든 균형 감각은 무용지물이 돼버렸다. 이제 더 이상 너도밤나무가 한꺼번에 대량 학살되는 일은 없지만, 그 대신 엄청난 전력이 낭비되고 있다. 작가 지망생이 수정, 정정, 첨가, 삭제 등의 과정을 거친 첫 번째 초고를 완성하기도 전에, 중세의 제법 큰 수도원이 1년간 사용하는 촛불과 횃불을 합친 것보다 더 많은 에너지가 소모된다. 그런데도 그 점에 대해서는 누구 하나 눈치를 채지 못한다. 그 문제를 한 번이라도 생각했다면, 식견 있는 문학자들이 컴퓨터를 몰아내지 않았을 리가 없다.

단 하루만 필사자로 지내 보면 그들의 오만한 무관심이 좀 줄어들 것이다. 수도승이 책을 필사하기 위해 얼마나 부지런히 수련을 쌓고 헌신했는지 몸소 이해할 수 있을 것이다.

수도승이라고 해서 다 중대하고 세밀한 그 작업에 참가하는 것은 아니다. 가장 성실하고 부지런한 사람들만이 그 일을 하도록 뽑혔는데, 주님의 종으로 선택받은 자답게 독실하면서도 겸손한 자세로 자신의 전 생애를 온전히 포기할 준비가 되어 있어야 했다. 또 수도원 필사실의 책상 앞에 서서 무한한 인내심과 주의력을 가지고 한 페이지 한 페이지를 필사해야 했다.

그들은 앉아서 일할 수도 있었을 것이다. 그러나 사람이란 지나치게 편하다 보면 마음이 해이해지는 경향이 있어, 사탄의 수작에 넘어갈 수 있게 마련이다. 본의 아니게 실수하거나 빼먹어 원본의 완전 무결함을 훼손하는 사태가 발생한다. 교회의 재가(裁可) 없이 성서의 구절을 바꿔 버린다거나, 한술 더 떠 없는 말까지 덧붙이는 불상사는 무슨 수를 써서라도 막아야 하는 것이다. 수도원의 사제들이 필사실에서 의자를 추방한 것은 결코 이상한 일이 아니다.

수도승은 날이 바뀌고 달이 바뀌고 해가 바뀌는 내내 책상 앞에 서 있어야 했다. 그동안 바깥 세상 역시 반복되는 계절이 단조롭게 제 궤도를 돌았다. 하나 둘씩 원고를 필사해 낼 때마다, 그들은 수도원과 궁정 도서관을 이루는 데 없어서는 안 될 벽돌을 한 장 두 장 쌓아 올린 셈이다. 너무 오래 서 있는 바람에 평발이 되었으나 아무도 개의치 않았다. 그것은 후대의 문학 건설자들을 괴롭히는 질병에 비하면 훨씬 고상한 축에 드는 것이다. 책상 앞에 너무 오래 앉아 있는 바람에, 중년의 나이가 되기도 전에 추접스럽게 치질에 걸려 고생하는 것보다 한결 낫지 않은가.

작은 글씨를 하도 들여다보아서 시력이 망가져 버리면 수도원 필사자로서의 역할도 종지부를 찍게 된다. 은퇴한 필사자는 수도원 형제들 사이에서 대단한 존경과 추앙의 대상이 되었으며, 성인의 반열에 오를 준비가 된 것으로 간주되었다. 하지만 그런 대접도 엘리트로서의 역할을 더 이상 수행하지 못하게 되면서 밀어닥치는, 스스로에 대한 열패감을 몰아내는 데에는 별로 도움이 되지 못했다. 신앙으로의 절대적 귀의만이 그나마 위안이 될 수 있었다.

필사자들의 필생의 과업인 필사본도 현재의 기준으로 보면 그다지 감동적이라 하기 어렵다. 요즘에는 인쇄소에서 통상 50부 정도의 책이 파본으로 버려지는데, 심지어 인쇄 상태가 아주 멀쩡한 경우에도 그렇다. 저 끔찍한 인쇄기가 발명되기 이전에 50부면 한 사람이 일생 동안 뼈를 깎는 노동으로 이룩할 수 있는 결실에 해당하는 양이다.

우리가 수도원에서 만들어졌다는 것을 알고 나니, 사람들이 우리를 왜 그토록 고가의 재산으로 떠받드는지 이해가 좀 되시는지? 그들은 책 한 권이 만들어지기까지 얼마나 많은 시간과 정성과 비용이 들었는지 매우 잘 알고 있는 것이다. 그런 사람들에게 우리는 다른 어떤 보물에도 뒤지지 않는 귀중한 재산이다. 더구나 우리는 보석이나 값비싼 귀금속처럼 비교적 내구성이 좋은 것들과는 질적으로 다르다. 이것들은 안전하게 보관만 잘하면 되지만, 우리는 조금만 환경이 불안정해도 부서지고 상처받기 쉽기 때문에 특별한 주의를 요한다.

그 시절 우리는 늘 일정 온도를 유지하는 선선한 곳에 머물렀으며 전용 시종을 두기도 했다. 극소수의 특권층 인사들 중 우리를 읽고자 하는 사람은 아주 엄격한 규칙을 감수하도록 되어 있었다. 그 점에서는 국왕도 예외가 아니었다.

우리를 읽는 것은 특별히 마련된 방에서만 가능했다. 적절한 온도와 낮은 습도가 유지되며, 먼지 및 기타 오염 물질이 전무한 방으로, 한여름에도 모든 창문을 꼭꼭 닫아 둠으로써 외부로부터 위험 물질이 들어오는 것을 봉쇄했다. 우리가 놓일 책상은 단 한 구석도 책의 장정을 흠집 낼 만한 거친 부분이 있어서는 안 되었다. 맨손으로 책을 만지는 일도 철저히 금지되었다. 반드시 장갑—물론 하얀 것으로—을 착용해야 했는데, 책장을 넘길 때 생길 수 있는 훼손을 최소화하기 위해서였다.

또한 다 읽고 난 뒤에도 우리가 그냥 펼쳐진 채 책상 위에 놓여 있다는 것은 상상도 할 수 없었으며, 어떤 무례한 행위도 가해져서는 안 되었다. 현대의 독자들이 우리에게 부려 대는, 다종다양한 거칠고 야비한 행패는 도저히 있을 수 없었다. 시종이 다가와 우리가 온전한 상태를 유지하고 있는지 면밀하게 살펴보고, 이상이 없으면 우리를 전용 구역 안으로 데려가 편안한 휴식을 취하게 했다.

행복했던 황금 시대에 우리가 직면해야 했던 유일한 위험은 화재였다. 드문 일이었지만 문제는 언제 일어날지 모른다는 점이었다. 야만적인 오랑캐들이 질서 정연한 문명 사회를 침략할 때 불을 지르는 수가 많았다. 그런 대격 동기(大激動期)에는 우리가 제일 먼저 피를 봐야 했다. 그들에게 해코지한 일이 조금도 없건마는, 야만인들은 늘 우리를 첫 타자로 희생시켰다. 엄청난 장서를 한 줌의 잿더미로 불태우고는 그 장면을 바라보며 열광하는 것이었다.

화재로든 다른 뭐로든 간에, 책이 학살당하는 사태에 대해 전혀 동요하지 않는 요즘 사람들의 모습에 참으로 격세지감을 느끼지 않을 수 없다. 현대인들의 반응은 철저한 무관심 그 자체다. 책 몇 권 더 찍어 내는 일이 식은 죽 먹기임을 다 알고 있는 것이다. 종이 낭비가 마음에 좀 걸리기는 해도 별로 심각할 것은 없다. 그다지 비싼 게 아니니까.

옛날에는 도서관이 화재로 무너져 내린다는 것은 국가적 재앙, 나아가 전 세계적인 비극으로까지 받아들여졌다. 사람들은 책의 상실을 사람이 죽은 것만큼이나 애도했다. 때로는 사람 죽은 것보다 더 슬퍼했는데, 그 시절 하층 계급 사람들은 아예 존재 가치조차 없거나 설사 있다 하더라도 썩 중요하지 않은 존재로 여겨졌기 때문이다. 하지만 책의 손실이란 돌이킬 수 없는 재앙으로 여겼다. 그래서 역사학자들은 도서관의 약탈 행위를, 피비린내 나는 전쟁 끝에 이어지는 국가 전체의 몰락과 맞먹는 중요한 사건으로 치고 있다.

행복하고 평화로운 시절도 언젠가는 끝나게 마련이다. 어떤 황금 시절도 영원히 계속되지 않는다. 그래도 우리의 황금기가 수천 년 동안 이어졌었다는 것이 그나마 위로가 된다. 완벽하게 안락하고 안전했다고 말할 수는 없지만, 우리는 지적이고 고상한 종(種)이 누려 마땅한 삶을 살았다. 그런 편안함 가운데 존경과 특권을 누렸다. 그런데 인간의 역사에서 자주 볼 수 있는 사건인 혁명이 일어난 것이다. 마인츠의 괴물 딱지가 책의 제작 과정을 이른바 민주적인 방식으로 바꿔 놓았다는 말이다. 그때부터 모든 것이 내리막길이었다.

선장의 서재

(우리는 이제 막, 이 끔찍한 혁명이 순식간에 모든 사람들로부터 환영받게 된 것을 탄식하는 대목에 들어섰다. 우리와 가장 가까웠고 충실했던 동료들마저 어떻게 등을 돌려 버렸는지에 대해서도 이야기해 두고 싶다. 하지만 마지막 순간에 돌이켜 보건대, 일이 꼭 그렇게 외곬으로만 흐른 건 아니었다. 사람들이 영혼도 없는 물건을 쌍수 들어 환영한다는 것이 별로 탐탁지 않으나, 예외적인 사람이 있음을 진실의 이름으로 인정한다.)

정말로 예외적인 사람들은 전혀 엉뚱한 곳에서 튀어나오게 마련이다. 마인츠의 불한당이 고안해 낸 물건을 받아들이지 않는 사람은 예나 지금이나 존재하고 있다. 그들은 우리만큼 노골적이지는 않지만 그 물건을 무척 혐오한다는 점에서 우리와 통한다. 객관적인 물증을 제시하는 차원에서, 아울러 어느 정도의 호의를 베푸는 차원에서 최소한 한 명 정도는 언급해야 할 것 같다.

최근에 '선장의 서재'라는 제목의 원고를 하나 알게 되었다. 겸손 때문인지 아니면 다른 이유 때문인지 하여간 작가는 이름을 남기지 않았다. 그러므로 이 이야기의 사실성 여부는 입증할 수 없다. 어쩌면 전적으로 상상의 소산일 수도 있다. 도덕적인 견지에서 볼 때 인간이란, 완전히 구제 불능은 아니라는 것이 한때 우리들이 품었던 신념이었다. 이 믿음의 끝자락에 의지해 이 이야기가 진실에 근거하고 있다는 희망을 가져 본다. 경험에 비추어 보면 이 이야기가 완벽한 허구임에 틀림없다는 생각이 들기도 한다. 판단은 전적으로 여러분에게 맡기는 바이다. 먼저 이야기를 읽어 보신 다음, 어느 쪽이 더 그럴듯한 지는 각자 알아서 판단하시도록! 자, '선장의 서재' 나갑니다!

선장실 문 안쪽은 밖에서 보는 모습과는 전혀 다르다. 거칠고 울퉁불퉁한 너도밤나무 원목이 아니라 반질반질하게 윤이 나는 마호가니이다. 게다가 반짝반짝 광나는 재료로 무늬를 새겨 넣었으며, 문고리는 놋쇠로 장식되어 있다. 배 안에서 자신의 자리가 아무나 범접할 수 있는 위치가 아니라는 것을 과시하고 싶어하는 선장의 거처로 딱 어울리는 문이다. 그의 배라는 것도 고작 해적선에 불과하지만 말이다. 하긴 해적선 선장이라고 아름다움을 누리지 말라는 법은 없으니까.

해적선의 선장이란 잔혹하고 야만적인 악당으로, 식사를 마친 그 자리에서 트림을 하고 소매로 입을 쓱 닦아 낸 뒤, 사방에다 먹다 남은 뼈다귀를 내던질 거라는 생각은 사실상 편견이다. 진실과 멀어도 한참이나 먼 애기다. 해적선 선장 중에는 정말로 교양 있고 세련되었으며 공손한 태도를 갖춘 사람들이 제법 많다. 예술을 감상할 줄 알고 나아가 창작까지 할 수 있는 사람들이다.

해적을 언급하는 것이 비교육적이라는 생각 때문에, 문학사에 그들의 작품이 거의 남아 있지 않다. 하지만 수많은 위대한 시들과 소설들이 약탈과 모험의 막간(幕間)을 이용해 해적선의 선실에서 이루어졌다. 약탈한 물건들을 분배하고 난 다음의 느긋한 순간에 영감을 얻어 창작한 인물화가 유명 박물관의 전시실에 걸려 있기도 한다. 약탈한 물건을 분배하는 과정에서 선장들은(최소한 세련된 감각을 지닌 사람) 일반 선원들이나 교육 수준이 낮은 선원들이 눈독을 들이는 하찮은 보물 따위를 챙기느라 수선을 떨지 않는다.

이런 선장들은 금이나 은 같은 품목에 대해서는 별로 매력을 느끼지 않는다. 대신 옛날 대가들의 작품인 희귀 서적이나 그림을 보면서, 부당한 방법으로 획득한 데서 오는 일말의 양심의 가책을 누그러뜨린다. 이런 경우 가장 바람직한 상황은 다른 해적선을 강탈하는 일인데, 그렇게 하면 정당성 여부를 따질 필요도 없으며 재수 좋고 능력 있는 선장은 편안한 마음으로 새로 불린 재산을 여유 만만하게 즐길 수도 있다.

선장실 안에 있는 수많은 증거들이 문제의 선장이 특별한 부류의 사람이라는 것을 드러낸다. 사실, 어마어마한 책상(여섯 개의 날렵한 다리가 달린 것으로 우아한 곡선 형태를 이루면서 화려한 장식이 조각되어 있다) 위의 대리석 받침대에 해골이 그려진 삼각형 깃발만 꽂혀 있지 않았다면, 이 방은 아마 미술품 감정 전문가의 작업실이거나 응접실이 아닐까 하는 생각이 들 정도이다. 그가 좀 특이한 취향을 가진 관계로 잘 가꾸어진 잔디밭과 우거진 상록수로 둘러싸인 외딴 성채 대신, 항해 중인 배에서 지내기로 했나 보다 하는 생각을 갖게 하는 방이다.

예술품 애호가라면 성채 같은 곳에서 은둔 생활을 할 거라는 생각 역시, 저속한 편견일 것이다. 사실은 전혀 다른 곳에서 그들을 만나는 수가 더 많은데, 그중 어떤 곳은 예술 작품을 음미하기에 전혀 어울리지 않는다. 하지만 겉모습에 속지 마시라! 예술 작품에 나타난 기교와 감상은 영 아닌 곳에서 이루어질 수 있으니…….

선장실 문을 열고 들어가면 오른쪽에 하얀 그랜드 피아노가 놓여 있는데, 가끔씩 까닭 모를 우울함을 담은 비가(悲歌)의 한 소절이 흘러나온다. 그 멜로디는 그런 음악에 익숙지 않은 선원들에게 뭔지 모를 두려움을 불러일으키곤 한다. 오른쪽 벽은 온통 겨울 풍경화로 뒤덮여 있는데, 선상 생활에서 얻을 수 있는 가장 훌륭한 것들이다. 그 풍경화는 콧대 높은 예술품 수집가들조차 탐낼 정도로 훌륭한 아라베스크풍 액자에 담겨 있다. 이상의 모든 것들을 하나도 보지 못하고 다 지나치더라도 왼쪽 벽 전체를 차지하는 엄청난 서가는 안 볼 수 없을 것이다. 그 서가는 천장의 대들보에서부터 반질반질 윤이 나는 바닥에 이르기까지 벽 전체를 가득 채우고 있다.

얼마나 다양한 형태의 제본과 장정을 볼 수 있는지! 너무 높아 접근이 어려운 서가 맨 위 칸에는 선장이 가장 좋아하는 책들이 꽂혀 있다. 인쇄기가 없던 시절에 공들여 만들어진 필사본 책들이 바로 그것들이다. 옛날 필사본에는 통상적인 의미에서의 장정이 없다. 뺏

뺏한 책장들이 원시적인 책 표지 비슷하게 생긴 돌이나 나무로 된 얇은 서판 사이에 끼워져 있고 책등은 아예 있지도 않았다. 서가에서 내려놓고 보아야 그것이 책인 줄 알 수 있는데, 그 특권은 오로지 선장에게만 있다. 만일 아무것도 알지 못한 채(아니면 장난 삼아) 누군가 이 서가에서 책을 꺼낸다면, 그 이단자는 즉시 엄청난 응징을 받게 될 것이다. 용서나 자비를 구한다는 것은 아예 꿈도 꾸지 못할 일이다. 다행히도 아직까지 그런 일은 한 번도 일어나지 않았는데, 선원들의 관심사가 근본적으로 전혀 다른 데 있기 때문이다.

서가에서 두 번째로 높은 칸은 인쇄술의 역사를 보여 주고 있다. 평판과 활판을 다 갖춘 채 줄지어 있는 귀중한 고판본(古版本)들은, 초기 인쇄기들이 시행착오를 거치면서 어떤 책을 만들어 냈는지 잘 보여 주고 있다. 초창기 제본에 쓰이지 않은 재료가 무엇이 있었던가? 충분한 강도와 내구성을 지닌 것이면 무엇이든 쓰였는데, 그중 단연 으뜸은 가죽이었다.

다시 말해 온갖 짐승의 피부인 셈이다. 모든 야생 짐승 및 사육한 포유 동물, 심지어 수많은 새들의 껍질까지도 그 목적을 위해 경화 처리되었다. 거의 한 세기에 걸친 실험 끝에, 종교적이든 세속적이든 학습용 교본에 가장 좋은 표지로 수퇘지의 가죽이라는 결론이 내려진다. 그리하여 어릴 때 거세당한 수퇘지들이 참나무 숲 일대를 한 동안 나돌아 다니게 되었다. 보다 서정적인 색채를 띤 가벼운 책들은 새끼를 밴 암소 가죽이 제격이었다. 가죽의 색깔이 밝아서, 책 내용이 구슬프고 우울한 분위기라도 아주 잘 어울렸다.

거칠고 난폭하며 미신적인 선원들 사이에서 가끔씩, 특히 만월이 되는 음력 보름날이면 선장의 책 가운데 짐승 가죽이 아닌 표지가 있다는 유언비어가 나돌았다. 죽을 고비를 몇 번이나 넘긴 용감무쌍한 그들이었지만, 선장의 책 중 일부가 사람의 피부라는 생각을 하면 공포로 몸이 오싹해졌다. 그런 소문은 선장의 권위를 높여 주기에 충분했으며, 선원들로 하여금 그의 서재에 대해 외경심을 갖게 만들었다. 그렇지 않았다면 선원들은 선장의 서재와 책을 소중히 여기는 사람을 싸잡아 불경스러운 말투로 빈정거렸을지 모른다. 배신과 반항에 대한 응징이 소름 끼치게도 껍질을 홀딱 벗기는 것이라는 생각은 선원들의 절대적인 충성과 복종을 얻어 내는 데 효과 만점이었다.

고판본 및 초기 인쇄본 아래에는 희귀한 2절판 책들이 놓여 있는데, 선장은 우울한 권태에 빠질 때마다 그 책을 보면서 많은 위로를 얻었다. 세월이 흘러감에 따라 권태감에 시달리는 시간도 점점 더 많아졌다. 모든 해적들이 윤리나 형이상학, 인식론 등에 대해서 모를 거라는 생각은 잘못되어도 한참 잘못된 생각이다. 바람 한 점 없이 잔잔한 날이나 새로운 모험길에 나서지 않는 평온한 시간이면, 선장은 이런 철학적인 문제들을 생각하면서, 자신의 삶을 냉정하고 가혹하게 되돌아본다. 이제까지 자기가 숭고한 순간을 살았던 적이 한 번도 없다는 깨달음과 동시에 다가올 미래의 삶 역시 황폐하리라는 생각을 하게 된다. 급기야 자신이 아무짝에도 쓸모없는 존재라는 생각에 자살을 결심하기도 한다. 그런 극단적인 해결 방법을 피한 상당수의 해적 선장들은 주로 술에 의지하는데, 그런 일시적인 망각은 깨고 나면 그를 더 깊은 나락으로 밀어 넣었다. 우리의 선장은 그런 부류가 아니었다.

이따금 우울한 생각이 엄습할 때면, 선장은 위대한 작가들의 작품들을 통해 위안을 얻었다. 인생무상과 삶의 회의를 느낄 때면 선장은 책상에 앉아 자기와 비슷한 슬픔으로 괴로워하는 사람들에 관해 쓴 책을 읽으며 마음을 달랬다. 그런데 언제부터인가, 자랑스러운 해적 이야기가 위대한 작가들에게 전혀 영감을 주지 못한다는 사실을 깨닫는다. 사실 이제까지 해적 선장의 이야기를 다룬 작가는 거의 없었고, 교양 있는 선장조차 그 대상이 되지 못했다. 어쩌다 선장에 대한 이야기를 쓰고자 했던 작가들도 그에 대한 이해나 애정은 별로 갖고 있지 않았다. 부당한 편견으로 가득 찬 세상에서 이 선장의 예는 놀라운 일이 아니라 그저 가슴 아픈 일일 뿐이다.

선장은 자기 직업을 부당하게 무시하거나 과소 평가한 시 작품이 없다는 것을 알고 그나마 위안을 얻었는데, 아마도 시의 세련된 형식이 거칠고 야만적인 내용과 어울리지 않아서 창작된 작품이 없었다는 것이 진실이리라. 하여간 선장은 소네트의 조화로운 운율, 매혹적이면서 우아한 시적 표현, 압축된 형식 속에 담긴 무한한 함축적 의미, 그리고 무엇보다도 절묘하게 선택한 언어로 그려 낸 지극히 섬세하고 미묘한 감정의 표현에서 커다란 위안을 얻었다. 때때로 그는 열광 상태에 빠져 호들갑스러운 제스처를 취하면서 열렬한 관객 앞에서 공연하듯 큰 소리로 시를 낭송하곤 했다.

그중 선장에게 가장 감동을 주는 부분은 대구로 끝나는 소네트의 결구였다. 그 대목에 이르면 가뜩이나 긴장한 선장의 목소리는 솟구쳐 오르는 감정을 이기지 못해 떨렸고, 두 눈에는 눈물이 고였다. 어떤 때는 애써 눈물을 감추지 않고 흐르는 대로 내버려 두기도 했는데, 그가 가장 좋아하는 여주인공인 '음울한 숙녀'가 나오는 시를 읽을 때 특히 그랬다. 그 여주인공은 선장의 애모와 숭배 대상으로 최적격이었다. 어쨌든 무아지경에 빠져 있는 선장의 모습을 본 사람은,

일반 선원은 말할 것도 없고 고급 선원 중에도 단 한 명도 없었다. 선장이 시를 낭송하는 동안에는 이유와 상황을 불문하고 절대로 방해해서는 안 된다는 엄명이 있었기 때문이었다. 그가 시를 낭송하는 동안만큼은 온 배 안이 일시 정지 상태로 변했다. 돌아다녀야 할 일이 있는 경우에는 조심스럽게 발끝으로 걸어야 했고, 피치 못할 대화는 귓속말로 소곤거려야 했다. 유일한 방해라면, 배가 닻을 내리거나 상륙할 때 버르장머리 없는 갈매기들이 내는 울음소리뿐이었는데, 구식 소총이나 나팔총은 대책 없는 소음 때문에 사용하면 안 되었고, 선원들 중 그 누구도 장끼를 자랑한답시고 활시위를 당겨서도 안 되었다.

2절판 아래로 점점 내려갈수록 최근에 나온 책들이 차례로 꽂혀 있었다. 비록 자기 자신이 선택한 책들이기는 해도 선장은 그 책들을 위 칸의 책들보다 아래로 여겼다. 그런 태도가 구닥다리 취향이라는 것은 그 자신도 익히 알고 있었지만 그렇다고 굳이 부정하려 들지도 않았다. 요즘 책들 중에는 자타가 공인하는 천재적인 작가의 작품도 더러 섞여 있었다. 하지만 그 책들은 최근에 나온 것이고 초판 인쇄 부수가 많기 때문에 그 가치가 덜한 것으로 여겨졌다. 그와 같은 현상은 소수의 엘리트만이 누려야 하는 예술에 대한 대단히 통탄스러운 신성 모독이었다.

한번은 '음울한 숙녀'의 신판이 그의 손에 들어온 적이 있었다. 그런데 그것이 구판보다 훨씬 더 훌륭하고 우아하게 만들어졌는데도 마치 징그러운 벌레를 대하듯 배 밖으로 내동댕이쳐 버렸다. 자신도 그런 태도가 이성적이지 못하다는 것을 잘 알고 있었다. 신판이나 구판이나 내용이 똑같을 뿐 아니라, 오히려 신판의 경우 서문이나 각주, 또는 학문적 논평 따위가 덧붙여져 읽을거리가 훨씬 풍부하다. 하지만 예로부터 전해 오는 '책이란 단순한 내용 이상의 것'이라는 진리에 의존해 자신의 행위를 정당화시켰다. 책이란 무엇인가라는 질문에 만족할 만한 설명을 해줄 수는 없었지만, 자신에게는 설명이 따로 필요 없는 분명한 그 무엇이었다. 너무도 자명한 진리가 오히려 설명하기 곤란하다는 것은 오래전부터 알려진 사실 아닌가.

그의 서가의 맨 아래 칸, 즉 무릎 아래 선반은 인쇄가 더 이상 숙련된 기능이 아니라 하나의 산업이 되고 난 다음에 만들어진 책들이 차지하고 있었다. 이것들이 위에 있는 흐릿하고 회색 일색인 책들보다 색상도 더 화려하고 보기에도 아름다운 것이 사실이다. 하지만 선장은 이들을 아래쪽에 배치해 놓고 무시해 버림으로써 상대적으로 가치를 두고 있지 않다는 것을 보여 준다. 위에 있는 책들은 열심히 보살피면서, 아래쪽의 책들은 오랫동안 먼지가 쌓이도록 방치해 둠으로써 교묘하게 벌을 주고 있다는 생각까지 들게 했다. 당연히 맨 아래 칸에는 선장의 엄격한 기준에 의할 것 같으면, 심한 경멸거리밖에 되지 않는 책들이 놓이는 것이다. 바로 종이 표지로 된 보급판 책들이다. 그것들은 어쩌다 한 번씩, 가뭄에 콩 나듯 있는 봄맞이 대청소 때에나 먼지가 털린다.

멸종의 조짐

작자 미상의 '선장의 서재'는 출판을 위해 출판사로 보내졌다. 그 사실은 일요 신문 문학의 편집자일 법한 사람이 남겨 놓은 짤막한 메모를 통해 알려졌다. 그는 왜 이 이야기의 출판이 거부당했는지 짤막하게 설명했다.

이야기의 질적인 점에 대해서는 불만이 없다고 했다. 문체도 흥미 있고 작품의 분위기나 주제 역시 독창적이라고 지적했다. 출판할 수 없는 이유는 '무언가 미진한 점'이 있기 때문인데, 이야기의 결말이 어째 좀 급진전해 버린 경향이 있어 독자들의 기대를 저버렸다나, 뭐라나. 작가는 그 보급판 책들 아래(선실 바닥 밑)에 무슨 책이 감춰져 있는가를 설명하는 단락을 한두 개쯤 더 추가했어야 했다. 그러려면 선실 마룻바닥의 널빤지를 잡아 뜯어야겠지만. 그리고 거기에는 반드시 그렇고 그런 저속한 책들이 숨겨져 있어야 한다.

작가가 그 제안을 따랐는지 아닌지 전혀 알려진 바는 없다. 하지만 책으로 출판된 적이 없는 점으로 미루어 따르지 않았음이 분명하다. 작가는 편집자의 소견을 온당치 못한 것으로 생각했을 것이다. 아니, 보급판 책보다 더 형편없는 책이 어떻게 있을 수 있단 말인가? 이것들이야말로 마인츠의 악당이 이루어 낸, 그 잘난 민주적 혁명의 결과 중 최악의 타락상이 아니더란 말인가? 천만의 말씀! 아직 한참이나 멀었다!

비록 그 익명의 편집자가 마룻바닥 밑에 숨겨야 할 책이 어떤 종류인가에 대해서 아무런 암시를 하지 않았지만, 그의 직관이 엉뚱하게 빗나간 것은 아니었다. 무언가 부끄러운 점을 감추고, 한없는 증오를 피하기 위해 거기 은닉했을 것이 분명한 그 책들은, 또 다른 출판 혁명의 선구자들과 완벽한 조화를 이룬다. 먼저의 것보다 더 민주적인 이 최신 혁명은 누구도 거부할 수 없는 추세가 되어 버렸다. 그것은 이 지구상에서 책이라는 것을 완전히 쓸어버리려는 혁명이다. 이제 책은 아무 쓸모없는 구시대의 잔재요, 폐기 처분해야 할 시대 착오적 유물이 되어 버린 것이다. 오래전부터 바로 우리 눈앞에서 공개적으로 그런 일이 꾸며지고 있었음에도, 우리만 그것을 모르고 있었다. 지난날 인쇄기가 발명될 때도 무슨 일이 벌어지는지 전혀 눈치 채지 못했다.

진작에 우리는 모든 것을 알았어야 했다. 컴퓨터의 발명과 더불어 혁명의 모든 조짐이 싹트고 있었으니 말이다. 어떤 종—특히 지적인 특성을 자랑하는 종—도 자기의 생존을 위협받아서는 안 된다. 우리의 무지함이야말로 우리 시대가 정말로 끝났다는 것, 즉 우리의 멸종을 가장 분명하게 확인해 주는 사실이리라.

이 사실이 지극히 고통스럽고 비참한 일임에 틀림없지만, 그렇다고 현실을 외면해서는 안 된다. 가까운 장래에 책은 더 이상 출판되지 않을 것이다. 고도로 진화한 새로운 종이 그동안 우리가 차지했던 활동 무대를 강탈하고 그 자리를 채울 것이다. 이런 일이 끊임없이 일어나고 있지만 너 나 할 것 없이 그게 남의 일이라며 일절 관심을 두지 않는다. 그 일이 자기에게 닥쳤을 때에야 비로소 상황을 깨닫게 되지만 그때는 이미 모든 것이 끝나 버린 뒤다. 너무 늦은 것이다.

디노사우르처럼 우리가 하룻밤 사이에 멸종되지는 않을 것이다. 먼저 서점의 선반에서 우리의 모습이 자취를 감추고, 대신 후계자들이 자리를 차지할 것이다. 그 이후 한동안 공공 도서관에서 간신히 연명하며 버티다가 아무도 우리를 원하지 않는 날이 되면 그 피난처에서마저 추방당할 것이다.

그보다 좀 더 오랜 기간 우리는 각종 괴짜와 기인들의 개인 서재에서 목숨을 부지할 것이다. 물론 새로 출판되는 책의 유입이 없어,

우리는 점점 줄어드는 회원 때문에 가슴 아파할 것이다. 마지막에는 괴팍한 연구원이나 과거에 대한 향수병 환자들만이 우리를 찾을 것인데, 아마도 멸종되어 버린 종을 위해 세워진 박물관 전시실에서나 가능할 것이다. 매머드나 익수룡 사이의 어디쯤에 우리가 전시되지 않을까.

활기 없고 따분한 얼굴의 박물관 큐레이터가 우리가 이 지구상에 단 두 종밖에 없는 지적인 종족의 하나라는 사실을 말해 줄 것 같지도 않다. 하지만 그런 말을 하지 않는다고 놀랄 것도 없다. 인간이란 허영심만 강한 것이 아니라 시기심과 경쟁심으로 똘똘 뭉친 존재들이니까.

우리에게 인간들처럼 악의가 조금이라도 있다면, 그들이 자연사박물관에 수용되어져야 할 때임을 알리는 종이 울려 퍼지는 순간, 우리와 똑같은 운명이 가해지기를 희망할 것이다. 그들이 좋아하든 말든 그런 일은 일어나게 되어 있다. 어떤 종에게도 진화의 촛불이 꺼지지 않고 계속 타오르는 일이란 있을 수 없다. 인간과는 질적으로 다른 우리는 이별을 맞으면서도 인간들의 행운을 빈다. 부디 그들에게 행운이 함께하기를! 아울러 그들의 전시장이 우리와 멀리멀리 떨어져 있기를…….

죽음

(인내심 강한 친애하는 독자들이여, 마지막으로 들려줄 별로 길지 않은 이야기가 하나 남아 있다. 이것은 처녀 출판을 위해 원고를 들고 왔던 그 작가의 '출간 기념행사' 이야기다. 어쩌면 아래 그려질 사건은 말하지 않는 것이 더 좋을지도 모른다. 우리를 대체할 종의 정체가 밝혀지는 가장 극적인 순간을 보여 주지 않아도, 일부 독자들은 그게 무엇인지 정확하고 구체적으로 상상할 수 있기 때문이다. 더군다나 이 행사는 젊은 작가의 소설 출간 기념회인 만큼 매혹적이어야 한다. 다행히도 이런 행사는 즐겁고 유쾌한 파티이므로, 이에 대한 해설은 탄식이나 애달픈 분위기, 또는 불길한 조짐과는 거리가 멀다 하겠다. 결말 부분은 평온한 가운데 이제까지 죽 이어져 온 분위기에 맞추어 약간 침울한 색채를 띠는 정도가 될 것이다. 단, 해설자의 목소리는 다시 한 번 사람의 음성이 될 것이다. 유감스럽지만 어쩔 수가 없다. 앞 부분의 이야기를 마칠 때 우리는 다시는 인간의 목소리를 빌리지 않겠다고 했지만, 그것은 아무

리 보아도 온당치 못하고, 결국 모든 경우에 있어서 인간의 말이 최후의 언어가 되는 것임에 분명하다. 달리 선택의 여지가 없는 것으로, 세상은 어차피 이런 식으로 돌아가게 되어 있다. 자, 이제부터 출간 기념행사!)

그들만을 위한 출간 기념행사

비서는 출간 기념행사를 눈곱만큼도 좋아하지 않는다. 아니, 사실은 무척이나 혐오한다. 우선 행사가 근무 시간 외에 이루어지는데, 그것은 좀 더 재미있는 일을 하면서 자기 시간을 즐기는 대신, 따분한 청중들과 늘 어리석은 질문이나 해대는 기자들 및 잘난 척 떠들기 좋아하는 강연자와 함께 있어야 하는 것을 의미했다. 과연 그중 누가 가장 지긋지긋한 인물일까?

거기 모인 청중들의 태반은 우연히 들른 사람들이다. 도대체 무얼 해야 할지 모르는 게으른 백수들은 행사의 주제에 대해서는 전혀 관심이 없다. 그저 남아도는 시간을 죽이는 것이 목적일 뿐이다. 적어도 졸기 전까지는 그 자리에 있음으로써 근사한 문화 행사에 참석했다는 환상도 가질 수 있으니 금상첨화이다.

일부는 좀 더 실리적인 이유로 거기에 온 사람들이다. 겨울이면 공짜로 몸을 녹일 수 있고, 여름에는 공짜로 몸을 식힐 수 있다. 서점 출입문 위에 붙어 있는 에어컨이 다소 시끄러운 데다가, 바닥에 물이 흥건하게 고이게 하지만 행사를 위해 계속 가동된다.

마지막 부류는 작가의 친지들로, 입고 있는 복장만 봐도 쉽게 알 수 있다.

여름날, 첫 번째 그룹 사람들은 가벼운 평상복을 입고 있다. 반바지에 티셔츠가 주종을 이루며, 유난히 더운 날에는 아예 티셔츠도 입지 않고 있다. 대부분 아이스크림을 핥으며 햄버거나 피자 조각을 우물거리고 있다. 더운 날씨에는 점심때 먹은 음식이 적당히 소화되어 내려간 초저녁 시간인 바로 이 시간이 간식 먹기에 딱 좋다. 더구나 지적 활동은 사람을 쉬이 허기지게 하는 법이다. 음료는 당연히 소화를 잘되게 하는 탄산음료다. 음식을 다 먹은 후에는, 양치질 대신 껌 씹는 것을 절대 잊지 않는다.

그들이 눈을 지그시 감거나 혹은 뜬 채로 편안하게 강연을 듣기 위해 운동화를 벗을 때, 고개를 흔들면서 코를 싸맬 수밖에 없는 상황이 벌어진다. 만일 서점 안에 모기가 있었다면 '날개야 날 살려라' 하고 줄지어 출구 쪽으로 도망갔을 것이다. 더운 여름날 하루 종일 맨발에 운동화를 신고 다닌 사람의 발 냄새만큼 해충을 쫓아내는 데 효과적인 방법도 없을 것이다.

두 번째 그룹은 수영복이나 다름없는 차림에 의자 아래 질펀하게 물이 고여 있어, 해변에서 서점으로 곧장 직행한 것처럼 보인다. 겨울에는 이 사람들은 다 떨어진 고무 덧신으로 발을 감싼 채 발을 동동 구르며 나타나 서점 안에 온통 진흙 발자국을 남긴다. 무슨 이유에선지 무거운 양가죽 재킷이나 어마어마한 털모자를 벗지도 않는다. 그 모습이 이제 막 남극 탐험을 떠나려는 사람 같다. 얼마 지나지 않아얼굴에서 땀이 줄줄 흘러내린다. 뜨거운 오븐 위에라도 앉아 있는 듯 김까지 솔솔 난다. 그런데도 누구 하나 스카프조차 풀지 않는다. 설사 이렇게 껴입고 앉아 있다가 쪄 죽는 한이 있더라도 절대 그럴 수 없지. 옷걸이에 값비싼 옷가지를 걸어 놓았다가 잃어버렸던 끔찍한 기억을 잊지 못하는 사람들 같다.

또 그들은 보온병을 가지고 와서는, 시시때때로 뜨거운 음료를 몇 모금씩 홀짝거린다. 그러고는 감기를 막아 주는 데 이보다 좋은 것이 없다며 옆 사람에게까지 권한다. 지루한 문학 강연이 진행되는 동안 무심결에 입맛 다시는 소리가 나고, 그들의 눈빛이 번들거리며, 고개가 앞으로 떨어지는 것으로 미루어, 보온병 안의 액체는 블랙커피나 비주류(非酒類) 음료, 또는 그냥 차가 아닐 거라는 결론을 얻을 수 있다.

작가의 친지들은 전혀 다르다. 어정거리다가 우연히 들른 사람이 없다. 그들은 이 행사를 결혼식 아니면 결혼기념일과 맞먹을 정도로 매우 중요한 사교 모임으로 간주한다. 하다못해 장례식 정도로라도 받아들이는 그들은 뿌듯한 자부심을 느낀다. 다른 사람들은 회의적인 반응을 보이며 고개를 젓는지 몰라도, 이들만큼은 오래전부터 이 작가가 언젠가는 반드시 출세할 거라고 굳게 믿어 왔다. 낙관적이긴 했어도 이렇게까지 대단한 성공을 거두리라고는 기대하지 않았다. 세상에! 출간 기념행사라니! 암, 마음껏 기뻐해 주고 축하해 줘야지!

그들은 지나치다 싶을 정도로 정장을 쫙 빼입고 나온다. 빳빳하게 풀 먹인 와이셔츠는 기본이고, 나비넥타이를 매고 에나멜가죽 구두를 신고 온 사람도 여기저기 보인다. 어디 그뿐이랴. 턱시도를 입은 사람도 한둘 보이는데 중절모를 쓰고 단장까지 짚고 있다. 또 외알박이 안경에 흰 장갑을 낀 채 연미복을 입고 나타난 사람도 있다. 남자들은 모두 말끔하게 면도를 하고 있는데, 평소 덥수룩하게 수염을 기르고 다니던 사람도 예외는 아니다. 이날을 기회로 오랜만에 이발하고 포마드를 바른 사람도 많았다.

숙녀들 또한 이날을 위해 한껏 모양을 내고 나타난다. 미용실에 가서 머리 손질하는 것은 기본이고, 단벌 숙녀라는 말을 듣지 않기 위해 새 옷도 장만한다. 여기저기 보석을 주렁주렁 매달고 있는 모습이 크리스마스트리 같다. 머리끝부터 발끝까지 번쩍거리는 것이 불꽃놀이가 따로 없다. 이번에야말로 가보로 전해 오는, 금고 속에 처박아 두었던 보석을 치장하고 나가 자랑할 수 있는, 평생에 한 번 있을까 말까 한 기회인 것이다. 달리 또 언제 그런 기회가 올 것인가? 언제 누구랑 함께 외출해 본 적이 있었던가? 어쩌다 한 번, 영화관에는 간 것 같다. 하지만 그게 전부다. 마지막으로 연극 공연을 보러 간 것이 언제였는지 기억조차 까마득하고, 오페라로 말하자면 공연 무대가 어떻게 생겼는지 새까맣게 잊어버렸다.

이들은 단 한마디도 놓치지 않겠다는 듯 아주 열심히 강연을 듣는다. 강연자를 뚫어져라 쳐다보며 듣는데, 일진 사납게 옆 자리에 앉은 사람이 심하게 코를 골기라도 하면 좀 더 잘 듣기 위해 귀에 손을 모으기도 한다. 그들 중 상당수가 노트와 펜을 준비해 와서 연사가 하는 말을 하나도 빼놓지 않고 받아 적는다. 잔머리를 굴린 사람은 소형 녹음기를 준비해 온다. 그들이 녹음기를 높이 쳐들고 있어 근처를 지나다가 우연히 서점 안을 흘낏 쳐다본 사람이, 청중 속에 타조 한 무리가 섞여 있다고 생각할지도 모르겠다.

최근에는 녹음기 외에 비디오까지 동원해 와서 이런 행사를 영원히 보존하려 한다. 초기에는 친척이나 기자들이 간혹 카메라 플래시를 터뜨리는 정도였으나, 기술의 진보 및 대중화에 힘입어 캠코더는 필수적인 요소가 되어 버렸다.

자존심 강한 사람들은 누군가 이 행사를 비디오로 담아야 한다는 데 생각이 미칠 것이다. 자기에게 캠코더가 없다거나 아무도 빌려 주지 않는다고 해서 문제가 될 것은 없다. 그런 일을 직업적으로 하는 사람들이 얼마든지 있으니까. 중요한 가족 행사를 녹화해 주는 것으로 생계를 유지하는 사람들은 아무런 편견을 가지고 있지 않다. 보통 결혼식이나 세례식, 생일이나 장례식 등에 불려 가지만 출간 기념행사에도 기꺼이 응할 것이다. 당연히 추가 경비를 요구하는 일도 없을 것이다. 이 흥겨운 모임은 법에 저촉되지도, 저속하지도 않으며, 출장 가기 힘들 만큼 멀리 떨어진 곳에서 하는 것도 아니다. 게다가 약간의 뷔페나 가벼운 음료 정도를 기대할 수도 있다.

양쪽의 청중들은 계속해서 상대방을 힐끔거리는데 서로를 보는 시선이 완전히 다르다. 어디 축제라도 가듯 잘 차려입은 작가의 친지들은 경계심과 비난이 섞인 눈으로 상대방을 바라보는데, 거기에는 그들의 옷차림과 매너에 대한 이들의 생각이 적나라하게 담겨 있다. 쯧쯧쯧, 세상에 모두들 입맛 다시고 혓바닥을 날름거리는 모습이라니! 이런 곳에서 어떻게 드르렁거리며 코를 골 수 있단 말인가! 거의 벌거벗다시피 하고 오질 않나, 아니면 두꺼운 옷을 잔뜩 껴입고 나타나질 않나, 도대체 자기들이 어떻게 보일지 생각은 하는 거야? 여기는 시골 역의 대합실이 아니라고! 설령 그렇다 하더라도 매너가 좋으면 어디가 덧나나? 출간 기념행사에 저런 꼬락서니들을 하고 오다니!

우연히 들른 참석자들은 잠시도 가만 있지 않고 친지들을 향해 열렬한 시선을 보낸다. 이들이 영화배우이거나 아니면 엑스트라일 것이 분명하다고 믿으면서, 언제 시작할지 모르는 공연을 기다린다. 이 프로그램에 대해 귀띔해 주는 사람이 아무도 없는 것을 보면, 출판사 측에서 깜짝 쇼를 벌이기로 한 모양이다. 이렇게 번쩍번쩍하게 차려입고 화장까지 멋들어지게 할 사람들이 배우 말고 또 누가 있겠는 가? 무언극 배우인 양 시종일관 어색하면서도 뻣뻣한 자세로 앉아 있는 저들을 주목하라. 틀림없이 강연자의 지겨운 독백이 끝나면 그 들의 연기가 펼쳐질 것이다. 아주 훌륭한 발상이군! 이런 딱딱한 문 학 행사의 지루함을 깨뜨리기에 딱 좋아. 그동안 흥미진진한 일이라 곤 도대체 약에 쓰려고 해도 찾을 수 없었는데.

비서가 진저리를 치는 진짜 이유

비서는 기자들이라면 진저리를 친다. 그들은 허영심 많고 변덕스 러운 인간들로 늘 특별 대접을 요구한다. 이런 작태는 행사장 자리 배정에서부터 시작된다. 맨 앞줄은 언제나 그들을 위해 비워 두어야 했다. 집중해서 잘 듣기라도 한다면 이 정도는 이해해 줄 수도 있으 련만……. 홍! 죽었다 깨어나도 그런 일은 없다.

어떤 기자도 제시간에 오는 법이 없다. 15분쯤 늦는 것은 보통이 고, 늦게 와서도 행사가 진행 중인 것은 안중에도 없다. 그들의 주 관심사는 서점 안을 돌아다니면서 아는 사람들과 인사를 나누는 것 인데, 겨우 한두 번 만난 사람들까지도 그냥 지나치지 않는다. 아주 매너에 목숨을 건 사람들이다.

그러고는 가까이 앉아 있거나 서 있는 사람이면 아무나 붙잡고 질 문을 퍼붓는다. 그것도 조용조용하거나 조심스러운 것과는 한참이 나 거리가 먼 태도로 말이다. 무슨 행사지요? 그 젊은 작가가 누구 인가요? 이 행사의 물주는 누구죠? 누가 출판사 사장인가요? 물론 이 모든 사실을 담은 깔끔한 초청장이 이미 그들의 사무실로 배달되었다. 비서 자신이 직접 부쳤다. 직장에서는 그렇다 치고 사생활 역시 뒤죽박죽인 그들은 초청장을 잃어버렸거나 어디다 잘못 두고는 당일까지 찾지 못한 것이다. 그나마 모이는 시간과 장소를 기억하고 온 것만으로도 장하다. 종종 아무 행사도 없는 엉뚱한 날에 찾아오기를 밥 먹듯 하니까.

그들은 그날 행사에 대한 정보를 보다 직접적인 방법으로 얻을 수 있다. 앉을 의자 위에 증정본 도서와 행사 자료가 놓여 있기 때문이다. 하지만 그들은 의자 위에 있는 거치적거리는 것을 깨끗이 치우기 위해 그것들을 잽싸게 작은 가방 안에 쑤셔 넣어 버린다. 그러니 자료를 읽을 수가 없지. 설령 그게 아니라도, 앉자마자 그런 것들을 읽고자 하는 사람이 누가 있을까? 누군가에게 물어보면 간단한 일인데……. 그들은 옆 자리의 동료 기자가 투덜거리며 대답하는 것을 받아 적는다. 이제 어느 정도 일이 돌아가는 판을 파악했다. 휘갈겨 적은 메모는 나중에 기사를 쓰기 위한 자료가 될 것이다. 기사가 잘못되면 잘못 알려 준 동료 기자를 비난하면 된다. 경쟁 신문사를 위해 일하는 그 기자가 경쟁사를 골탕 먹일 이 좋은 기회를 그냥 흘려보내지 않으리라는 것은 불 보듯 뻔한 일이다.

그날 행사에 대해 알 만큼 안 기자가 마약 중독자처럼 흐리멍덩하면서도 조급한 눈길로 비서를 찾는다. 17초 안에 커피를 대령하지 않으면 세상을 끝장이라도 낼 것 같은 태세다. 비서는 호스티스 역할이 조금도 달갑지 않지만, 제때 커피를 대령한다. 좁은 화장실에서 커피를 준비하는 동안 비서는 비참한 생각에 빠진다. 눈물까지 글썽이면서 이 세상의 부당함을 원망한다. 이 따위 커피나 타는 급사 일을 하려고 그 어려운 컴퓨터 공부를 했단 말인가?

기자들은 아직 뜨거운 커피를, 큰 소리로 후후 불면서 서둘러 게걸스럽게 마신다. 서점 곳곳에 금연이라는 표지판이 붙어 있는데도 담배에 불을 붙이면서 전혀 양심의 가책을 느끼지 않는다. '흡연 엄금'이라는 표지판은 그들에게는 별 효과가 없다. 일반인들이나 지키는 일이지, 우리와는 상관없는 일이라고. 아니, 담배 없이 커피를 마신다는 게 말이나 되는 소리냐고?

검은 액체의 마지막 한 방울이 목구멍 안으로 흘러 들어가고, 푸르스름한 연기의 마지막 한 모금이 그의 폐를 빠져나올 무렵, 기자는 자기 시계를 들여다보며 기절초풍이라도 할 것 같은 표정을 짓는다. 아니, 이럴 수가! 벌써 시간이 이렇게 됐단 말이야? 또 늦었군 그래. 그들은 잽싸게 가방을 들고 자리에서 일어난다. 그러고는 평소답지 않게 아직까지 강연에 귀를 기울이고 있는 옆의 기자에게 정말 미안하다고, 오늘 행사는 정말 훌륭하다고, 끝까지 자리를 지키고 싶지만 또 가봐야 할 곳이 있다며 둘러댄다. 기자들은 도대체 언제쯤이면 시간에 쫓기지 않고 살 수 있을까. 자리를 뜨기 전에 그는 다시 한 번 아는 사람들과 작별 인사를 나눌 것이다. 매너 빼면 시체인 사람들이 아닌가.

뭐니 뭐니 해도 비서를 가장 짜증나게 하는 사람은 강연자다. 아마도 사장이 이들을 아주 공손하게 모시라고 지시한 것이 가장 큰 이유일 것이다. 시종일관 상냥하고 친절하게 응대해야 한다. 그러나 비서는 오래전부터 이 사람들을 작가와 한통속으로 여겨 왔다. 유유상종이라는 건 누구보다 그녀가 잘 알고 있다. 강연자들이란 귀신 씻나락 까먹는 소리를 지껄이고서 아주 두둑한 보수를 받아 가는 인간들이다. 한 번 강연에 그녀의 한 달 봉급과 맞먹는 사례금을 받아

챙긴다. 그러니 그녀가 이 사람들을 언짢게 생각하는 것도 당연하다. 까놓고 말해, 시기하는 마음도 없지 않다.

그나마 작가는 가치 있는 일을 한 것이다. 원고를 작성하느라고 자판을 두드리는 고생이라도 했으니까. 하지만 이 작자들은 어슬렁어슬렁 들어와서는 되지도 않는 시끄러운 소리나 빽빽거리는데, 그렇게 수작 부리는 시간이 30분이나 될까? 난해하고 현학적인 용어들로 도배되는 그 시간들은 줄줄이 이어지는 허풍과 거짓, 잘난 척 쏟아 내는 지긋지긋한 수다가 전부이다. 일단 첫 문장을 시작하고 나면 그 다음부터는 방향도 없고 결론도 없는 횡설수설이 펼쳐진다. 뱀이 똬리를 틀 듯 배배 꼬인 문장들이 앞뒤 연결도 안 된 채 이어진다.

그저 어려운 말이라면 최고인 줄 아는 어리석은 청중들은 그날의 강연에 열화와 같은 박수갈채를 보낸다. 손바닥이 벌겋게 부어오르도록 박수를 친다. 그야말로 열렬한 기립 박수이다. 하지만 과연 청중들이 그날의 강연 내용을 단 한마디라도 제대로 이해했을까? 만일 누군가에게 강연 내용을 요약해 보라고 한다면, 입도 뻥긋 못할 것이다. 학술적인 주제가 거론될 때에는 이런 반응이 나오는 게 정상이다. 어쨌든 강연은 유창하고 매끄러웠으며 감미롭기까지 하지 않은가. 그러니 이해를 했든 못 했든 어찌 열화와 같은 박수를 치지 않을 수 있겠는가. 예술적 감상 포인트야 문학상 심사 위원들이 어련히 알아서 잘 지적해 줄까.

초과 수당이나 특별 보너스도 없이 커피를 몇 잔씩 타고, 고무장갑도 끼지 않은 채 찬물에 손을 담그고 컵을 닦으며 이런 강연을 몇 번씩 듣다 보면 강연자가 똑같은 이야기를 되풀이하고 있다는 사실을 알아차리게 된다. 마치 같은 틀에서 강연이 뽑아져 나오듯, 바늘이 레코드판의 어느 홈에 걸려 똑같은 소절이 반복되어 흘러나오듯 말이다. 단지 작품 제목과 작가 이름만 바뀔 뿐이다. 내용은 어떤 책에 갖다 붙여도 괜찮을 만큼 모호하기 짝이 없다. 전문적인 권위가 있는데 강연자가 굳이 책을 읽을 필요는 없는 것이다.

비서는 누구보다도 그런 사실을 잘 알고 있다. 비서는 미처 책을 보내지 못했다거나 엉뚱한 책을 보내는 실수를 몇 번 저지른 적이 있었다. 할 일이 너무 많아 과도한 스트레스에 시달리는 그녀는 뭐가 뭔지 똥오줌도 구별을 못하고 일을 할 때가 많기 때문이었다. 오로지 그녀 혼자서 모든 일을 처리해야 했다. 어느 부서 하나, 그녀에게 손톱만큼도 도움의 손길을 내밀지 않았다.

다행인지 불행인지 그런 실수를 알아채는 강연자는 아무도 없었다. 책을 받지 못한 사람이나, 엉뚱한 책을 받은 사람이나 아무 문제 없이 완벽하게 강연을 해치웠다. 청중들은 오늘의 강연 내용이 너무도 훌륭했고, 저렇게 완벽하게 책을 이해한 강연자는 없을 거라 믿으며 집으로 돌아갔다. 그럴 수밖에 없지 않은가? 강연자야말로 고매한 인격에 투철한 책임감을 지닌 인사가 아닌가?

그런 예외적인 상황에서만, 비서는 그들의 능력을 어느 정도 인정하면서 그들의 천문학적 보수에 대해 나름대로 정당성을 부여했다.

아주 특별한 출간 기념행사

'수도원의 망령' 출간 기념행사가 열리기 일주일 전에야, 비서는 이번 행사가 보통 때와는 다르게 진행되리라는 것을 알았다. 사장이 그녀에게 근엄한 태도로 알린 바에 의하면, 이번 행사는 사장이 직접 주관할 것이며 연설도 자기 혼자서만 하게 될 거라고 했다. 아주 특별한 행사인 것이다. 이런 모임에 대부분 참관인 자격으로 참석하는 사장은 아무리 더운 날이라도 반드시 나비넥타이를 매고 나타났다. 자기 회사의 명성을 높이자면 이 정도 희생은 감수해야 했다.

특별한 행사라 그런지, 이날 저녁 사장은 평소와 달리 너그러웠다. 중요 인사라면 누구든 커피를 기대해도 좋았다. 강연자는 반드시, 기자는 원하면 무조건, 심지어 작가에게까지 커피가 제공되었다. 이런 처사는 비서를 비참한 기분에 빠지게 했다. 자신이 부당하게 무시당하고 착취당한다는 생각을 떨칠 수가 없었던 것이다. 이런 느낌이 드는 까닭은, 그 많은 커피를 타야 하기 때문이라기보다는 막상 그녀 자신이 사무실에서 커피를 마시고 싶으면 자기 돈으로 사와야 한다는 점이 더 크게 작용했다. 물론 설탕도 사와야 했다. 황송하게도 커피잔과 물은 공짜로 사용할 수 있었다. 이러니 사장을 검소한 사람이라고 부를 수는 있어도, 스크루지 영감이라고는 할 수 없다.

사장이 이 특별한 행사를 직접 주관할 것이라는 사실을 통보한 뒤 얼마 지나지 않아, 또 하나의 매우 이례적인 사건이 벌어졌다. 비서는 이 두 사건의 연관성을 그 당시에는 깨닫지 못했었다. 동그란 철테 안경을 쓴 스무 살도 채 안 돼 보이는 남자가 사무실 안으로 어슬렁거리며 들어온 것이었다. 어깨까지 내려온 머리카락은 엉겨 붙어 있었고 더부룩한 수염도 헝클어져 있었다. 청바지는 너무 낡아서 속이 다 들여다보일 지경이었고, 낡아 빠진 운동화 역시 끈도 제대로 묶여 있지 않았다. 사방 모서리가 너덜거리는 커다란 책가방을 들고 있었는데, 울긋불긋한 스티커가 덕지덕지 붙어 있었다. 이 총각, 틀림없이 작가 지망생이로군.

사장이 중요한 손님이 올 거라고 말을 해두었기에, 비서는 이 초라한 방문객을 시큰둥한 눈빛으로 맞이했다. 이제 곧 오시게 될 중요한 손님이, 이 남루한 인간과 마주치게 된다면 훌륭한 우리 회사를 어떻게 생각하겠는가? 도대체 이 건달 녀석은 무슨 생각을 품고 여길 온 거야? 감히 여기가 어디라고? 아무나 들어오는 놀이 공원쯤으로 생각하고 있는 거 아니야? 회사 간판 바로 밑에 '불청(不請) 작가 출입 금지!'라고 눈에 확 띄게 써서 걸어 놓은 경고판도 못 봤단 말인가?

그녀가 남자를 호되게 야단치려는 순간, 사장이 자기 방문을 열고 나타났다. 순간, 비서는 두려움에 사로잡혔다. 이런 날건달 같은 놈을 사무실 안에 들였다고 사장한테 혼날 것 같아서였다. 그런데 사장이 만면에 웃음을 띠고 있는 것이 아닌가. 그것도 입이 귀에 걸리도록 말이다. 사장이 그렇게 기뻐한 것이 언제였는지 기억도 나지 않는다. 팔을 활짝 벌리고 그에게 다가가는 폼이 마치 오래전에 잃어버렸던 동생을 만난 것 같다. 사장이 그의 어깨에 팔을 두른 채 상냥함이 철철 흘러넘치는 태도로 사장실로 그를 데리고 들어간다.

비서는 잠시 동안 어찌할 바를 모르고 입을 헤벌린 채 그 자리에 꼼짝 않고 서 있었다. 이 남자가 바로 그 중요한 손님이란 말인가? 그녀는 문예 대행인쯤에 해당하는 세련된 비즈니스맨을 기대했다. 세상에, 이 화상 꼬락서니를 좀 보라지! 사장의 사촌 나부랭이임에 틀림없어. 어디 촌구석에서 무작정 상경했겠지. 사장이 두메산골 출신이니 뭐 그럴 수도 있겠군. 그래도 그렇지. 옷이나 좀 제대로 입고 올 일이지. 여긴 촌구석이 아니란 말이야!

비서가 입을 벌리고 멍하니 서 있을 틈도 없이, 사장이 다시 문을 열고 나타났다. 그러고는 아주 중요한 방문객에게만 한정되는 지시를 내린다.

「어이, 커피 두 잔, 진하게!」

서둘러 커피를 타서 돌아온 비서는 너무 놀라, 들고 있던 쟁반을 떨어뜨릴 뻔했다. 자기 눈을 도저히 믿을 수가 없었다. 그 지저분한 인간이 자기 책상 옆으로 슬금슬금 다가와서 컴퓨터를 주물럭거리고 있는 것이 아닌가! 그는 드라이버와 펜치를 사용하고 있었다. 무슨 말인가 하고 싶었지만 나오지 않았다. 목구멍이 탁 막히면서 목소리가 되어 나오질 않는 것이다. 그가 일언반구도 없이, 계속 컴퓨터를 해체해서 사장실로 들이는 동안, 비서는 무력하게 지켜볼 수밖에 없었다.

마침내 책상 위에서 컴퓨터가 흔적도 없이 사라졌다. 비서는 텅 비어 버린 공간을 한참 동안 뚫어지게 바라보다가 기어코 눈물을 쏟아 내고 말았다. 이렇게 무자비하게 떨어져 나가야 하는 것인가? 도대체 무슨 이유로? 무얼 잘못했다고? 처음 입사해서부터 지금까지 얼마나 열심히 일했는데……. 컴퓨터 시험도 단번에 통과하지 않았던가. 그런데 이제 와서, 저 무식하고 교활한 녀석이 단지 사장의 친척이라는 이유만으로 내 자리를 뺏는단 말이지!

어디 책 표지를 한번 작업해 보라지. 컴퓨터를 어떻게 켜야 할지도 모르는 녀석일 게 분명하다. 물론 다른 작업은 손도 못 대겠지. 그놈은 나를 살살 달래고 비위를 맞춰서 도움을 얻으려 들겠지만, 흥! 어림 반 푼어치도 없다. 자기 혼자 죽을 쑤며 헤매 보라지? 내가 손가락 하나 까딱 하나 봐라. 사장이 나를 해고하겠다고 협박하겠지만 꼼짝하지 않을 거다. 나 없으면 완전히 엉망진창이 될 게 분명해.

그제서야 사장도 나를 제대로 대접해 주겠지. 그동안 나한테 얼마나 야비하고 비열하게 굴었는데.

그녀는 마음을 가라앉히고 손수건을 꺼내 눈물을 닦은 다음, 마치 자존심과 위엄의 화신인 양 고개를 빳빳이 쳐들고 사장실로 들어갔다. 이 부당한 처사로 얼마나 상처받고 모욕감을 느꼈는지 그들이 눈치 채게 하면 안 된다. 그들은 무방비 상태의 여자들 앞에서 제힘을 과시한 남자들이 그렇듯, 빙글거리며 흐뭇해할 게 뻔하다. 그런데 안에는 더 놀라운 일이 기다리고 있었다. 정말로 두 번 다시 보고 싶지 않은 끔찍한 광경이었다!

컴퓨터는 사장의 책상 한가운데 놓여 있었고 그 얼간이는 여전히 분해 작업을 하고 있었다. 본체 껍데기를 벗겨 놓고 내부를 쑤셔 대면서 전선과 부품들을 분해하고 있는 모습이, 자기 고향집 뒷마당에서 금방 잡은 돼지의 내장을 꺼내 씻고 있는 것 같았다. 속에서부터 밀고 올라오는 전율이 그녀를 사로잡았다. 눈앞의 광경에 너무 구역질이 나서 그녀는 쓰러질 것 같았다. 그녀는 간신히 책상 끝에 쟁반을 내려놓고, 손으로 입을 틀어막은 채 밖으로 나왔다.

텅 빈 책상에 돌아와 멍한 시선으로 허공을 바라보던 그녀는 암담한 생각에 빠졌다. 마치 마법사나 돌팔이 의사가 자신의 아이를 절개하고 있는 수술실 밖에서 초조하게 기다리고 있는 심정이었다. 그 컴퓨터로 말하자면, 그녀에게 아들이나 마찬가지다! 수술이 오래 걸리는 것이, 마치 영원히 계속될 것 같았다. 방 안에서 새어 나오는 찢고 째는 불길한 소리에 그녀는 점점 더 환각 상태에 빠졌다. 아무짝에도 쓸모없는 자기 손목을 비틀며 입술을 깨물었다.

마침내 문이 열리더니, 꾀죄죄한 친척 녀석이 재조립한 컴퓨터 본체를 안고 어슬렁거리며 나왔다. 그 뒤에 사장이 모니터를 포옹하듯 품에 껴안고 나타났다. 비서는 일어날 기운조차 없어 가만히 제자리에 앉아 있었다. 그녀가 예상한 것은 최악의 사태였지만, 그래도 집도의(執刀醫)의 표정을 보면서 수술 결과를 짐작하려고 애썼다. 언제라도 터져 나올 것 같은 울음을 목구멍 너머로 꿀꺽 삼켰다.

남자들의 표정은 너무도 담담했는데 사뭇 즐거워 보이기까지 했다. 젊은 녀석의 표정은 분명하게 읽을 수 없었지만, 사장은 특별히 수지맞는 거래를 성사시켰을 때에만 보여 주는 독특한 표정을 짓고 있었다. 그의 습관적인 우거지상을 펴게 하는 최고의 약은 곧 수익이 발생하리라는 기대감이었다. 공포에 가까웠던 그녀의 불안감은 이제 당혹감으로 바뀌었다. 도대체 이게 무슨 일일까?

촌뜨기 사촌은 컴퓨터 본체를 들고 오더니, 책상 위의 원래 자리에 모니터와 함께 놓았다. 채 1, 2분도 안 걸려 전선을 연결하고 각각의 커넥터도 제자리에 끼웠다. 이윽고 그가 컴퓨터를 켰다. 그 순간, 비서는 온 사무실에 그녀의 쿵쿵거리는 심장 소리만 들리는 것 같다는 생각이 들었다. 진실이 밝혀지는 순간이었다. 이제 이 중요한 수술의 결과가 백일하에 드러날 터였다.

모니터에 불이 들어오기까지 아주 잠깐의 시간이 흘렀는데, 영원처럼 길게 느껴졌다. 마침내 그림이 떠올랐다. 비서는 눈 한 번 깜박이지 않고 모니터를 주시하면서 잘못된 것이 없는지 찾아보았다. 이상한 것은 하나도 없었다. 모든 것이 지극히 정상이었다. 안도의 한숨이 절로 나왔다. 안도감도 잠시, 곧 일련의 당혹스러운 의문이 떠올랐다.

이게 도대체 무슨 일일까? 컴퓨터를 떼어 갈 때는 언제고 다시 돌

CD
BOOK

려주는 건 또 뭐란 말인가. 도대체 그것을 가지고 방 안에서 무엇을 한 걸까? 이 인간은 도대체 누구지? 내 자리를 뺏으러 온 촌뜨기 사촌은 아닌 것 같은데. 사장이 새로 어울리기 시작한 사람들이 도대체 어떤 부류인 거야? 이거, 뭔가 불법적인 것은 아닐까? 주변 사람들이 그녀에게 친절하게 충고하기를, 출판 일과는 거리를 두어야 한다고 했었다. 거기에는 언제나 뭔가 구린 일들이 도사리고 있는데, 다른 분야와는 그 정도가 심하다는 것이었다. 그나저나 이 남자들은 왜 자기에게 아무것도 설명해 주지 않는 것일까? 그녀에게도 그만한 자격이 있는데 말이다. 나도 설명을 들을 권리가 있단 말이다!

그녀가 입 밖으로 내지 못한 마지막 의문을 품고 있던 바로 그 순간, 젊은이는 작은 플라스틱 상자를 열고 반짝거리는 동그란 은색 금속판을 꺼냈다. 그러고는 컴퓨터 본체에 몸을 바짝 숙이고는 버튼을 눌렀다. 그러자 본체에서 뭔가가 튀어나왔는데, 그 모습이 네모난 접시 같기도 하고 혓바닥 같기도 했다. 분명히 전에는 없던 거였다. 컴퓨터에 새로 장착한 것이 분명하다. 어디다 쓰는 물건이지? 내게 필요한 것일까?

버튼을 다시 누르자 그 작은 접시는 반짝이는 금속판을 얹은 채 도로 들어갔다. 잠시 후, 초록색 불이 반짝이더니, 웅웅 소리와 함께 화면이 떠올랐다. 이웃한 책의 두 페이지가 한 화면에 나타났는데, 여백을 따라 1, 2밀리미터 정도의 책 테두리와 책등이 살짝 보였다. 비서는 좀 더 가까이 다가앉으면서, 이거 참 읽기 편하게 생겼구나 하는 생각을 했다. 눈앞에 진짜 책이 펼쳐져 있는 것 같았다. 정말 똑같았다. 그사이 젊은이가 자판 위의 키를 하나 누르자, 책장을 넘긴 것처럼 다음 두 페이지가 나타났다.

그녀는 질문을 하고 싶어 안달이 났지만, 좀처럼 기회가 오지 않았다. 불가사의하면서도 한편으로 추레하기 짝이 없는 그 청년은, 작업 도구들을 가방 안에 집어넣더니 그녀를 향해 짧게 고개를 숙이고 나서, 사장과 악수를 나눈 다음 방을 나갔다. 그때까지도 사장은 만면에 미소를 띠고 있었다.

그녀는 그가 문을 닫고 나간 다음에야 비로소 입을 열었다. 모종의 두려움과 머뭇거림이 섞인, 애처롭기까지 한 목소리였다.

「무슨 일인가요?」

「미래야.」

사장은 짤막하게 대답하고는, 미래에 대한 확실한 비전을 가진 사람답게 통통 튀는 발걸음으로 자기 방으로 들어가 버렸다.

주인공이 소외당하는 행사

다른 사람들과 마찬가지로 비서 역시 '수도원의 망령' 출간 기념행사에 가서야, 미래에 대한 비전을 나누어 가질 수 있었다. 행사에 모인 청중은 평소와 다름없이 작가의 친지들과 할 일 없는 백수들이었는데, 아무도 특별한 점을 눈치 채지 못하고 있었다. 비서의 날카로운 눈은 평소와 다른 점들을 간파하고 있었다. 무언가 독창적이면서도 획기적인 행사가 되리라.

우선 표면적으로 드러나는 특징을 보자면, 사장의 옷차림과 전반적인 모습이 평소와 많이 달랐다. 이날 행사를 위해 사장은 가장 멋있는 정장을 입고 나타났는데, 아주 중요한 장례식이나 어쩌다 가는 해외여행을 위해 특별히 마련한 것이었다. 하지만 비서 생각에는, 이

옷은 스타일로 보든 뭐로 보든 영 아니었다. 사장에게 그런 생각을 들키지 않으려고 무진 애를 썼다. 아니, 하고많은 색상 중에서 하필이면 야한 보라색 줄무늬 양복을 고를 건 또 뭐야? 게다가 재단은 또 왜 이 모양이야. 헐렁헐렁한 바지 자락이 펄럭이는 바람에 안 그래도 작은 사장의 키가 더 땅딸막하게 보이는 데다 뚱뚱해 보이기까지 했다. 하지만 비서는 사장이 어릿광대 같은 차림으로 점잔을 빼며 오락가락할 때마다, 멋지다는 찬사를 늘어놓는 것을 잊지 않았다. 알랑방귀 좀 뀐다고 나쁠 건 없지 않은가.

그런 이상한 옷차림을 할 거였다면, 전체적으로 풍채를 잘 갖추었어야 했다. 이발소에 가서 깎은 머리가 지나치게 짧아 꼭 금방 입대한 신병 같았다. 하지만 그래도 그게 더 나았다. 대머리가 상당히 진행된 사장이 머리를 기른 모습은, 천장 청소부가 머리 꼭대기에 허연 먼지를 뒤집어쓰고 있는 것 같았기 때문이다. 손톱 손질은 잘한 일인 것 같다. 그렇지만 그의 손톱 상태를 개선하는 데 얼마나 효과가 있을지는 모르겠다. 왜냐하면 사장이 평소에 손톱에 전혀 신경을 쓰지 않을 뿐만 아니라, 중년에 접어든 지가 언제인데 아직도 10대처럼 손톱을 물어뜯는 버릇이 있기 때문이다.

사장은 그날 저녁 향수까지 뿌렸다. 비서가 판단하건대, 사장은 아마도 향수병의 3분의 1은 쏟아 부었을 것이다. 사장이 들어오자마자 서점 전체가 5월달 풀밭에서 나는 냄새로 진동하는 것으로 보아 제비꽃 향이 나는 것을 뿌렸음에 틀림없다. 사장 바로 옆에 있던 사람들이 재빨리 자리를 피한다. 진한 향수 냄새에 강한 방취제 냄새가 섞여 옆 사람을 거의 마취시킬 지경이다. 뚱뚱한 사람들은 땀을 많이 흘리는 경향이 있어, 땀 냄새를 제거해 주는 강력한 방취제를 사용하는데 사장이 바로 그랬다. 다행히 다른 연사가 없어 사장 혼자 연단을 차지하였다. 만일 그렇지 않았다면, 사장 옆 자리 사람은 일정 시간마다 인공호흡을 받았을 것이다.

그날은 제공된 간식거리도 특별했다. 커피는 일부 청중들까지도 마실 수 있을 만큼 넉넉히 제공되었다. 오늘 행사는 특별하니 커피 준비를 다른 사람과 함께하는 것이 어떠냐고 사장이 제안해 왔다. 가까운 레스토랑에서 파견된 여급이 도와주었기에 망정이지, 그렇지 않았더라면 그녀는 화장실에서 한 발자국도 나오지 못하고, 사장이 행한 역사적 연설도 듣지 못할 뻔했다.

여기에 덧붙여 새로운 선례가 하나 만들어졌는데, 도서 전람회에서나 기대할 수 있던 일이었다. 사장이 꽁꽁 졸라매고 있던 지갑 끈을 풀고 도수 높은 술을 한 병 산 것이다. 기회만 있다면, 대부분의 청중이 쓰디쓴 커피 대신 기분 좋게 한잔 꺾는 쪽을 선호했겠지만, 물론 그런 기회는 주어지지 않았다. 선례가 있든 없든, 지나치게 정도를 넘어서면 곤란한 법이다. 오로지 기자들만 한 모금씩 마실 수 있게 했다. 이밖에 다른 것들을 통해서 불충분하게나마, 사장이 엄청난 신탁을 전하리라는 것을 감 잡을 수 있었다.

행사를 준비하면서, 비서는 사장이 언론의 관심을 최대한 끌기 위해 신경을 곤두세우고 있다는 것을 깨달았다. 귀신이 곡할 만큼 잃어버리기 일쑤인 초대장만으로는 안심이 안 되는지 비서에게 일일이 전화해서 확인하게 했다. 비서는 혐오감을 꾹꾹 참아 가며 기자들에게 전화를 걸어 최대한 아첨하는 목소리로, 가능하면 제시간에 와줄 것을 당부했다. 행사 당일 아침에는 상냥한 목소리로 다시 한 번 초대를 상기시키는 마지막 점검을 해야 했다. 기자들의 건망증은 구제 불능이라 늘 상기시켜 주지 않으면 안 되었다. 절반 이상이 처음의 전화 내용을 까맣게 잊고 있었다.

결과적으로 그녀의 끈기 있는 노력은 성공했다. 놀랍게도 초대받은 기자들이 대부분 제시간에 온 것이다. 물론 그들이 행사 시간을 맞출 수 있었던 것은 시작 시간이 30분 연기된 것과 상관이 있기는 하지만. 시간이 늦어진 이유는 주최 측의 현명한 선견지명 덕분이 아니라 커피를 무제한 공짜로 준다는 소문을 듣고 사람들이 꾸역꾸역 화장실로 몰려들었기 때문이었다. 비서와 여급 둘이서 밀려드는 커피 주문을 감당하지 못해 결국 근처 레스토랑에서 보조 여급까지 불러와야 했다.

그 즐거운 소식은 순식간에 서점 밖으로 퍼져 나갔고, 눈 깜짝할 사이에 서점이 미어터지기 시작했다. 그런 행사에 얼굴을 내밀어 본 적 없는 사람들까지 청중들 틈에 섞여들었다. 얼마 지나지 않아 그런 청중들의 숫자가 작가 친지들의 숫자를 넘어서 버렸다.

그들은 이미 커피를 몇 잔씩 축냈음에도 끝까지 버틸 자세였다. 처음부터 자리를 지킨 사람에게, 연설이 끝난 이후 강력한 알코올 음료가 무료로 무한정 제공된다는 소문이 나돌고 있었기 때문이었다. 사람들은 아직 마개를 따지 않은 술병이 작은 잔들과 함께 보조 테이블에 놓여 있는 것을 보고 한층 기대에 부풀어 올랐다. 한 정보통에 따르면 테이블 위에 있는 것과 같은 종류의 술이 박스 째로 화장실 안에 있다는 것이었다.

오직 작가만이 행사의 시작부터 다소 실망하고 있었다. 자기 작품의 성대한 출간 기념행사를 갖는 그날 저녁의 주인공답게 잘 차려입고 현장에 도착했다. 비서도 그를 첫눈에 알아보지 못할 정도였다.

아무리 생각해 봐도 기억나지 않았다. 하긴 작가들을 다 기억하는 사람이 어디 있을까? 비서는 쫙 빼입고 나온, 얼마 안 되는 사람들 중에서 '수도원의 망령'의 작가를 찾아내려고 애를 썼었다.

한참 만에 그녀는 나잇살 먹은 여자의 눈썰미답게, 말쑥하게 차려입은 비슷비슷한 사람들 가운데에서 정확하게 작가를 짚어 냈다. 그는 행사 시작 한 시간 전부터 와서, 도서 진열대 사이를 점잔을 빼며 걸어 다니고 있었다. 그 태도가 마치 천상에서 속세를 내려다보는 것 같았다. 그래, 작가라면, 저 남자밖에 없다! 목에 하얀 실크 스카프를 두르고 있는 저 남자!

자기희생적인 작가들이, 스스로 규정한 작가다운 모습을 충족시키기 위해 얼마나 철저하게 준비하는가는 말로 다 못한다. 유행을 따르기 위해 여자들이 쏟는 노력은 그들이 하는 것에 비하면 아무것도 아니다.

에어컨 고장으로 서점 안이 살인적인 열기로 후끈거리는 것쯤은 개의치 않는다. 하얀 실크 스카프를 하지 않고 대중 앞에 나타나는 건 말도 안 되는 일이라고 굳게 믿는 작가라면, 더위 정도는 아주 사소한 일로 여겨 기본 예의를 지키는 것을 포기하지 않을 것이다. 현재 온도가 섭씨 43도까지 치솟아 있고, 구석진 곳의 온도가 그보다 더 높아도 말이다.

전에 한 번도 이런 행사에 참석해 본 적이 없는 작가는 분명히 자신에게 연설할 시간이 주어질 것이라고 확신했다. 그런 생각이 드는 것은 당연한 일이었다. 청중들은 틀림없이 작가가 무슨 말인가를 해주길 기대할 테니까. 자신의 책을 설명하는 짓은 하지 않는 게 바람직하겠지만, 누군가 요청해 온다면 사양하지는 않을 작정이었다. 무슨 이유에선지 비평가가 만족스럽게 제 역할을 다한 것 같지 않다는 생각이 들어서였다. 비록 '수도원의 망령' 뒤표지가 그들의 전폭적인 추천을 담은, 휘황찬란한 찬사로 도배되어 있기는 하지만.

연설할 때 초록(抄錄)을 그대로 읽어서는 안 될 것 같아, 그는 요 며칠 동안 거울을 보면서 강연하는 연습까지 했다. 가능했다면 무대 연기나 웅변술 강습도 받았을 것이다. 하지만 여름철에 강사를 구한다는 것은 불가능한 일이었다. 모두들 뿔뿔이 흩어져 바닷가나 어디 다른 데로 놀러가 버리고 없기 때문이었다. 어쩔 수 없이 타고난 재능에 의존할 수밖에 없었다.

그는 누군가 자기를 연단 뒤의 의자로 안내할 것이라고 예상했다. 문예 대행인 빼고 그를 아는 유일한 사람인 비서가 그럴 거라는 것이 그의 생각이었다. 사실 대행인이야 이 행사와는 아무 상관도 없는 사람 아닌가. 하지만 비서가 눈초리를 추켜세우며 음울하게 바라보자, 작가는 순간 당황했다. 아니, 이번엔 뭘 잘못했다고? 여자들의 비난하는 듯한 눈길을 받은 남자들이 으레 그렇듯 그는 '혹시 바지 지퍼를 안 올린 것이 아닐까?' 하고 생각했다. 엉거주춤한 자세로 재빨리 확인해 보니, 다행히 그건 아니었다.

보라색 옷을 입은, 체중깨나 나가는 사람이 땀을 뻘뻘 흘리면서 연단 쪽으로 나가는 것을 보고서야 그는 정신이 퍼뜩 들었다. 도대체 누구인지는 알 수 없지만, 회사의 임원이거나 이 행사의 사회자인 것 같아 그의 곁으로 다가갔다. 그러다가 그는 숨을 탁 막히게 하는 강력한 냄새 때문에 더 이상 다가가지 못하고 그 자리에 멈춰 서버렸다. 강력한 방취제 냄새와 제비꽃 향에 작가는 순간적으로 산소 결핍증을 느꼈다.

그는 지난번 비서의 사무실에서처럼 기침을 해대지 않으려고 무진 애를 썼다. 한번 시작하면 30분은 할 텐데, 그랬다가는 오늘 저녁 행사를 완전히 망칠 게 뻔하기 때문이었다. 이런 요식 행위가 필요 없을 거라는 생각이 들었지만, 그래도 캑캑거리면서 겨우 자신을 소개했다. 지금쯤이면 여기 있는 사람들 모두가 그를 알았을 것이다. 이런 시간에, 이렇게 차려입고 온 사람이 작가 이외에 달리 무엇으로 보일 수 있겠는가? 그는 자기 자리가 어디인지 물어보았다. 그도 그럴 것이, 마이크가 설치된 연단 뒤에 의자가 하나밖에 없었기 때문이었다. 보라색 옷을 입은 몸집이 거대한 남자가 그 의자에 앉는 순간, 의자가 삐걱거리는 소리를 내며 부서질 듯 기우뚱거렸다.

사장은 그 질문에 잠깐 혼란스러운 표정을 지으며 작가를 올려다 보더니, 성마른 목소리로 곧 식을 시작해야 한다며 아무 데나 가서 빨리 앉으라고 했다. 이미 많이 늦었다. 작가는 잠시 이해할 수 없다는 표정으로 그를 바라보다가, 남아 있는 의자를 찾고자 방청석을 둘러보았다.

유감스럽게도, 예상과 달리 많은 청중이 모여든 탓에 이미 모든 자리가 만원이었다. 진열대 사이의 통로에도 사람들이 서 있었는데, 러시아워 때의 만원 버스 안을 방불케 했다. 작가는 할 수 없이 연단 에서 멀리 떨어진 곳인 화장실로 가는 길목으로까지 밀려나야 했다. 커피 물이 끓고 있는 가스레인지에서 뿜어 나오는 뜨거운 열기 때문 에 그나마 유일하게 비어 있는 곳이었다.

그는 '이렇게 멀리 떨어져 있으니 뒷골을 당기는 듯한 그 구역질 나는 냄새로부터 해방되었군' 하면서 이런 자리를 차지하게 된 데 대 한 치욕을 달랬다.

음모의 결과 '책의 죽음'

마침내 더 이상의 문제가 없음을 확인한 사장이 행사를 시작했다. 사장은 스위치가 켜져 있는지 확인해 보려고 손가락으로 마이크를 톡톡 쳤다. 다른 손으로는 숨을 좀 편하게 쉬기 위해 넥타이(노란색 점박이 무늬가 있는 초록색 넥타이)를 살짝 풀었다. 이윽고 연설이 시작되었다.

「존경하는 내빈 여러분! 찌는 듯한 날씨에, 이렇게들 많이 왕림해 주셔서 감사합니다. 오늘 우리가 출간을 축하하고자 하는 이 책으로 말씀드리자면…….」

여기서 그는 제목을 떠올리려고 잠시 멈추었으나 기억이 나지 않았다. 그가 양복 주머니에 손을 집어넣어 책을 꺼내 표지를 확인하고는 다시 청중을 돌아보며 잠시 미소를 지었다. 그리고 책을 다시 주머니에 넣으며 말을 이었다.

「우리 젊은 신예 작가가 쓴 '수도원의 망령'은…….」

그는 작가를 찾았으나 보이지 않았다.

「매우 중요한 작품입니다. 저희 출판사에서 나온 역사적인 책이라고 감히 말씀드릴 수 있습니다.」

그러고는 극적인 긴장을 높이려는 듯 잠시 말을 끊었다. 대중 앞에서 연설을 하려면 사전에 계획을 잘 세워야 한다. 특히 더운 날씨에는 더 그렇다.

「작품 자체가 훌륭하기 때문만은 아닙니다. 작품의 수준에 대해서는 이미 평론가께서 인정해 주시고 찬사를 아끼지 않으셨습니다. 또한 이미 유수한 문학상도 수상했습니다.」

　사장은 난리 법석을 부리며 이 모임을 준비하다 보니, 정작 책을 읽어 볼 시간이 없었다. 비서가 알려 준 상의 이름도 기억나지 않았다. 책 표지에 그런 내용들이 나와 있겠지만, 그것에 관심을 기울이지 않았다. 그나저나 이제 와서 다시 책을 꺼내는 것은 어색할 것 같다. 하긴, 그게 뭐 대수인가. 얼마 안 가 그 책은 새까맣게 잊혀질 텐데, 뭘.

「'수도원의 망령'은, 무엇보다 저희 출판사가 마지막으로 제작한 책으로 기억될 것입니다!」

　이 선언이 끝나는 순간, 멍하니 맨 앞줄에 앉아 한 대밖에 없는 선풍기 바람을 쐬고 있던 기자들이 갑자기 번쩍 정신을 차렸다. 예상과 달리 오늘 아주 재미있는 일이 벌어질 것 같군. 암, 출판사의 사망보다 신문 문화면을 더 들쑤셔 놓을 사건은 없지. 거기에 피로 물든 스캔들까지 겹친다면 영락없는 머리기사 감일 텐데.

　하지만 유감스럽게도, 사장은 그들의 살벌한 희망 사항을 가차 없이 짓뭉개 버렸다.

「하지만 걱정하지 마십시오. 저희가 출판에서 손을 떼는 것이라고 생각하시는 분이 계실지 모르겠지만, 오히려 그 반대입니다. 저희는 출판의 역사에서 새로운 장을 여는 데 선구적 역할을 다할 것입니다.」

　기자들의 얼굴 표정이 금방 실쭉해졌다. 거시적으로 보아 출판의 역사든, 미시적으로 보아 새로운 장이든, 그런 것들은 이제 독자의 관심을 끌 만한 건수가 못 될 것이다. 스캔들이어야지. 독자들이 얼마나 스캔들을 밝히는데! 특히 이런 여름날 해변을 뒹굴면서, 얼마나 스캔들 기사를 읽고 싶어 안달을 한다고!

　그러나 사장은 기자들의 시큰둥한 반응에 굴하지 않고 중요한 주
제에 걸맞게 강력하게 힘을 주며 연설을 계속했다.

「우리는 시대의 흐름에 부응해야 합니다. 이제 곧 세 번째 밀레니
엄이 시작되려 합니다. 새 시대의 여명이 밝아 오는데 출판사들만
구태의연한 자세를 고수해서야 되겠습니까? 5백 년 이상을 근본
적인 변화 없이 답습해 온 방식 말입니다. 간혹 어떤 분은 이렇게
지적하실지도 모릅니다. 그렇게 오랫동안 변화하지 않았다는 것
은 그만큼 완벽하다는 증거가 아니겠느냐고. 그러니 고치지 말고
그대로 두어야 하는 거 아니냐고 말입니다. 과연 출판이 그럴까
요? 모든 과정이 완벽하게 구성되어 있어 개선할 필요가 없다고
말할 수 있을까요? 일단 출판의 본질이 무엇인지 생각해 봅시다.
도대체 출판의 기본 단위가 무엇입니까?」

　특정한 대상에게 한 질문은 아니었으나, 사장이 도서 진열대 사이
의 통로에 빽빽하게 서 있는 청중들을 바라보며 물어보는 바람에, 거
기 있던 사람 중 몇몇이 어깨를 으쓱하며 답이 무엇인지 모르겠다는
제스처를 취했다.

「당연히 책이지요!」

　자기가 한 말의 효과를 높이기 위해 적당히 시간을 끈 사장이, 청
중을 계몽하듯 정답을 말한다.

「그럼 본질적으로 책이란 무엇입니까?」

　이번엔 수많은 책들이 빽빽하게 쌓인 선반을 향해, 과장된 제스처
로 팔을 뻗으며 질문을 던졌다.

「문자로 기록된 자료들을 저장해 두는 창고입니다. 대충, 텍스트
로 가득 찬 상자를 떠올리시면 됩니다. 말하자면 자료 보따리인

셈이지요. 이 말이 예민하신 분들께는, 신성 모독에 가까운 독설로 들릴지 모르겠습니다만, 저처럼 책을 만드는 것이 직업인 사람들은 책에 대한 환상을 하나도 갖고 있지 않습니다.」

이 대목에서, 이런 변화에 대응할 준비가 전혀 되어 있지 않은 사람들이 사장을 향해 의심에 찬 눈길을 보냈다. 말할 것도 없이, 잘 차려입은 쪽의 청중들이 그를 향해 날카로운 시선을 던진 것이다.

「여기서 우리는, 과연 그 상자가 최선의 해결책이었던가를 자문해 보지 않을 수 없습니다. 몇몇 문제점이 있다고 생각하지 않으십니까?」

아무도 대답하지 않을 것이 뻔했지만, 자기 말의 효과를 높이기 위해 그는 조금 더 기다렸다.

「당연히 문제가 있지요.」

「그것도 한두 가지가 아닙니다. 그중 가장 심각한 것은 책을 만드는 재료, 즉 종이라 하겠습니다. 사실 종이만큼 쉽게 망가지고 수명이 짧은 것이 또 어디 있습니까? 직접 보시죠.」

그는 다시 주머니를 뒤지기 시작하더니, '수도원의 망령'을 꺼내 들었다. 그러고는 힘도 들이지 않고 책장을 한 장 잡아 뜯어내는 것이었다. 그것을 보고 충격받은 몇몇 사람들이 소리를 질렀다.

「과연 이것들이 시간의 흐름을 버텨 낼 수 있겠습니까? 영원히는 아니라도 말입니다. 물론 작가들이야 그러기를 바라겠지만요. 작가들이란 영원하지 않은 것에는 흥미가 없는 사람들이지 않습니까? 그건 그렇고, 책이 하다못해 보통 사람의 평균 수명만큼이라도 버틸 수 있을까요? 모두들 그 정도는 기대하고 책을 사지 않습니까? 그렇지 않은 것에 돈을 쳐들일 사람이 누가 있겠습니까?」

그가 뜯어낸 책장을 공중에 흔들면서 말했다.

「보증하거니와, 책은 전혀 그렇지 못합니다. 이 점에 대해서는 저를 철석같이 믿으셔도 됩니다. 책에 대해서는 훤하니까요. 제가 바로, 책 만드는 사람 아닙니까? 채 일 년도 지나지 않아 책장이 누렇게 바래고 한 해가 더 지나면 표지 색깔이 희미하게 닳지요. 접착제의 수명이 다할 때쯤에는 표지가 떨어져 나갑니다. 삼 년이 지나면 제본한 실밥이 풀어지거나 끊어져서 더 이상 책이라고 볼 수도 없게 되지요.」

책의 암담한 운명을 보다 설득력 있게 보여 주기 위해 사장은 계속해서 '수도원의 망령'을 뜯어냈다. 저속도로 촬영한 장면들처럼 책은 처음엔 표지가 찢겨 나가고, 이어 제본한 책장들이 뜯겨져 사장이 서 있는 주변의 바닥으로 흩어졌다. 3년 과정에 이르는 상황을 단 30초 만에 보여 낸 사장은 손에 묻은 먼지를 털어 내기 위해 손바닥을 비비면서 탁탁 쳤다. 그런 그의 동작 하나하나에 책에 대한 뿌리 깊은 혐오감이 드러나 있었다.

그 장면에 대한 청중들의 반응은 두 가지로 나타났다. 극소수의 사람들이 무언의 공포 속에서 이 광경을 지켜보고 있는 반면, 대다수의 사람들은 이를 재치 있는 오락 프로그램으로 여겼다. 그들은 모든 격식을 떠나 자유롭게 진행될 그날 저녁의 2부 순서를 위한 준비 운동쯤으로 생각했다.

「물론 책을 고급 종이로 만들 수도 있겠지요. 그러면 좀 더 오래 보관할 수 있으리라는 건 부인하지 않겠습니다. 비록 기대만큼은 아니지만 말입니다. 하지만 그게 다가 아니라는 데 더 큰 문제가 있습니다. 조그만 책 하나를 찍기 위해 얼마나 많은 나무를 베어

내야 하는지 생각해 보신 적이 있습니까?」

힐책하는 투로 질문을 던지는 바람에, 본의 아니게 사장의 성난 시선을 받게 된 사람들이 자기도 모르는 사이에 고개를 숙이고 눈을 내리깔았다. 도대체 자기들이 무엇을 잘못했는지도 모르면서 말이다.

「잘 모르신다면, 제가 말씀드리지요. 관목 숲 하나가 통째로 잘려 나갑니다!」

사장은 이 말이 불길한 예언처럼 서점의 구석구석까지 깊이 울려 퍼지게 할 양으로, 잠시 말을 멈췄다.

「잘 아시다시피, 숲이란 이 지구상에서 유일한 산소 공급원입니다. 나무 한 그루가 잘려 나간다는 것은 그만큼 우리가 숨 쉴 산소가 줄어든다는 말이며, 우리 후손에게도 마찬가지입니다. 새로운 책이 출판될 때마다, 인류가 생태계의 재앙을 향해 한 걸음씩 다가간다고 해도 과언이 아닐 것입니다. 인류는 수백 년 동안 그 결과를 생각하지 않은 채 미친 듯이 책을 만들어 왔으며, 현대에 와서는 그 정도가 더 심해지고 있습니다. 결국 전생에 종이 못 쓰고 죽은 귀신들을 위해, 살아 있는 나무가 다 베어지고 말 것입니다. 마치 흰개미가 지나간 자리처럼 그들이 지나간 자리에는 황량한 폐허만이 남게 될 것입니다. 인과응보의 대가를 치르게 될 최후의 순간이 오면 사람들은 이 모든 것을 다 악마 탓으로 돌리겠지요!」

양심에 민감한 쪽의 청중들 사이에서 눈에 띄게 동요가 일기 시작했다. 그들 중 그 누구도, 재앙이 코앞에까지 닥쳐 있는 줄은 미처 몰랐었다. 누군가 사전에 경고만 해주었어도 재앙을 막기 위한 사전 조치를 취할 수 있었을 것이 아닌가. 해결책이 없었다면, 진작에 책을 읽는 것을 포기했을 것이다. 높은 선반 위에서 그들을 내려다보고 있는 수많은 책들을 보자, 청중들은 문득 가까운 미래에 자신들에게 닥칠 위험이 떠올랐다. 말라 버린 연못에서 헐떡거리는 물고기처럼 산소 부족으로 쓰러져 있을 절망적인 자신들의 모습 말이다.

이들과 달리 보다 느긋한 청중들은 이 놀라운 사실에도 전혀 위축되지 않았다. 그들에게는 새로울 것이 하나도 없는 이야기였다. 이미 오래전부터 사방에 온갖 재난이 버티고 있다는 것을 알고 있었다. 지금처럼 숲이 사라지는 재앙은 아니지만, 그보다 더하면 더했지 결코 덜하지 않은 수많은 재앙이 떼거지로 포진하고 있다는 것을 잘 알고 있었다. 모든 것이 점점 더 빠른 속도로 파멸해 가고 있으며, 이를 막을 수 있는 것은 아무것도 없다. 그러니 그까짓 나무나 산소 걱정으로 쓸데없이 침울해하며 남은 인생을 보내야 할 이유가 뭐가 있느냐 말이다. 자, 자, 먹고, 마시고, 즐기자고! 어쨌든 이 장광설도 곧 끝날 거고, 그러면 곧이어 기분 좋게 목을 축일 수 있지 않은가. 오늘따라 유달리 후텁지근하군. 특히 이 안은 아주 죽여주는군.

하지만 유감스럽게도 사장은 열변을 끝낼 것 같지 않았다.

「종이만 문제 되는 것도 아닙니다. 책의 수용 능력 또한 말할 수 없이 불충분하지요. 그 부피와 무게에도 불구하고 책에 담을 수 있는 내용은 얼마 되지 않습니다. 천 페이지만 돼도 부피나 무게가 너무 나가 공격용 무기로 쓰여야 한다니까요. 하긴 안 알려져서 그렇지, 두툼한 책에 얻어맞아 죽은 사람도 몇 있다고 합디다.」

순간 번뜩이는 영감으로, 사장은 가까운 선반에 놓인 '시각 예술의 역사'와 같이 큼직하고 딱딱한 책을 꺼내 얼마나 쉽게 책으로 사람을 죽일 수 있는지 보여 주면 좋겠다는 생각을 했다.

그런데 일을 확실히 하려면, 이런 시범은 사전에 연습을 해두었어야 한다. 특히나 희생자가 책으로 머리를 맞아 쓰러지는 대목의 경우는 더욱 그렇다. 연습할 시간이 없었으므로 시범을 보인다는 생각은 포기하는 것이 낫겠다. 안 그랬다가는 예상치 못한 결과가 발생할지도 모르니. 게다가 청중들이 이 연극을 어떻게 받아들일지도 모르는 일 아닌가. 먼저 작가의 책을 찢는다. 그리고 그를 죽인다. 물론 가짜 쇼라고는 하지만, 이건 확실히 손님을 대접하는 바람직한 방법은 아닌 거 같군.

「온 세상이 축소 지향적이 되어 가는데 오직 책만 그렇지 못하고 있습니다. 물론 손톱만큼 작은 책도 만들 수야 있겠죠. 실제 그런 책도 있습니다. 하지만 그거야 기상천외의 진기 명기 프로그램에나 나올 것들이지요. 누가 그런 책을 읽을 수 있겠습니까? 사람의 시력이란 갈수록 나빠지게 되어 있고, 또 이미 안경을 낀 분들도 계시지 않습니까? 활자가 조금만 작아져도 독자들이 불평하는 거 아니겠습니까. 잠시라도 돋보기를 끼려고 하는 사람은 아무도 없습니다. 이유야 간단하지요. 돋보기에 세균이 득실거린다는 걸 다 아니까요. 그러니 이제, 더 이상 어찌해 볼 수 없이 끝장이 난 겁니다.」

그 대목에서 사장이 깊은 한숨을 내쉬었는데, 자신이 내릴 결론의 불가피성을 강조하기 위해서였다.

「문헌을 저장하는 상자로서의 책은, 이제 분명히 막다른 골목에 다다랐습니다. 어떤 수단과 방법도 도움이 되지 않습니다. 그러므로 이제 더 이상 손쓸 수 없는 단계라는 걸 우리가 인정해야 합니다. 우리는 이전의 책들이 갖고 있던 문제점을 극복한, 완전히 새로운 상자가 필요합니다. 여기서 중요한 문제 하나가 떠오릅니다.

그렇다면 과연, 그런 상자가 존재할 것인가? 책을 대체할 수 있는 것이 있기나 할까?」

사장은 다시 한 번 불가피하게 잠시 연설을 멈추었다. 타고난 웅변가인 사장은, 백 마디 말보다 잠깐 동안의 침묵이 훨씬 더 효과적이라는 것을 잘 알고 있었다. 어쨌든 이 수법은 평상복 차림의 청중들 쪽에서 약발이 먹혀 들어갔다. 전자에 해당하는 청중들이야 애초부터 연설의 귀추를 살피고 있었으니 새삼스럽게 주목할 것도 없었다. 한편 이 침묵은 기자들에게도 효과를 보였다. 그들은 그때까지도 멍하니 허공을 바라보거나 코를 골며 꾸벅꾸벅 졸거나, 옆 사람과 잡담을 나누거나, 자기만의 공상에 빠져 있었다. 그런 그들 중 상당수가 갑작스러운 침묵에 정신을 차리고 놀란 눈으로 연사를 바라보며 의아해했다. 아니, 연설이 끝났는데 왜 박수가 안 나오는 거지?

다시 말을 시작하기에 앞서 사장이 조심스럽게 주머니에 손을 넣었는데, 아까 책을 꺼낸 주머니가 아니라 반대쪽 주머니였다. 조그만 물건을 하나 꺼내더니, 청중들이 못 보도록 큰 손으로 가렸다.

「물론 대체물이 있습니다! 아주 훌륭한 것이지요! 최첨단 기술이 만들어 낸 놀라운 산물로 다가오는 새 시대의 진정한 선구자가 될 것입니다!」

이번엔 아까보다 조금 짧게 숨을 쉬었는데, 역사적인 선언을 하기 직전에 사이를 두는 시간으로 가장 적당하다고 계산된 만큼이었다.

「그럼 이 막강한 후계자가 지닌 장점들로는 무엇이 있을까요? 우선 종이로 만들지 않는다는 점입니다. 특별한 종류의 플라스틱으로 제작되어 영구 보존이 가능합니다. 장차 이것을 구매하실 고객들이 제아무리 장수한다 해도, 이들보다 더 오래 사시지는 않을

것입니다. 아마도 작가들 역시 만족해할 겁니다. 아직 시험 단계로 영구성에 대한 테스트가 완료된 것은 아니지만 말입니다.」

「다음으로, 이것은 단 한 조각으로 되어 있습니다. 색이 바래거나 낡거나 실밥이 풀어지거나 망가지는 일이 있을 수가 없지요. 게다가 책들을 망가지게 하는 대부분의 요인들에 대한 내성도 탁월합니다. 습기 및 물에 특히 그렇습니다. 원하시면, 물에 담가 놓으셔도 됩니다. 아무 일도 없을 겁니다. 사용하고 싶으면 깨끗이 닦아서 말리기만 하면 됩니다.」

「열에도 강합니다. 이 플라스틱을 뒤틀리고 녹게 하는 온도가 종이를 태우는 온도보다 높으니까요.」

「이 새로운 발명품을 유일하게 위협할 수 있는 것은 기계적 손상입니다. 증기 롤러 밑에 깔거나 쇠망치로 때리거나 전기 송곳으로 뚫으면 당연히 망가지겠지요. 하지만 그렇게 해서 멀쩡하게 남아 있을 수 있는 게 뭐가 있겠습니까? 이 물건을 사용할 미래의 소비자들은 교양 있는 사람들일 테니, 책의 시대에서 볼 수 있었던 야만적인 행태는 사라지겠지요.」

부드럽게 비난하는 투의 이 마지막 문장을 들으면서, 몇몇 온순한 청중들이 거의 무심결에 동의한다는 뜻으로 고개를 끄덕였다.

「무방비 상태에 있는 죄 없는 나무들을 생각해 보십시오. 그들은 지금 불쌍한 책 신세가 되어 덧없이 짧은 생을 마감해야 할 끔찍한 운명에 처해 있습니다. 그 나무들이 우리와 우리 후손들에게 제공할 산소에 대해 생각해 보십시오. 더 이상 새로운 책이 나오지 않는 순간, 여러분이 마음껏 숨 쉴 수 있으며 여러분의 폐에 산소를 가득 채울 수 있다는 걸 생각하십시오!」

시범적으로, 사장이 숨을 깊게 들이쉰 다음 다시 내쉬었다. 그러고는 즉각적인 효과에 스스로도 놀랐다. 그렇게 숨을 쉬고 나니 마치 제비꽃 밭에 있는 것 같았다. 사장은 자기 암시가 얼마나 효과적인지를 전혀 몰랐었다.

「이것은 저장 능력 또한 뛰어납니다. 크기로 봐서는 평균적인 책보다 한참 작지만, 수백 권의 책을 담을 수 있습니다. 두꺼운 책이 아니면 수천 권도 가능합니다. 말 그대로 도서관 하나가 통째로 여러분의 주머니 속에 들어갈 수 있는 것이지요.」

아무것도 들지 않은 손으로 그가 자기 주머니를 어루만졌다. 자그마한 백과사전 한 권쯤은 너끈히 들어갈 만큼 큰 주머니이다. 주머니가 좀 더 작았더라면 더욱 효과적이었겠지만, 어디 세상일이 하나부터 열까지 자기 뜻대로만 될 수 있겠는가?

「어떤 제한도, 어떤 제재도 더 이상 없습니다. 이제 작가들은 자기가 원하는 대로 마음껏 쓸 수 있습니다. 다작가(多作家)나 광적으로 쓰기를 좋아하는 사람도 평생 동안 이것 한 장을 다 채울 수 없을 것입니다. 어디 그뿐입니까? 모든 작품을 한자리에 모아 둘 수도 있습니다. 모든 작가의 꿈이 실현된 것입니다. 자신의 전집을 즉시 출판할 수 있게 되었으니까요.」

「도서관이 얻게 될 경비 절감과 이익은 또 얼마나 대단한지 아십니까? 이제 더 이상, 바닥부터 천장까지, 이쪽 벽에서 저쪽 벽까지 이어지는 엄청난 서가들을 사느라고 돈을 버릴 필요가 없습니다. 게다가 청소하기도 한결 간편합니다. 이사할 때에도 중간 크기만 한 가방 하나면 됩니다. 지금처럼 수많은 상자를 들어 올리고 내리고 할 필요가 없다는 말입니다. 잘 아시다시피 책이 또 얼마나 무겁습니까? 쇳덩어리 같잖아요?」

「때로는 화재나 홍수가 나거나 하다못해 추방이라도 당하면 저놈의 책들 없이 가볍고 손쉽게 이사하길 바란 적도 있지 않습니까? 하지만 지긋지긋했던 지난날과 달리, 이제는 아무것도 망가지지 않을 것이며, 분실되지 않을 것입니다. 전해 오는 격언인 '나는 내 모든 소유물을 가지고 다닌다'가 그대로 이루어지는 것이지요. 이사 가신 곳에서 여전히 변함없이 순탄한 삶을 계속하실 수 있을 겁니다. 마치 아무 일도 없었다는 듯이 말이지요. 얼마나 즐거운 일입니까.」

거기에서 사장이 말을 멈췄다. 이 주제에 대해서라면 아직도 얼마든지 더 이야기할 수 있었다. 이제 겨우 서론에 불과할 뿐이며, 하고 싶은 말들이 마음속에 차고 넘쳐 밖으로 쏟아져 나오려 했다. 출판 혁명의 선구자가 된다는 것은 대단한 일이다. 그런데 이 열기는 정말로 참을 수가 없다. 흘러내리는 땀으로 와이셔츠는 몸에 착 달라붙어 버렸고, 양복 윗도리 역시 축축하게 젖어들기 시작했다. 아무도 저 빌어먹을 놈의 에어컨을 고칠 수 없단 말인가? 그래, 좋아. 기회야, 다음에 또 있겠지. 이제 겨우 시작일 뿐인데, 첫술에 배부를 리가 있나. 어쨌든 무슨 일이든지 참고 견뎌야 하는 법이니까. 이런 말도 있지 않은가. '고생 끝에 낙이 온다.'

그가 좀 전에 주머니에서 꺼낸 물건을 들고 있던 손을 천천히 들어 올렸다. 이제 더 이상 심드렁한 표정으로 서점 안을 두리번거리지 않던 대부분의 눈길이 그 원형 금속판 위에 집중되었다. 그 판은 불빛에 반사되어 은색으로 빛나다가 가끔씩 오색찬란한 무지개 색을 발하며 반짝거렸다.

「존경하는 방청객 여러분, 드디어 새로운 출판 시대를 대표할 발
명품을 소개합니다! 우리는 이것을 토대로, 새 천 년의 문화로 자
리할 장엄한 건축물을 세울 것입니다!」

모든 사람들이 그 반짝이는 원반을 잘 볼 수 있도록 사장이 손을
앞뒤로 흔들기 시작했다. 그러는 동안, 사장은 갑자기 터무니없는 상
상에 사로잡혔다. 자기가 실제로 있는 곳은 여기 이 지저분한 서점
안이 아니다. 엄청나게 중요한 비문이 새겨진 석판을 들고, 이제 막
높은 산에서 내려와 자기 동포들에게 그 석판을 보여 주고 있는 것
이다. 자기 환상에 도취된 사장이 예언자가 말하듯 심오한 목소리로
크게 외쳤다.

「신사 숙녀 여러분! 이제, 책은 죽었습니다! 시디롬이여! 영원하
기를!」

유향란

1958년 전북 익산 출생. 서울대학교 사범대학 국어교육과를
졸업했으며 연세대학교 교육대학원에서 석사 학위를 받았다.
현재 서울 연북중학교 국어 교사로 재직 중이다.

책 죽이기

초판 1쇄 인쇄일 · 2004년 6월 16일
초판 1쇄 발행일 · 2004년 6월 21일
지은이 · 조란 지브코비치
옮긴이 · 유향란
펴낸이 · 임성규
펴낸곳 · 문이당

등록 · 1988. 11. 5. 제 1-832호
주소 · 서울시 성북구 동소문동 4가 111번지
전화 · 928-8741~3(영) 927-4990~2(편)
팩스 · 925-5406
ⓒ 조란 지브코비치, 2004

홈페이지 http://www.munidang.com
전자우편 webmaster@munidang.com

ISBN 89-7456-251-0 03890